THE 좋은 방법으로 디자인하다

백만 구독, 일억뷰 유튜브 틱톡 쇼츠 동영상 제작 특별반

초판 인쇄 : 2023년 2월 1일
초판 발행 : 2023년 2월 1일

출판등록 번호 : 제 426-2015-000001 호
ISBN : 979-11-974536-3-2 03800

주소 : 강원도 횡성군 횡성읍 송전로 209
도서문의(신한서적) 전화 : 031) 942-9851 팩스 : 031) 942-9852
펴낸곳 : 책바세
펴낸이 : 이용태

지은이 : 신채원, 이용태
기획 : 책바세
진행 책임 : 네몬북
편집 디자인 : 네몬북
표지 디자인 : 네몬북

Published by f1books Co. Ltd Printed in Korea

백만 구독, 일억 뷰

유튜브·틱톡·쇼츠
동영상 제작 특별반

네모북

프롤로그 i

나는 최고의 히트상품이다.

싸이, BTS, 블랙핑크, 손흥민, 조규성, 이정후, 신진서, 페이커, 아이유, 임영웅, 송중기, 이정재 등... 국내를 넘어 세계적으로 많은 인기를 누리고 있는 사람들이다. 다시 말해 최고의 히트상품이다. 사람을 상품과 비교하는 게 이상하게 들리지 모르겠지만 실제 우리는 기초생활을 위해서건 부자가 되기 위해서건 돈을 벌기 위해 일을 하는 노동자이다. 노동자가 곧 상품 아니겠는가?

누구나 더 많은 연봉을 받으면서 일을 하고 싶어 한다. 그러기 위해서는 자신을 좋은 가치의 상품으로 만들어야 한다. 그래야만 그만큼 더 가치를 인정받아 더 비싸게 판매되는 것 아니겠는가? 성공한 스포츠 스타, 영화배우, 가수 그리고 유명 유튜버를 보면 어떤 생각이 드는가? 혹, 그들이 자신보다 특별한 재능이 있어서 성공할 수밖에 없었다고 생각하는가? 천만의 말씀이다. 그들은 성공하기 위한 목표와 의지 그리고 동기부여가 있었기 때문에 포기하지 않았기 때문에 얻어진 결과이다.

세상에서 최고의 히트상품은 바로 자신이다. 우린 그렇게 태어났다. 이제 성공한 그들에 대해 부러운 시선으로만 보지 말고, 숨겨놓았던 자신만이 유니크한 재능을 찾아 세상 밖으로 들어내 보자. 이 책이 당신이 최고의 히트상품임을 증명하고 유튜버로서 성공할 수 있도록 함께할 것이다.

프롤로그 ii

똥손이지만 유튜버는 되고 싶어

세상엔 왜 그리 똥손들이 많은지... 오래 전 똥손이었던 필자도 지금은 그 시절이 없었던 듯...현장 경험을 통한 강의를 하다 보면 전문가 시각으로만 보려는 습관 때문에 작은 것들을 놓치고 가는 경우가 많다. 이러한 문제를 스스로 깨닫는 순간, 모든 눈높이를 아무 경험이 없는 사람들의 시각으로 강의를 하기 시작하였다. 역시 결과는 모두에게 만족을 줄 수 있었다.

이 책에 관심을 보이는 사람이라면 당연히 유튜버에 관심이 높을 것이다. 또한 유튜브 동영상을 어떻게 만들 것인지 그리고 어떻게 하면 성공할 수 있는지에 대한 궁금한 것들도 많을 것이다. 이렇듯 이 책은 아무 것도 모르는 똥손들도 쉽게 콘텐츠를 기획하고, 촬영하고, 편집하여 유튜브로 업로드할 수 있게 해주며, 마케팅을 통해 성공적인 유튜버가 되기 위한 친절한 길잡이가 되어 줄 것이다.

지금부터 이 책과 함께 성공하는 유튜버가 되길 기원한다.

Contents

유튜브 동영상 제작 특별반에 오신 것을 환영합니다.

Contents

Contents

유튜브 동영상 제작 특별반에 오신 것을 환영합니다.

Contents

학습자료 활용하기

본 도서의 원활한 학습을 위해 책바세 또는 네몬북 웹사이트에서 학습자료
파일을 다운로드받아 활용한다.

학습자료받기

학습자료를 받기 위해 **책바세.com** 또는 **네몬북.com** 웹사이트에 접속한 후
도서목록 메뉴에서 해당 도서를 찾은 후 표지 이미지 하단의 **학습자료받기**
를 클릭하여 **구글 드라이브**가 열리면 **다운로드** 버튼을 눌러 해당 도서의 학
습자료를 받는다.

PART

00

유튜브 세계로 들어가며...

드넓은 유튜브 세상 속에서 해피엔딩을 꿈꾸는 사람들에게

우리는 학교, 직장, 군대, 종교 그리고 가상의 공간(SNS) 등에서 다양한 사람들과 소통하며 관계를 맺으며 살아간다. 이 복잡한 사회관계망 속에서 당신은 얼마나 많은 사람들과 관계를 맺고있는가? 당신이 유튜버로서 성공하기 위한 것도 바로 이 거대하고 복잡하게 얽혀있는 사회관계망이라는 알고리즘에서부터 시작되는 것이다.

유튜브에서 유튜버 시대로...

유튜브는 이제 시대와 세대를 초월한 하나의 언어이자 생태계이다. 나아가 유튜브에서 다양한 정보를 얻고, 동영상을 감상하며, 놀이를 하면서 수익을 창출할 수 있는 시대가 되었다. 이러한 시대에 유튜브 시청자로서가 아닌 자신만의 특별한 콘텐츠를 만들어 수익을 창출할 수 있는 기회를 만들어보자.

유튜버는 무엇을 하는 사람인가?

▶ 유튜버는 뭐고, 크리에이터는 뭐야?

유튜버는 유튜브 동영상 속 진행하는 사람이다. 다른 말로는 창조하는 사람이란 뜻을 가진 **크리에이터**라고도 하는데, 유튜브와 유사한 동영상 플랫폼에 자신이 제작한 동영상을 업로드하는 1인 방송 및 창작자를 일컫는 말이다. 그러므로 크리에이터는 전체, 유튜버는 유튜브에 국한된 표현이 되는 것이다. 요즘은 유튜브의 사회적 영향력이 높아져 보편적으로 **유튜버**란 말을 공용어로 쓰고 있는 추세이다.

다양한 분야에서 활동하는 유튜버들의 모습

▶ 한 달에 1억 넘게 버는 10대 유튜버 있다고?

10대부터 시작한 제이플라뮤직

연봉도 아니고 정말 한 달에 1억이 넘게 버는 유튜버가 존재할까? 물론 블랙핑크처럼 기업형 유튜브 엔터테인먼트에서는 흔한 일이지만 말 그대로 개인이 운영하는 유튜브 채널이 한 달에 1억 이상이 가능한 말인가. 그런데 정말 한 달에 1억 이상의 수익을 창출하는 유튜버가 생각보다 많이 있었다. **제이플라뮤직(JFlaMusic)** 채널은 노래를 부르는 뮤직 유튜버(본명 : 김정화)로 2011년 8월에 시작하여 11년이 지난 지금(2021년)은 30대가 되었지만 **1760만명**이라는 경이로운 구독자 수를 거느리고 있는 초특급 *인플루언서이다. 그녀가 이렇게 많은 구독자 수를 유치할 수 있었던 것은 영어권에서도 부담 없이 즐겨 들을 수 있는 팝을 부르기 때문이다.

제이플라뮤직 유튜브 채널_2022년 12월 기준

유튜브 통계 사이트에서 제이플라뮤직의 월수익은 **1.29억원**으로 되어있는데(실제 수익은 음원 저작권으로 인해 차이가 날 수 있음), 구독자 수에 비해서 터무니없이 낮은 수익은 음원 저작권자에게 수익을 배분해야 하는 **커버송**을 부르기 때문이다.

인플루언서(influencer) 유튜브와 같은 SNS에서 수십만 명 이상 많은 팔로워(구독자)를 가진 유명인 말한다.

청소년연맹 홍보대사까지 위촉된 유튜버 마이린

초등학교 3학년 때 스스로 유튜버를 시작하여 현재 110만 가까운 구독자와 누적 조회수 7억뷰에 달성한 마이린 VT 채널의 마이린(본명: 최린)은 같은 또래들과 공감하고 소통할 수 있는 유튜브 채널을 운영하고 있다. 현재는 대학생이 되었지만 여전히 자신의 채널을 운영하며 온라인상에서 10대들에게 전폭적인 지지를 받고 있다. 얼마 전에는 지상렬, 조수빈, 김경진, 조은나래, 가수 KCM, 달샤벳 출신 수빈, 조엘, 신나라, 전 국가대표 빙상 선수 박승희, 마이맘 등이 소속된 이미지나인컴즈와 전속계약을 맺고 활동 중이다.

유튜브 통계 사이트에서 마이린 TV의 월수익은 1.224천만 원으로 되어있는데, 청소년의 일상에 대한 주제이기 때문에 상업성 짙은 주제에 비해 현저히 떨어지지만

그래도 고수익임에는 틀림없다. 이렇듯 10대들의 유튜버에 대한 관심은 더욱 늘어나고 있어 머지않아 10대들이 지배하는 유튜브 세상이 되지 않을까 생각해 본다. 유튜브 채널이 기업화되고 있는 상황에서도 제이플라뮤직과 마이린 같은 개인 유튜버들의 활약상을 보면 공룡화되고 있는 유튜브 생태계에서도 거뜬히 생존할 수 있다는 희망은 여전히 존재하고 있다.

마이린 TV의 녹스 인플루언서의 통계 자료_2022년 12월 기준

구독자 천 명이 100만 명의 기적을 만든다

▶ 구독자 1,000명을 우습게 보지 마라

몇 명의 구독자를 모아야 성공할 수 있는 것일까? 일반적으로 10만 명 정도 되면 성공한 유튜버라고 생각한다. 하지만 책이나 매체에서는 100만 이상의 구독자를 가진 유튜버에 관심을 두기 때문에 이 기준으로 보면 10만은 상대적으로 많이 부족해 보이는 수치이다. 물론 100만 이상의 구독자를 가진다면 더할나위 없겠지만 10만도 충분히 성공한 유튜버이며, 몇천 명의 구독자라도 충분히 고수익을 올릴 수 있는 유튜버가 될 수 있다는 것을 명심하자.

구독자 5천 명으로 슈퍼챗을 터뜨린 이필이간다 채널

이필이간다는 오랫동안 무명 가수로 활동하고 있는 이필이 운영하는 유튜브 채널로 구독자는 5천 명 정도밖에 되지 않지만 공연 라이브로 주간 *슈퍼챗을 터뜨리며 가파르게 순위에 오르고 있다. 매회 출연진은 비슷하지만 그들의 공연에 공감

슈퍼챗 유튜브에서 실시간 방송을 하는 유튜버에게 시청자가 직접 금전적 후원을 할 수 있는 기능이다. 국내에서는 정치자금을 위한 슈퍼챗은 금지하고 있다.

하고 희로애락을 느끼는 관객들에 대한 환호이며 보상인 것이다.

이필이간다 유튜브 채널_2022년 12월 기준

이필이간다 채널의 플레이보드 통계 자료_2022년 12월 기준

구독자 3천 명으로 떡상 중인 따이 TV 채널

술먹방으로 *떡상 중인 따이 TV는 여러 번의 실패를 통해 7전 8기로 성공하고 있는 채널이며, 유명인이 아닌 일반인들의 술자리에서 일어나는 다양한 이야기로 시청자들에게 후원을 받는 콘셉트로 관심을 끌고 있다.

따이 TV 유튜브 채널_2022년 12월 기준

떡상 주식이나 암호화폐 등의 차트가 급상승하는 것을 의미, 반대 의미는 떡락이다.

따이 TV의 플레이보드의 통계 자료_2022년 12월 기준

술 한잔 걸친 성인들의 상상을 초월하는 이야기와 야릇한 행위?들이 시청자들의 눈귀를 호강시켜 주지만 반복되는 콘셉트는 식상할 수 있기 때문에 다양한 소재를 발굴한다면 앞으로도 더 많은 구독자와 후원을 받을 것이다. 이렇듯 구독자가 천 명 정도밖에 되지 않더라도 얼마든지 고수익을 올릴 수 있기 때문에 대중들이 공감할 수 있는 콘셉트를 찾는 것이 가장 중요하다.

▶ 구독자 1,000명의 파급력은 상상 그 이상이다

유튜브를 운영해 보지 않은 사람들은 유튜브를 운영하는 지인의 구독자를 보며, 몇 개월을 했는데 100명밖에 안 돼? 1년이 넘었는데 겨우 1,000명이야?라는 식으로 비꼬듯 말한다. 그들이 보는 유튜브는 대부분 수십만, 수백만 명이 넘는 유튜브를 보기 때문에 몇 백, 몇 천이 아주 적게 느껴질 것이다. 하지만 직접 유튜버가 되어 보면 금세 안다. 1,000명 구독자를 유치하는 게 얼마나 힘든 일인지...

그렇다면 구독자 1,000명을 만든다는 것은 어떤 의미일까? 아마 지금까지 유튜버로 성공하겠다고 결의에 찬 마음으로 시작한 대부분의 유튜버들은 1천 명은 커녕 100명의 구독자 조차 유치하지 못하고 포기했을 것이다. 자신의 휴대폰에 수백 명의 연락처가 있다 하라도 이들이 모두 구독자가 되어주는 것은 아니기에 더욱 좌절하고 실망하고 상처 또한 컸을 것이다. 여기에서 중요한 것은 한두 번의 실패는 병가지상사라는 것을 기억하고, 구독자 천 명을 유치하기 위해 절대 포기하지 않아야 한다는 마음이다.

여전히 잘나가고 180만 구독자를 거느리고 있는 신사임당 채널도 4번의 실패 끝에 성공했다. 그러니 한 번의 실패는 당연한 일이다. 또한 실패해도 빌드업이 된다

는 것을 명심하고 새로운 마음으로 실패의 원인을 분석한 후 다시 시작해 보기 바란다. 두 번째의 시도에서는 실패 확률이 확연히 낮아질 것이다. 각고의 노력 끝에 1,000명에 도달했다면 당신은 이제 성공이라는 급류를 탈 수 있는 중요한 시점에 도달해 있다는 것을 깨달을 것이다.

신사임당 유튜브 채널_2022년 12월 기준

하기로 했다면 무조건 가즈아 ~

▶ 장비는 필요 없어, 스마트폰 하나로 충분하니까

필자는 *MCN 사업과 더불어 유튜브 콘텐츠 제작 스튜디오를 운영했었다. 여러 사정으로 지금은 하지 않지만, 그때는 많은 사람들이 유튜브 동영상 촬영 시 어떤 장비가 필요한지 또 스튜디오에 구비된 장비가 어떠한 것들이 있는지 묻곤 했었다. 이런 질문을 받았을 때 필자는 처음 시작할 때는 그냥 스마트폰으로 찍어도 충분하다고 대답했지만 스마트폰으로는 미덥지 않게 생각하는 사람들에겐 스튜디오를 이용하라고 했었다. 당연히 스튜디오를 운영했기 때문에 장삿속으로 그렇게 말했던 것도 있지만 지금은 **그냥 스마트폰으로 하라**가 답이다. 아직은 시작 단계이고 앞으로 어떻게 될지도 모르기 때문에 처음부터 비싼 카메라와 조명과 같은 장비를 갖출 필요는 없다.

MCN (multi channel network): 멀티 채널 네트워크)의 약자로 1인 창작 콘텐츠 제작을 위한 비즈니스를 의미한다.

예를 들어 **소련여자**라는 유튜브 채널을 보면 어두운 흰색 배경으로 조명이 있는지 없는지 모를 정도로 어둡고 흐릿한 모습의 영상을 볼 수 있을 것이다. 그런데도 이 유튜브 채널은 **113만 명**이 넘는 구독자를 거느리고 있으니 장비가 그렇게 중요하지 않다는 것을 알 수 있을 것이다. 물론 지금은 조명이나 편집에 좀 더 신경을 쓰고 있지만 초기엔 전혀 그렇지 못 했다는 것을 알아야 한다.

조명 또한 시작 단계에서는 **조명 없이**도 촬영할 수 있는 **밝은 장소**를 이용하는 것을 권장한다. 콘셉트에 따라 어두운 곳을 더 선호할 수도 있기 때문에 무작정 조명을 구입하는 것보다 적당한 장소를 찾는 것 좋다는 것이다. 장소는 거실이나 방도 상관없다. 그저 촬영이 가능한 공간만 있으면 된다는 것을 명심하자. 만약 원하는 조도의 장소를 찾지 못했다면, 그땐 몇만 원 정도의 저렴한 것을 구입하여 사용해도 좋다.

▶ 기획은 필요없다. 그냥 지금 생각난 것부터 찍어보자

상업 영화나 드라마 같은 고퀄리티 영상은 대부분 기획력에 의해 승부가 난다고 해도 과언은 아니다. 넷플릭스, 왓챠, 웨이브, 애플TV, 디즈니+ 등의 *OTT가 영상 콘텐츠 시장을 주도하는 지금은 더욱 콘텐츠 기획이 중요하다. 하지만 지금 우리가 만들고자 하는 콘텐츠는 이런 게 아니다. 비싼? 관람료를 내고 보는 영화나 드

OTT (over the top: 온라인 동영상 서비스)는 기존 통신 및 방송사업자 이외에 넷플릭스와 같은 제3의 사업자들이 온라인을 통해 영화나 드라마 등의 동영상 서비스를 제공하는 방식이다.

라마 시리즈가 아니라는 것을 상기하자. 그렇다면 별 부담 없이 지금 당장이라도 생각나는 것을 촬영할 수 있지 않을까? 물론 촬영하기 전까지의 과정은 어느 정도 검토를 해야 겠지만...

필자의 경험으로 비춰봤을 때 유튜브 동영상을 방송국 수준으로 만들기 위해 기획 과정부터 공을 드렸던 것들은 제대로 시작하기도 전에 대부분 무산됐고, 결국 성공한 케이스는 단 하나도 없었다. 오히려 가벼운 소재와 부담 없이 촬영하고 편집한 것이 오히려 대중들에게 공감샀던 기억이 있다. 대표적으로 시골 풍경과 가족의 일상을 특별한 테크닉 없이 촬영한 18만 구독자의 **시골가족**과 여행을 다니며 여행지의 모습을 있는 그대로 촬영 후 간단한 컷편집 정도만 한 50만 구독자의 **Joe튜브**를 보면 기획에 신경을 쓰거나 촬영과 편집에 공을 드리지 않아도 충분히 통한다는 것을 알 수 있다.

▶ 편집은 스마트폰 앱으로 자르는 방법만 알아도 된다

필자가 영상제작 관련 일에 입문한지 어느덧 25년이 되었다. 수십 편의 광고, 많지 않지만 영화 및 웹드라마 그리고 각종 유튜브 콘텐츠와 동영상 강의 등 다양한 경력을 가지고 있다. 이 화려한? 경력이면 무조건 유튜브 채널을 성공시킬 것으로 생각할 수 있겠지만, 답은 그렇지 않다이다. 전문가 눈으로 볼 때 형편 없이 보이는 것이 100만 뷰가 넘는 것들을 무수히 많이 보아왔다. 그렇다고 유튜브 동영상이라고 그냥 막 만들라는 것은 아니다. 고퀄리티의 유튜브 동영상은 그 자체로도 비즈니스 요소가 될 수 있기 때문에 가능하면 좋은 품질로 만드는 것을 권장한다. 36만 구독자의 Kyung6Film 채널을 보면 전문 DSLR 카메라와 드론까지 날려가며 화려한 영상미를 추구하고 있다는 것을 알 수 있다. 물론 비키니를 입은 모델급 외모를 가진 여성이 시선을 끌지만 전체적으로 브이로그라고 하기엔 상당한 수준의 고퀄리티인 것을 알 수 있다.

유튜브 채널 Kyung6Film의 한 장면

하지만 결국 코퀄리티의 영상미를 추구하든 추구하지 않든 구독자 수와 뷰 그리고 수익의 차이는 없다는 것이다. 만약 처음부터 품질로 승부를 걸지 않을 것이라면 대중들에게 공감이 갈 수 있는 내용을 제대로 전달할 수 있으면 된다는 것이다. 그러므로 문제가 될만한 장면들을 잘라낼 수 있는 컷 편집 능력만 있어도 문제가 되지 않는다. 처음엔 이렇게 시작하자. 이게 바로 처음 시작하는 사람들을 위한 답이다.

브이로그 개인의 일상을 일기 형태로 제작한 비디오(video)와 블로그(blog)를 합성한 비디오 블로그를 말한다.

다음은 21만 구독자의 **대학생 김머신** 채널에서 **유튜브 구독자 많아지는 법, 이것만 보시면 됩니다. (유튜브 알고리즘)**이란 제목의 영상이다. 일단 제목부터 솔깃하게 만들었다. 아마 이 책을 보고 있는 초보 유튜버들에게는 더욱 그럴 것이다. 차후 유튜브 알고리즘에 대해 세대로 다루겠지만 일단 이 영상에서 유튜버 김머신의 언변을 보면 매우 논리적으로 막힘없이 이야기를 한다. 댓글을 보면 대부분 그의 언변에 감탄하는 것을 알 수 있다. 그런데 실제로도 이렇게 막힘없이 이야기를 할까? 답은 아니다이다. 이것이 바로 컷 편집의 힘이다. 대본을 미리 써놓고 읽긴 하지만 전문 아나운서가 아니라면 중간에 말을 더듬거리고 어느 정도 텀이 생기기 마련이다. 이러한 것을 컷 편집으로 갭을 줄여 더욱 논리적으로 느껴지도록 했던 것이다. 이렇듯 편집은 일종의 트릭인 것이고, 특별한 테크닉과 효과 없는 컷 편집만으로도 대중들을 사로잡을 수 있다는 것이다.

유튜브 채널 대학생 김머신의 한 장면

▶ 유튜버, 고학력자일수록 실패한다?

필자가 스튜디오를 운영할 때의 일이다. 변호사, 교수, 회계사, 노무사, 목사, 의사 등 다양한 직업군을 가진 사람들과 미팅을 하고 *파일럿을 찍어보면 미팅을 할 때 느꼈던 것보다 훨씬 더 난처한 일들이 많았다. 자신의 높은 지식을 그 수준에서 설명을 하거나 지나친 자신감? 때문에 이게 뭐지? 이렇게 하면 유튜브를 보는 대중들

파일럿 프로그램(pilot program) 시청자의 반응을 알아보기 위해 시험적으로 제작하는 방송 프로그램을 말한다.

이 이해하겠어? 오히려 손절각인데… 당연히 당장이라도 "그만 하시죠"라고 말하고 싶지만 예의상 말은 못 하고, 머리 속에 온통 어떻게 해야 기분나쁘지 않게 그만하자고 말하지?라는 생각뿐이었다. 물론 파일럿 촬영 후 "자세가 너무 경직되어 있어요." "자신을 너무 과잉하면 대중들이 싫어해요." "설명이 너무 어려워요." "아나운서 같은 느낌이에요." "말투에 리듬감이 없어요." "텐션이 필요해요." "이야기 구성이 필요해요." "플롯이 없어요." "너무 딱딱해요." "자신의 이미지를 깨세요." 등등에 대해 지적을 하면 당연히 고칠 수 있다고 말하지만 다시 촬영에 들어가면 역시 몸에 배인 방어기제 때문에 전과 다른게 없다. 그것도 당연한 것이 오래된 습관인데 어찌 하루아침에 고치겠는가?

필자가 경험한 대부분의 고학력·고직업군의 사람들은 정말 재미없게 말한다라는 것(물론 사적인 자리에서 술 한잔 걸치고 난 후의 모습은 다르지만…), 그런데 그들은 자신이 쉽고 재밌게 말하고 있다는 착각을 하고 있다는 것이다. 이런 문제를 해결하기 위해서는 교양을 집어 던져버리고 사석에서 하는 대화처럼 자연스럽고 친근감있게 말할 수 있어야 한다는 것이다. 조금 경박하게 보이더라도 말이다. 지금 우리가 이야기하는 것은 KBS나 MBC 같은 공중파 방송이 아닌 누구나 보고 참여할 수 있는 지극히 대중적인 유튜브라는 것을 기억해야 한다. 다음은 변호사가 운영하는 3가지 유튜브 채널이다. 서로 어떤 차이가 있는지 살펴보자.

장윤선변호사 TV 유튜브 채널_2022년 12월 기준

변호사 언니 유튜브 채널_2022년 12월 기준

로이어프렌즈 – 변호사 친구들 유튜브 채널_2022년 12월 기준

살펴본 것처럼 변호사라는 고학력·고연봉 직업군의 세 변호사가 각자 자기만의 특색을 살려 채널을 운영하고 있다. 어떤 변호사 채널이 구독과 뷰가 높은지 그리고 왜 이런 차이가 있는지 분석해 보기 바란다.

▶ 이런 사람은 절대 유튜브 하지 마라!

사회적 지휘를 버리지 못 하는 사람

자존감이 지나치게 높은 사람

근거 없이 자신은 당연히 된다고 생각하는 사람

유튜버 생각은 있는데, 본업에 바빠 시간이 나지 않는 사람

1,000명 구독자 채널을 우습게 보는 사람

유튜브로 그저 돈만 벌면 그만이지라고 생각하는 사람

유튜브를 그저 개인 방송 정도로만 생각하는 사람

평소에 정말 재미없다는 말을 듣는 사람(진짜 말주변이 없는 경우)

평범한 외모로 브이로그만 하려고 하는 사람(개인 보관용은 괜찮음)

진정으로 할 것이 하나도 없는 사람

유튜버에 적합하지 않는 사람은 위에서 언급한 것보다 훨씬 많을 것이다. 유튜브 채널을 운영하다 1년조차 제대로 해보지 않고 중단한 사람들 대부분은 자신이 실패했다는 것의 분노보다는 주변 사람들에 대한 의식으로 수치심과 자괴감에 빠져, 이를 방어하기 위해 난 그냥 취미로 했어" "그냥 만들어본거야" "내 만족이지 뭐" "돈 보다는 내 개인적으로 필요해서" "난 다른 직업이 있는데 굳이..." 등으로 자기방어를 한다. 명심하자. 이것은 부끄러운 것도 실패한 것도 아니라 그 무엇보다 위대한 경험을 한 것이라고 말이다.

다음의 유튜브 동영상을 본 적 있는가? 없다면 지금 당장 봐라!!

그리고

자신도 저렇게 만들 수 있다는 생각이 든다면 지금 당장 유튜브 시작해라!!

있는 / 내 앞에 / 안내 근무자의 / 머리 / 안내를 받아 / 한 자리에 두분씩 / 한 보트에 열분이서 / 젖습니다 / 옷도 / 젖습니다 / 신발 / 젖습니다 / 양말까지 / 젖습니다 / 옷 / 머리 / 신발 / 양말 / 다 / 다 / 젖습니다 / 여기는 아마존 / 아 / 아 / 존조로존 / 두 자리에 네분 / 세 자리에 여섯분 / Express / 아마존 / 안뇽

유튜브 채널 티티남의 아마존 익스프레스 영상

방금 본 동영상은 **티티남**이란 유튜브 채널의 **아마존 익스프레스**라는 제목의 동영
상이다. 블랙핑크, BTC, 싸이와 같은 유명 연예인의 동영상도 아닌데, 5개월 동안

무려 2470만 조회수를 넘어셨다. 이 동영상에 어떤 매력이 있길래 이 짧은 기간 동안 이렇게 폭발적인 조회수를 기록할 수 있었던 것일까? 이유는 간단하다. 재밌다는 것, 흥미롭다는 것, 신기하다는 것, 왠지 따라하고 싶다는 것, 중독성이 강해 여러 번 반복해서 본다는 것 등 다양하다. 중요한 것은 이 영상을 본 여러분과 필자의 생각이 거의 같다는 것이고, 보지 못 한 주변 사람들에게 **"너 이거 봤어?"** 라고 소개나 링크를 걸어준다는 것이다. 이것으로 이 영상은 누군가들에 의해 *밈이 되는 것이다.

얼마전 허성태 배우가 TV에 출연해 **코카인 댄스**를 선보였다. 이후 이 저질?스런 댄스에 대한 호기심으로 코카인 댄스를 검색하고, 몇몇 춤꾼?들은 이 춤을 배워 유튜브나 틱톡 등에 올리는 등의 밈 효과를 양상하고 있다. 사실 이 댄스는 이미 유튜브와 틱톡 등에서 인기를 끌고 있었다. 하지만 유명세를 타고 있는 핫한 연예인이 보여줌으로써 급물살을 타게 된 것이다.

코카인 댄스를 추고 있는 허성태 배우 영상_출처 : 쿠팡플레이

▶ 네이버에서 인터넷 검색을 하는 당신은 구세대?

MZ세대, 구글에서 검색하고 유튜브로 소통한다. 당신은 인터넷 검색을 어디서 하는가? 만약 네이버나 다음에서 검색을 한다면 당신은 아마 40대 이상일 가능성이 높다. 물론 아직도 나이를 불문하고 네이버와 다음 양대 포털사이트에서 정보를 검색하는 것은 일반적인 검색 루트이다. 하지만 10-20대들을 비롯한 IT(정보 기술)에 익숙한 MZ세대들은 구글을 통해 검색하고 유튜브 동영상 콘텐츠로 정보를 습득하는 것이 보편화되고 있다.

밈(MEME) 문화인자, 문화요소란 의미로 창의성있는 무언가를 새로운 것으로 재창조하는 MZ세대 용어이다.

≪ MZ세대들에게 각광받고 있는 브이로그 ≫

브이로그는 개인의 특정 영역에서 상품 소개 및 교육 목적으로까지 진화되고 있으며, 유명 유튜브 채널은 조회수가 100만이 넘는 것도 흔히 볼 수 있을 만큼 인기를 끌고 있다. 브이로그는 동영상이란 특징(장점)을 통해 개인의 일상 중 그 사람이 입은 옷, 신발, 가방, 사용하는 물건들, 하는 일들이 자연스럽게 노출되기 때문에 시청자들도 여기에 주목하게 되고, 궁금한 점이나 공유하고 싶은 정보는 댓글로 남겨 서로 정보를 주고 받는 정보의 장이 되며, 해당 제품은 자연적으로 상품화되고 기업 및 제품 홍보에 널리 활용되기 때문에 앞으로도 브이로그의 활용범위는 지속적으로 성장해 나갈 것이다.

다양한 브이로그 유튜버들_출처 : 다음 검색

≪ 당신도 유튜브 인플루언서가 될 수 있다 ≫

당신이 지극히 평범한 사람이라고 해도 상관없다. 최근엔 가수, 탤런트, 배우, 개그맨 등 공인들도 대거 유튜브 채널을 만드는 추세이지만 여전히 유튜브에서는 일반인들의 콘텐츠가 더 각광을 받고 있으니 이런 걱정은 하지 않아도 된다. 물론 당신이 가지고 있는 재능을 많은 사람들에게 보고, 공감할 수 있는 동영상으로 만들 수 있다면 유튜브 생태계에서 생존할 수 있는 조건은 그것으로 충분하다. 이렇듯 유튜브에서는 평범한 사람도 대중들에게 영향력을 발휘할 수 있는 평등한 공간이다.

일반인에서 유튜브 스타가 된 케이스의 대표인 인물은 **박막례** 할머니이다. 이 할머니는 평범한 식당을 운영하던 70대 할머니였다. 우리 주변에서 흔히 볼 수 있는

MZ세대 1980~2004년 사이에 출생한 밀레니얼(M)과 1995~2004년 사이에 출생한 Z세대의 합성어이다.

평범한 할머니들과 크게 다르지 않았던 박막례 할머니는 치매에 걸릴 것을 염려한 손녀가 할머니와 함께 추억을 만들기 위해 여행을 다니며 찍었던 동영상이 생각지도 않게 인기를 끌면서 월 2~4천만원 정도 수익(예측)을 창출하는 유튜브 스타 박막례 할머니를 탄생시켰던 것이다. 이처럼 자신이 지극히 평범하다 생각할지라도 꾸준히 콘텐츠를 생산한다면 대중들에게 공감을 얻을 수 있다.

출처 : 박막례 할머니 유튜브

▶ 유튜버, 지금이 바로 최고의 적기이다

하루에도 수천 개의 유튜브 채널이 생겨났다 사라진다. 축구, 야구, 배구, 골프, 소설, 웹툰, 영화, 드라마, 연예인, 철학, 게임, 건강, 성인, 먹방, ASMR, 춤, 노래, 요리, 자동차, 피부, 미용, 종교, 역사, 학교, 커피, 가전, 컴퓨터, 경제, 문화, 예술, 영어, 일본어, 브이로그, 헬스, 그리고 각종 분야의 강의 등 수 많은 콘텐츠들의 향연이다. 그래도 아직 할 게 더 많다. 사람마다 각기 다른 삶을 살고 있기 때문이다.

유튜버를 하겠다는 결심이 섰다면 이제 가벼운 마음으로 시작해 보자. 장비 따윈 없어도 상관없다. 일단 생각난 것을 스마트폰으로 촬영하고, 앱으로 편집하여 업로드만이라도 해보자. 이것이 바로 **100만 구독자**로 가는 길의 시작이다.

차후 전개될 내용들은 유튜버가 되기 위한 준비 과정들이다. 하나하나 학습해 가다 보면 유튜브 채널과 동영상을 어떻게 만들고, 어떻게 성장시키며, 성공적으로 이끌어가야 할지에 대한 **보물** 같은 정보들을 만나게 될 것이다.

PART

01

백 년 후에도 유튜브 시대

유튜브로 시작하고 유튜브로 끝나는 유튜브 라이프

유튜브에서 자신만의 방송국을 만든다는 것은 생각만으로도 설레는 일이다. 어렸을 적의 꿈꾸었던 것을 유튜브가 실현시켜주고 있다. 이번 학습에서는 유튜브 채널 생성 및 동영상 제작을 위한 기획, 콘티, 촬영, 편집 등에 대해 살펴볼 것이다.

나는 최고의 히트 상품이다

유튜버는 이제 하나의 직업이고, 상품이며, 비즈니스 모델이다. 비즈니스 성공을 위해서는 결국 성공할 수 있는 세밀한 계획과 실천 그리고 성공할 때까지의 버틸 수 있는 원동력(경제)과 지구력 싸움이다. 결국 유튜브에서도 얼마나 오랫동안 지치지 않고 버티며, 지속할 수 있느냐에 따라 성공과 실패가 결정된다.

100% 성공할 수 있는 유튜브 필승전략

▶ 청정한 숲을 만들기 위해 필요한 채널들

유튜브는 이제 시대와 세대를 초월한 소통의 언어이다. 유튜브를 단순히 누군가에게 관심을 끌거나 무작정 돈을 벌기 위한 수단이 된다면, 유튜브 이념과 맞지 않는 **혼탁한 경연장**에 불과하게 될 것이다. 해로운 바이러스들부터 유튜브 생태계를 보호하기 위해서는 숲속의 나무와 같은 **청정 채널**들을 많이 심고 또 이런 청정한 채널들이 성공할 수 있다는 인식을 심어놓아야 한다. 다음의 **유튜브 통계 & 분석 대시보드**는 시청자들에게 좋은 평가을 받는 채널과 그렇지 않은 채널에 대한 수익을 비교할 수 있다. 위쪽이 아래쪽 채널보다 구독자가 1/2 정도 적지만 채널 평가 점수가 높기 때문에 월 수익과 제휴 단가는 여섯 배 정도로 높다는 것을 알 수 있다.

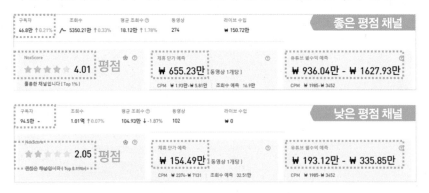

▶ 반드시 짚고 가야 할 성공 유튜버를 위한 열네 가지 필(必)계명

유튜브에서의 성공은 그렇게 만만한 것이 아니다. 그렇기 때문에 시작 하기 전에 철저한 준비 과정이 필요하다. 다음의 열네 가지 사항을 참고하여 자신과 맞는 채널을 운영한다면 시청자들에게 좋은 평가를 받는 성공적인 채널이 될 것이다.

하나 자신이 좋아하는 것을 발견하자

자신이 만들고자 하는 콘텐츠를 얼마나 좋아하냐는 매우 중요하다. 이것은 자신이 만든 콘텐츠(동영상)가 시청자들에게 얼마나 진정성 있게 전달할 수 있느냐와 콘텐츠를 얼마나 지속적으로 제공할 수 있느냐와 직결되기 때문이다. 그러므로 반드시 자신이 즐길 수 있는 분야(장르)를 찾아야 한다.

둘 하고 싶은 것과 할 수 있은 것을 이성적으로 구분하자

하고 싶다고 다 좋은 결과가 있는 것은 아니다. 아무런 준비 없이 무작정 달려든다면 부족한 지식과 정보와 실력의 한계로 인해 함량 미달의 콘텐츠만 양성해낼 뿐이기 때문이다. 이 함량 미달의 콘텐츠는 시청자들에게 금방 외면을 받을 것이 뻔하다. 물론 하고 싶은 것과 할 수 있는 것에 대한 콤비네이션이 가능하다면 최상의 성과를 얻을 수 있겠지만 그게 아니라면 철저한 준비 후 시작하거나 현재 자신이 가장 잘 할 수 있는 것부터 시작하는 합리적 판단이 필요하다.

셋 잘나가는 채널은 참고하되 무작정 따라하지 말자

성공하기 위해 잘나가는 채널의 내용을 무작정 따라한다면 초기엔 시선을 끌 수 있겠지만 시간이 흐를수록 시청자들은 중첩된 콘텐츠에 피로감을 느끼게 된다. 물론 기존 콘텐츠보다 훨씬 재밌고 획기적인 변화를 준다면 얘기가 달라지겠지만 그렇지 않다면 다른 유튜브 채널을 흉내내기 보다는 자신만의 고유한 개성을 가진 채널 만들기에 공을 드려야 할 것이다.

넷 소소한 개인의 이야기를 담아보자

세상을 바꿀만한 스펙터클한 이야기만이 대수가 아니다. 유튜브는 소소한 개인의 이야기나 가족 및 친구 그리고 키우고 있는 반려동물에 관한 이야기를 담아도 많은 사람들이 좋아 할 수 있다. 시선을 끌기 위해 지나친 *어그로나 선정적인 장면으로는 채널을 오래 지속하기 보다 늘어나는 안티들에 의해 채널을 닫아야 하는 심각한 사태가 발생될 수 있기 때문에 자신의 진정성 있는 이야기로 시청자(구독자)를 사로잡아야 한다는 것을 명심하자.

다섯 자존감과 성취감으로 시작하자

유튜브를 돈을 벌기 위한 수단으로만 생각하여 채널을 만들었을 때, 생각보다 구독자 수와 수익이 늘어나지 않을 경우 목적에 따른 피로감도 훨씬 더 쌓이게 되며, 이로 인해 동영상 업로드 횟수도 줄어들거나 채널을 아예 중단하는 사태까지 벌어질 수 있기 때문에 소소한 마음이라도 사명감과 자존감으로 시작하길 권장한다. 이렇게 진정성 있게 만들어진 콘텐츠는 시청자들의 마음에 전달되어 모두에게 힘이되는 채널로 성장하게 된다.

여섯 남들이 시도하지 않았던 유니크한 것들에 관심을 두자

비즈니스를 시작할 때 레드오션보다 블루오션 쪽을 선택하는 것이 성공확률이 높다. 그렇다면 유튜브는 레드오션인가 블루오션인가? 레드든 블루든 중요하지 않다. 유튜브에서는 틈새를 공략하는 것이 가장 중요하기 때문이다. 아무리 견고해도 틈은 있기 마련, 성공하기 위해서는 유니크한 것을 찾아야 하고, 이미 남들이 하고 있다면 그것을 유니크하게 업사이클링을 하면 된다.

일곱 교양·교육 콘텐츠라면 재미에 더 신경쓰자

공중파 TV 채널들이 유튜브 시청률에 밀리는 이유는 단 하나? 재미가 없기 때문

어그로(aggro) 공격적(aggressive)이란 뜻, 상대방을 도발해 분노를 유발하여 관심을 끄는 노이즈 홍보 수단이다.

이다. 잘나가는 유튜브 채널들을 보면 대부분 재미를 추구한다는 것을 알 수 있는데, 지금 이 시대가 바로 재미를 추구하는 시대이기 때문이다. 외면 받던 트로트가 대세의 예능으로 자리 잡은 것도 리듬과 가사에 희로애락이 담겨있기 때문이다. 만약 교양 및 교육 관련 콘텐츠를 제작할 것이라면 시청자들에게 친숙하게 다가갈 수 있는 콘셉트로 가야 한다. 만약 입담이 부족하다면 일단 자신의 스타일 대로 촬영한 후 편집을 통해 얼마든지 재밌게 만들 수 있다. 입담이 부족하더라도 지루하지 않게만 하면 된다는 것이다.

여덟 시청자는 봉이 아니다

어설픈 연기(연출)로 시청자를 기만하는 콘텐츠를 만들면 안 된다. 진실은 언젠가 밝혀지게 되기 때문이다. 요즘 시청자들은 팩트 체크에 대해 민감하여 유튜버가 한 말과 행동을 파파라치처럼 추적하기 때문에 한치의 거짓도 있어서는 안 된다는 것이다. 또한 지나친 과대 포장 및 특정 제품에 대한 거짓 홍보 등은 하지 않아야 한다. 최근 몇몇 유명 유튜버들이 자신의 방송에서 특정 제품을 후원받고 시치미 뗐다가 채널을 닫는 사태를 보아도 이것이 얼마나 위험한 것인지 알 수 있다.

아홉 글로벌적인 콘텐츠로 세계 시장을 공략하자

대부분의 성공한 유튜버들도 국내에서만 통하는 주제와 언어로 제작한 자신의 콘텐츠에 대한 아쉬움을 가지고 있다. 이것은 자신의 채널이 이렇게 크게 성장할지 예측하지 못했던 것도 있지만 유튜브 초창기에는 주변에서도 좋은 주제들이 많아 굳이 글로벌적인 주제를 찾을 필요가 없었기 때문이다. 만약 자신의 채널을 글로벌 채널로 성장시키고 싶다면 글로벌적인 주제와 언어를 준비하자.

열 장기적 목표를 설정하자

첫술에 배부르지 않는다. 적어도 1년 동안은 꾸준히 업로드를 할 것이라는 다짐을 하고, 일주일에 몇 개의 콘텐츠를 업로드할 것인지도 정하자. 정해졌다면 이를 반드시 지키도록 하자. 일주일에 하나도 괜찮다. 꾸준히 업데이트 하는 채널은 머지 않아 시청자들의 눈에 들어오게 되어있다. 그리고 한 달, 두 달 일정 기간을 정해 놓고 몇 명의 구독자를 만들 것인가 목표를 세워 홍보를 한다. 만약 더 구체적인 목표를 세운다면 아예 한 달에 천 명을 목표로 하여 적극적인 홍보를 하는 것도 좋은 방법이다. 하다가 의욕이 떨어지거나 마음이 흔들린다면 처음 시작했던 때의 마음가짐과 자신의 롤모델에 대한 기사를 보면서 다시 초심으로 돌아갈 수 있는 분위기를 만든다.

열하나 성공한 채널과 실패한 채널을 분석하자

유튜브에는 하루에도 수천만 개의 콘텐츠가 업로드되며, 수만 개의 채널들이 개설되고 사라진다. 이 수많은 채널에는 잘나가는 채널과 존재하지만 채널 기능이 상실된 사실상 죽은 채널들이 즐비하다. 성공한 채널과 실패한 채널에는 반드시 이유가 있으며, 이 채널들을 철저히 분석하면 자신의 채널이 실패보다 성공에 가까워지도록 할 수 있다. 채널을 분석하는 간편한 방법은 유튜브 분석 앱이나 웹사이트를 이용하는 것이다. 이 내용에 대해서는 차후 해당 학습 편에서 자세하게 다룰 것이다.

열둘 디자인 감각을 키우자

유튜브 채널에서의 성공은 좋은 기획과 편집만으로 이루어지는 것은 아니다. 업로드된 동영상이 시선을 끌 수 있도록 썸네일 디자인과 제목 그리고 설명은 매우 중요하다. 이때 썸네일과 제목은 *언매칭 방법을 권장한다. 포토샵과 같은 전문 디자인 프로그램을 다루지 못해도 상관없다. 초보자도 쉽고 간편하게 사용할 수 있는 다양한 프로그램(앱)들이 얼마든지 있기 때문이다. 필자의 경험상 디자인 감각은 후천적으로도 충분히 발전시킬 수 있다는 것을 알기에 초기에는 쉽게 접근할 수 있는 디자인 프로그램을 통해 감각을 키워가는 것이 중요하다.

언매칭(unmatching) 썸네일 이미지와 글자를 제목과 서로 다르게 하여 시선을 끌거나 알고리즘에 포착되는 범위를 폭넓게 하기 위한 마케팅 방법이다.

열셋 알고리즘을 이해하고 확장하자

아무리 잘 만든 콘텐츠라도 사람들에게 노출이 되지 않는다면 해당 콘텐츠를 볼 수 있는 사람들의 수는 적으며, 조회수가 많아질 때까지 오래 기다려야 하거나 성미 급한 유튜브 알고리즘은 아예 해당 콘텐츠에 대한 기억을 놓아버릴 수도 있을 것이다. 그러므로 성공하기 위해서는 반드시 알고리즘을 이해해야 한다. 알고리즘은 단 한 명이 백 명, 나아가 천, 만, 십만, 백만에까지 도달할 수 있게 만들어 줄 것이다. 알고리즘에 대해서는 차후 해당 학습에서 자세히 다룰 것이다.

열넷 꾸준히 만들 수 있는 환경을 만들자

꾸준함은 성실함의 상징이다. 가끔 한 두 콘텐츠로 엄청난 조회수를 보이는 경우도 있지만 이것은 0.01% 미만의 확률이기에 꾸준하고 규칙적인 업로드가 중요하다. 하다 보면 규칙이 깨질 수도 있다. 이땐 꾸준하게 지속할 수 있는 체력적인 문제 해결과 지속될 수 있는 콘텐츠의 연속성(시리즈)에 대한 제작 환경이 중요하다. 물론 콘텐츠 제작 중 경제적인 부분도 고려해야 하기 때문에 초기엔 비용을 최소화해야 해야 한다. 이렇게 열 편, 스무 편 만들다 보면 어느새 백 편이 될 터이고, 백 편 중에 한두 편은 조회수가 폭발하기 마련이다. 그후 이 콘텐츠를 분석하여 유사한 콘셉트로 제작하거나 발전시켜간다면 채널의 성공은 눈앞에 도달해 있는 것이나 다름없는 것이다. 다음은 **마음 건강 길** 유튜브 채널이다. 업로드 간격에 차이는 있지만 대다수의 콘텐츠가 1천 회를 넘지 못하고 있다. 하지만 첫 번째 콘텐츠만은 130만 회라는 엄청난 조회수를 기록하고 있다는 것을 기억하자.

마음 건강 길 유튜브 채널_2022년 12월 기준

유튜브 콘텐츠(동영상) 제작 과정

▶ 뚝딱뚝딱 혼자서 만드는 1인 제작 시스템

유튜브 콘텐츠 제작 과정은 먼저 어떠한 콘텐츠를 제작할 것인가에 대한 기획을 거친 후 촬영과 편집을 하는 것으로 이루어진다. 그다음 완성된 동영상을 자신의 유튜브 채널에 업로드하는데, 제작하기 전에 먼저 이 과정들을 혼자서 진행할 것이 아니면 여러 명이 팀을 이루어 각각의 포지션에 맞게 진행할 것인지 결정해야 한다. 필자의 생각엔 여러 이유로 위의 과정을 스스로 경험하는 것을 권장한다.

≪ 기획 및 촬영 과정 ≫

좋은 기획의 성공 확률은 8할이 넘는다. 어느 분야에서나 기획이 그만큼 중요하다는 얘기다. 자신이 아직 유튜브 콘텐츠 제작 수준이 걸음마 단계일지라도 기획에 대해서는 절대로 쉽게 넘어가서는 안 된다. 즉 좋은 기획을 하기 위해서는 공을 드려야 한다는 것이다. 기획이 끝나면 본격적으로 촬영과 편집을 할 수 있는 실무 환경이 구축되어야 하는데, 초기에 너무 거창하게 준비할 필요는 없다.

기획하기

어떤 일을 꾸미고 계획하여 성공할 수 있도록 하는 초기 과정이다. 제작할 콘텐츠에 대해 무엇을, 왜?, 어떻게 만들 것인지부터 시작해야 하며, 철저한 시장조사를 통해 시청자들이 공감할 수 있는 기반을 마련해야 한다.

브레인스토밍

완성된 기획서를 토대로 정해진 콘텐츠에 대한 오락적 요소나 감동적 요소 등 시청자들이 공감할 수 있는 실질적인 요소들을 아이디어 회의를 통해 찾아낸다.

스토리텔링 만들기

이야기를 만드는 과정이다. 여기에는 주제에 대한 이야기 전개가 연속성, 개연성, 타당성이 있는지 그리고 흥미롭게 전개될 수 있는 요소가 필요하다. 브레인스토밍을 통해 정해진 내용을 기반으로 콘텐츠의 전체적인 흐름을 스토리보드로 만든다. 스토리보드는 텍스트로 작성해도 충분하다.

장소 정하기

대부분의 초보 유튜버들은 비용 절감을 위해 자신의 집에서 촬영하는 경우가 많다. 자신의 채널이 아직 어떻게 될지 모르기 때문에 초반에는 스튜디오를 랜탈하거나 자신의 집을 스튜디오처럼 꾸미는 것에 대한 부담을 줄이는 것이 좋다. 그렇지만 시청자들에 대한 작은 배려(예의) 차원에서라도 배경과 소품 그리고 의상 등은 깔끔한 것으로 준비하는 것이 좋다. 물론 경제적 여유가 많다면 자신의 집을 스튜디오처럼 꾸미거나 전문 스튜디오 랜탈을 권장한다. 특히 스튜디오는 카메라나 조명과 같은 전문 촬영 장비 사용과 전문가의 도움도 받을 수 있어 질 좋은 콘텐츠 제작에 도움이 된다.

장비 및 소품 구성하기

초기에는 굳이 고가의 장비보다는 소지하고 있는 스마트폰이나 중저가의 DSLR 카메라를 이용하는 것을 권장하며 그밖에 삼각대, 짐벌, LED 조명, 핀마이크(무선 마이크)와 합성을 위한 크로마키(그린스크린) 배경 등은 촬영에 필요할 경우에만 준비(구입하거나 랜탈)하면 된다. 참고로 스튜디오 랜탈을 할 경우 촬영 장비는 별도로 구비하지 않아도 된다.

촬영하기

촬영의 기본은 화면의 안정감을 주는 것이다. 너무 흔들이거나 어색한 앵글과 프레임이 되지 않도록 주의한다면 특별히 문제될 것이 없으며, 촬영 후에는 반드시 촬영된 원본 클립(파일)들은 주제별로 백업하여 정리해 놓는 것이 좋다.

≪ 편집 과정 ≫

편집은 불필요한 장면들을 제거하는 과정이다. 그러므로 작업 시간도 촬영보다 3~10배 이상 더 소요된다. 하지만 편집은 작업 시간이 다소 오래 걸릴 뿐 생각보다 어려운 작업은 아니다. 본 도서에서도 동영상 편집 내용에 대해 다루고 있지만 보다 전문적인 내용은 똥손 독자들을 위해 개설한 유튜브(똥손 클래스)채널 에서 쉽게 배울 수 있다.

프로젝트 생성하기

프로젝트는 하나의 작품을 의미하며, 모든 편집 프로그램(앱)이 공통적으로 차용하는 방식이다. 프로젝트는 해당 콘텐츠에 맞는 주제와 규격에 맞게 설정하여 생성하면 된다.

작업소스 가져오기

동영상 편집은 촬영 원본 동영상이나 오디오(음악) 그리고 스틸이미지(사진) 등의 미디어 클립을 가져오는 것으로부터 시작되는데, 편집에 사용되는 미디어 클립들은 하나의 공간(폴더)에 복사해놓고 사용하는 것이 효율적이다.

편집하기

편집은 불필요한 장면을 잘라내는 과정을 기본으로 한다. 기교와 효과를 많이 사용하기 보다는 편안하게 시청할 수 있도록 하는 것이 좋은 편집이다.

효과 및 자막넣기

모자이크 처리 및 색의 변화 등 비디오 및 오디오 클립에 효과(effect)를 적용하고, 장면과 장면이 바뀔 때의 장면전환(transition) 효과를 적용할 수 있으며, 화면 위에 자막(글자)을 넣거나 이모지 등을 가미하여 재밌는 장면을 만들어준다.

모션 및 합성하기

화면(장면)을 움직는 모션(애니메이션) 기법을 사용하거나 화면 위에 작은 화면을 배치하는 PIP(picture in picture) 기법과 장면과 장면을 합성하는 크로마키 기법 등을 사용할 수 있다.

타이틀 인트로 제작하기

동영상 도입부에 타이틀 인트로를 사용하면 해당 콘텐츠의 주제 또는 채널의 특징(속성)을 쉽게 파악할 수 있게 해준다. 가능하다면 인트로 영상을 제작하여 채널과 콘텐츠를 다채롭게 해주는 것을 권장한다.

최종 출력(파일 만들기)

컷 편집, 효과, 자막, 모션, 합성 등의 모든 편집 작업이 완료되면 작업된 내용을 자신의 유튜브 채널에 업로드 하기 위한 동영상 파일로 만들어야 한다. 일반적으로 유튜브에서 사용되는 동영상 규격은 **1920x1280**이고, 파일 형식은 **MP4**이다.

성공하는 유튜브 채널, 이것만 잡으면 끝

▶ 성공한 유튜브 채널의 세 가지 공통 DNA

유튜브 채널을 시작하기 전에는 먼저 시장조사를 통해 자신이 만들고자 하는 채널의 성공 가능성이 얼마나 되는지 분석을 해야 한다. 그렇다면 어떤 방법으로 자신의 채널의 성공여부를 분석할 수 있을까? 그 해답은 바로 자신이 만들고자 하는 채널과 유사한 채널을 분석하는 것에서부터 시작된다. 물론 여기에서 분석하고자 하는 채널은 성공한 채널을 근거로 하는 것이 바람직하다. 무한 경쟁에서 살아남은 성공한 채널들은 특별한 성공 유전자가 있는데, 그 유전자의 특성은 다음의 세 가지에서 찾을 수 있다.

≪ 급상승하는 채널의 영상 기획 3요소 ≫

유튜브 동영상 콘텐츠 제작에서의 **기획**이란 **인물**이 **주제**를 수행하고, 그 모습을 **연출**하는 것이다. 대부분의 초보 유튜버들은 덩그러니 주제 하나만 잡아서 시작하는데, 주제는 이 세 가지 요소 중 하나일 뿐이기 때문에 결국 성공할 수 있는 유튜브 채널은 **인물**, **주제**, **연출**이 제대로 맞물렸을 때 가능한 것이다.

하나 사람(인물)

유튜브는 자신이 직접 유튜버로써 활동하는 채널이 대부분이다. 먹방, ASMR, 제품 리뷰, 게임 방송 등을 보며, 저 정도면 내가 더 잘할 수 있다고 생각한다. 그런데 여러분은 아직 쯔양, 홍유, 우왁굳이 아니고 국민 MC 유재석도 아니다. 그렇게 큰소리를 쳐봐도 카메라 앞에 서면 아마 심장은 사시나무 떨듯 떨고, 몸은 북극의 빙하보다도 더 얼어붙어 있을 것이다. 물론 처음엔 다 그렇게 시작하는 거겠지만... 콘텐츠는 결국 대중들에 의해 가치가 창출되는 것이므로 자신의 콘텐츠가 재미 혹은 정보성을 제대로 창출됐는지 냉정하게 평가를 내려야 한다.

일반인들의 채널을 보면 유튜버 자체의 매력에 의해 성공한 경우들이 많았다. 여기서 유튜버의 매력이란 남보다 빼어나게 예쁘거나 잘생겼거나 멋지거나 그리고 춤이나 언변에 능통하고 몸매 등이 우월할 때 호응도가 높다. 하지만 좋은 정보를 주고, 인간적인 친밀함, 성실함, 신뢰감이 쌓였을 때 역시 독실한 구독자가 형성되는 것으로 나타났다. 만약 자신이 여기에 포함된다고 생각한다면 그만큼 경쟁력이 있다는 것이므로 이것을 잘 활용하면 될 것이고, 그렇지 않다면 숨겨진 자신만의 장점과 매력을 찾아야 할 것이다.

20만 명 구독자를 가진 **그리구라** 유튜브 채널이 있다. 연예인 **김구라**와 그의 아들 **동현(그리)**의 부자간의 이야기를 다룬 일상의 모습과 부자간의 대화를 나누는 토크 채널이다. 그리(동현)가 구라와 술을 안 먹는 이유, 촬영하다 싸운 사연 등 지극히 그들만의 개인적인 이야기를 다루고 있다. 이러한 소소한 이야기들을 평범한 사람들이 한다면 과연 성공할 수 있을까? 이 채널이 관심을 받는 이유는 두 사람 모두 유명 연예인이기 때문이기에 여러분은 이러한 불편한 진실을 직시해야만 한다. 물론 평범한 사람의 소소한 이야기도 관심을 끌 수 있지만 **어드밴티지**가 없는 상태로 시작하기 때문에 그만큼 불리할 수밖에 없는 것이다.

1. 스토리

인물에도 스토리가 있다. 여러분은 어떤 **스토리**를 가지고 있나? 평범한 이야기도 콘텐츠에 몰입하게 만드는 힘이 있기 때문에 자신만의 스토리를 인물에 제대로 투영한다면 대중들에게 각인될 수 있는 **캐릭터**로 완성될 수 있다. 스토리로 떡상한 채널로는 자이언트 펭 TV에 출연했던 EBS 전 직원이었던 자이원배의 개인 채널인 **자이원배 짱 TV**가 있다. 현재 구독자가 1만 2천 명 정도 되고, 콘텐츠는 7개가 전부지만 전 국민 캐릭터인 펭수와 쌓은 스토리로 단기간에 **1만 구독자**를 돌파하였다. 이렇듯 대중이 솔아하고 관심이 있는 스토리는 떡상의 계기가 된다.

2. 비주얼

비주얼은 존재만으로 이미 콘텐츠 그 자체이다. **노잼봇**이란 채널이 있다. **Study with me**라는 하나의 영상만으로 **100만** 조회수를 기록하였다. 공부하는 모습만 보여주는 콘텐츠인데, 어떻게 하나의 콘텐츠로 100만 조회수를 기록할 수 있었을까? 그 이유는 특별한? 그의 **외모** 때문이었다. 아이돌 같은 그의 외모는 10-20대 여성들을 사로잡았던 것이다. 하지만 스토리의 특별한 힘을 보여주지 못했던 까닭에 지금은 점점 하향세에 있다. 이것으로 콘텐츠에 스토리가 얼마나 중요한지 다시 한번 느끼게 되는 순간이다.

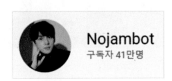

Nojambot
구독자 41만명

　　카타르 월드컵 포르투갈 전에 2골을 넣은 조규성의 경우에도 외모가 한몫한 경우인데, 유튜브는 아니지만 개인 SNS에 4만 명이었던 팔로우가 며칠 만에 250만 명으로 폭등한 것은 실력도 실력이지만 외모의 영향을 받은 것은 분명하다.

비주얼은 단지 수려한 외모뿐만 아니라 독특한 신체를 가진 것도 포함된다. 개성 넘치는 패션과 표정으로 인기를 모은 **구도 쉘리**와 **핫바리** 채널이 대표적이다. **구도 쉘리**는 **뚱뚱한** 외모이지만 거침없는 자신감으로 크롭탑(배꼽티)을 입고 먹방을 한다. 이러한 모습(체형) 때문에 그녀는 2년도 채 되지 않아 **월 2,000만원**(예상) 이상의 고수익을 올리고 있다. 현재는 쇼츠 영상으로 재미를 보고 있다.

핫바리는 독특한 외모와 패션으로 여러 가지 행위를 한다. 이러한 재밌는 행동으로 **45만** 구독자들에게 사랑을 받고 있다. 이렇듯 외형은 채널을 성장시킬 수 있는 훌륭한 자산이 될 수 있는 것이다.

3. 표현력

최고의 방송인과 **탑티어(top tier)** 유튜버의 공통점은 무엇을 해도 재밌게 표현(연기)하는 능력을 가지고 있다. 호주에서의 생활을 재밌게 표현한 **Joe 튜브**(전 호주 노예 Joe)와 중소기업에 다니는 셀러리맨들의 애환을 소개하는 **이과장**은 유사 채널보다 훨씬 재밌는 언변과 표현력으로 관심을 받았다. 이들은 카메라 앞에만 서면 나무토막이 되는 초보 유튜버들과 다르게 자연스러움을 넘어 과장된 표현으로

그 천재성을 과시하고 있으며, 소재가 아닌 **표현력**만으로도 재미를 줄 수 있다는 것을 보여주고 있다.

4. 퍼포먼스

사람의 감정을 일으키는 **예술** 콘텐츠는 특별한 연출이 없어도 그 차체가 이미 콘텐츠이다. 물론 사람의 감정을 일으키는 예술 또한 그 예술에 연출이 들어가 있긴 하지만... 서울예대의 축제에서 노래하는 영상으로 **130만** 조회수로 화제가 된 연경이는 이후 술자리에서 노래하는 영상으로 **160만** 조회수를 올렸다. 그녀는 목소리 하나로 많은 시청자들을 빠져들게 했던 것이다. 이렇듯 **노래**나 **댄스**, **그림** 등과 같은 예술적 퍼포먼스는 그 자체가 콘텐츠이기 때문에 해당 분야를 전공했거나 특출난 예술적 퍼포먼스가 있다면 성공 가능성도 그만큼 높아진다.

둘 주제(소재)

자신에게 특별한 장기나 매력이 없다고 느껴질 때, 즉 자신의 캐릭터가 분명하지 않은 유튜버에게 필요한 것은 시청자에게 관심을 끌 수 있는 특별한 **주제**를 잡는 것이다. 채널을 가장 오래 지속할 수 있게 해주는 것도 주제에 해당된다. 아무리 예쁘고, 잘생긴 사람이라도 오래 보면 그 매력은 감쇠되기 마련이다. 그러므로 **주제**와 **소재**는 시청자들에게 **오래도록** 관심을 끌 수 있는 유튜브 동영상을 기획하는 데 있어 가장 중요한 요소라고 할 수 있다. 나영석이나 김태호 PD가 고액의 연봉으로 지금까지 롱런할 수 있었던 이유가 바로 시대에 맞는 소재를 찾아 주제화했기 때문이다. 몇 년간 코로나로 인해 개업을 못해 업종?을 바꾼 **윤스테이**가 잘나가는 것을 보면 그가 얼마나 생각을 많이 하는 PD인가 알 수 있는 대목이다. 이제 주변을 샅샅이 훑어보자. 반드시 성공할 수 있는 소재를 찾을 수 있을 것이다.

1. 정보

구슬이 서 말이라도 꿰어야 보배다. 흔히 각 분야의 전문가는 유튜브 시장에서 굉장히 유리할 것이라 생각할 수 있지만 정보가 콘텐츠가 되려면 많은 가공이 필요하기 때문에 반드시 그렇다고 볼 수 없다. 건강, 재활, 체형교정 등의 정보를 알려주는 **310만**의 **피지컬갤러리**는 헬스 유튜버 중 탑티어이다. 이 채널은 단순히 건강에 대한 정보뿐만 아니라 다양한 예능을 제공하여 구독자를 끌어 모으고 있다.

구독자 **60만**의 **닥터프렌즈**는 의사 유튜버의 의학정보 채널이지만 의학 정보뿐만 아닌 다양한 종합 콘텐츠를 제공하고 있는 것을 보면 역시 예능, 토크 등의 콘텐츠를 다루어야 채널이 성장할 수 있다는 것을 알 수 있다.

전문가 또한 정보와 더불어 다양한 예능을 선보이는 것은 시청자가 무엇을 원하는지 또 원하는 것을 어떻게 풀어서 표현하는지를 알고 있기 때문이다. 이렇듯 유튜브 동영상 기획이 얼마나 **치밀하고 영리한 계산**하에 이루어지는지 알 수 있을 것이나. 반대로 선분가는 아니지만 전문가보다 구독자가 많은 채널도 있다. **법알못 가이드**가 바로 이 채널인데, 변호사 유튜버는 아니지만 왠만한 변호사보다 이슈를 잘 포착하고 그 이슈를 풀어내는 능력이 있으며, 오히려 법 전문가가 아닌 입장에서 전달하는 정보가 시청자들의 **눈높이**에 딱 맞아떨어지게 된 것도 채널이 성공할 수 있었던 계기가 되었다. 이 채널 또한 법에 대한 정보를 예능의 색을 적절하게 덧칠해가며 표현하고 있다.

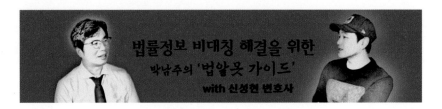

유튜브에서 너무 고급스런 정보는 수요층이 낮아 조회수가 안 나올 수 있기 때문에 전문가보다 예능에 더 가까운 *덕후가 유리할 수 있다. 초년생 재테크 정보를 알려주는 **티끌모아한솥**이나 인테리어 꿀팁을 소개해주는 **인테리어 하는 나르** 등이 바로 전문가는 아니지만 해당 분야에 관심이 많은 덕후들이 진행하는 유튜버 채널들이다.

덕후 채널이 유리한 이유는 콘텐츠에 대한 남다른 애정이 있기 때문에 콘텐츠를 제작할 때의 즐거움에서 나오는 자연스런 표현이 그대로 화면에 녹아나 시청자들에게도 덩달아 즐거움을 선사한다. 만약 전문가가 덕후이기까지 하다면 어떨까?

덕후 특정 분야에 각별한 관심을 갖는 마니아란 뜻으로 일본어 오타쿠를 한국식 발음으로 바꿔 부르는 말이다.

실제로 게임 기획자 출신이 게임 리뷰를 하는 **김성회의 G식백과**는 업계 사람들만 아는 전문 지식을 전달할 수 있어 더욱 유리할 수밖에 없는 채널로 성장하였다. 자신만의 특별한 꿀팁이 있다면 연출력을 발휘하여 떡상하는 콘텐츠를 만들어보자.

김성회의 G식백과 ✔
구독자 58만명 · 동영상 171개
업계인이 털어주는 게임의 잡지식 백과사전.

2. 일상

자신의 일상을 콘텐츠로 표현하는 것이 브이로그이다. 그러나 순수 일상만으로 성공한다는 것은 하늘에서 별을 따는 것처럼 어려운 일이다. 대형 피부과를 운영하는 **오프라이드**는 고가의 차, 음식, 주택 등을 소개하는 한국에서 흔치 않은 **머니*스웩** 콘텐츠를 제공한다. 자신보다 잘 사는 사람들의 일상을 훔쳐보고 싶은 사람의 심리를 착안하여 성공한 케이스이다.

특별(비주얼 포함)하지 않은 평범한 일상의 브이로그로 성공할 수 있는 경우는 흔치 않다. 주부의 살림을 잔잔한 영상미로 표현하는 **221만의 해그린달**이나 여성의 일상을 감성적으로 그려낸 **98만의 숏뚜**는 영상미와 감성으로 성공할 수 있었고, 세계일주 영상을 보여주는 **희철리즘**은 인물간의 긴장감을 극화로 표현했기 때문에 성공한 케이스이다. 이와 같은 특별한 일상이 있다면 지금 당장 브이로그에 도전해도 좋다. 하지만 여전히 **표애플** 같은 인물의 비주얼이나 성적 호기심을 자

스웩(swag) 자신만의 특정한 멋이나 분위기를 말한다. 머니 스웩은 쉽게 말해 돈 많은 사람들의 유세 정도로 이해하면 될 듯하다.

극하는 브이로그가 가장 큰 성공 요인이 될 것이다. 하지만 구글(유튜브) 정책인 **착한 콘텐츠**가 성공하는 *알고리즘의 시대가 가까워지고 있다는 것을 기억하자.

3. 이야기(입담)

탁월한 이야기꾼은 유튜브 시대에 날개를 달 것이다. **국방 TV**에 제공되는 콘텐츠는 보통 조회수가 낮은 편이지만 임용한 교수의 **순삭밀톡**과 **토크멘터리 전쟁사** 같은 콘텐츠는 **100만** 조회수를 기록하였다. 이것은 임용한 교수의 탁월한 **입담**이 있었기에 가능한 것이었다. 결국 유튜브 동영상 기획에서의 성공은 **이야기를 엮어내는** 탁월한 **능력**에 결정된다고 볼 수 있다.

셋 연출

연출은 어떠한 콘텐츠(공연, 영화, 드라마, 예능 등) 제작에 있어 각본 또는 시나리오를 바탕으로 연기, 장치, 의상 등의 요소들을 종합하여 일관성 있는 작품으로 만들어 내는 것이다. 앞서 살펴본 인물과 주제를 분석하여 성공할 수 있는 가치의 상품을 만들어주는 역할 또한 연출에 의한 것이다. 그러므로 연출이야 말로 유튜브 콘텐츠의 핵심이라 할 수 있다.

알고리즘(algorism) 컴퓨터에서 어떤 사안을 해결하기 위해 정해진 일련의 절차나 방법을 말한다. 특정 단어로 검색했을 때 관련된 것들이 검색되는 것도 알고리즘에 의한 것이다.

1. 기획

이야기를 꾸미고 엮어내는 능력으로 표현력과 함께 유튜브에서 필요한 두 가지 요소이다. 촬영과 편집만 잘하면 자신의 채널을 성공시킬 수 있을 것 같은 생각을 한다면 현직 촬영 감독이나 편집 감독이 유튜버를 하면 성공할 것이다. 하지만 의외로 영상미가 돋보이는 10만 이상의 구독자를 가진 채널들은 촬영 감독과 전혀 상관없는 유튜버이다. 결국 유튜브 채널의 성공적인 연출은 기획 능력에 의해 결정된다고 봐도 무관하다. **222만** 구독자를 거느리는 **ITSub**은 전자기기와 자동차를 리뷰하는 국내 대표 IT 유튜버이다. 그의 블로거 시절의 **글솜씨**가 반영되어 유튜브 콘텐츠 소재를 고르고 표현하는데 아주 능숙하다.

잡지사 출신의 에디터들이 만든 IT 제품 리뷰 채널인 **40만의 디에디트**는 실무 출신다운 특유의 **기획력**으로 빠르게 유튜브 시장에 적응했다. 이처럼 이야기를 만들어내는 능력은 원천 소스가 약해도 자신의 **스토리텔링** 능력만으로 충분히 이야기의 전개를 재밌게 풀어갈 수 있기 때문에 유튜버로서 성공할 수 있는 가능성이 매우 높다. 채널 아트에서도 사는 재미가 없으면 **사는 재미라도**란 카피가 이들의 글쓰는 능력이 얼마나 탁월한지 알 수 있다.

이렇듯 기획은 어떻게 계획하느냐에 따라 승패가 결정되기 때문에 비즈니스의 흥망을 좌우하는 중요한 요소인 것이다.

 탁월한 기획력이란?

선정 이슈가 되는 아이템을 적절하게 선정할 수 있는 능력

분석 아이템 분석 및 해석하는 능력

스토리텔링 흥미롭고 자연스러운 이야기 전개를 엮어내는 능력

2. 촬영

요즘은 스마트폰으로 사진이나 동영상을 쉽게 촬영을 하여 자신의 SNS에 올리곤 한다. 이렇듯 촬영은 이제 특별한 것이 아닌 일상이다. 하지만 유튜브 동영상처럼 대중에게 평가를 받아야 한다면 보다 전문적인 **촬영 구도**, **쇼트(앵글)** 등의 기술을 습득하길 권장한다. 이러한 감각은 영화, 드라마, 뮤직비디오 등과 같은 전문가들의 작품을 통해 키울 수 있으며, 유튜브 채널에서는 촬영 기법을 소개하는 유튜브 채널인 **늉쌤의 영화 같은 일상**이나 **하이비드 스튜디오** 등을 추천한다.

 늉쌤의 영화같은일상
구독자 1.06만명

 하이비드 HYVID STUDIO
구독자 2.77만명

3. 영상편집

편집은 영상의 꽃이며 결실이다. 잘못된 화면 구도, 어색하고 따분한 진행, 더듬거리는 대사, 여러 위치에서 촬영된 영상들은 편집에 의해 포장되며, 여기에 감각적인 자막을 가미한다면 웬만한 실수는 보완할 수 있다. 아무리 뛰어난 기획과 유튜버가 만났더라도 결국 모든 것이 편집에 의해 결정된다는 것을 명심하자. 본 도서

에서는 초보 유튜버들을 위해 스마트폰 편집 앱을 통한 편집법에 대해 살펴볼 것이며, 똥손 독자들을 위해 **똥손 클래스** 채널에서는 보다 전문적인 편집 강좌를 제공할 것이다.

≪ 성공하고 싶다면 성공한 채널을 분석하라 ≫

유튜브나 페이스북, 인스타그램 등의 SNS에서 수십만 명 이상의 팔로우(구독자)를 가진 사람들을 인플루언서 또는 셀럽이라고 한다. 이미 채널을 운영하거나 이제 막 시작하는 초보 유튜버에게는 이와 같은 호칭이 남의 일처럼 멀게 느껴지겠지만, 이거 하나만 명심하자. 이들도 처음에는 지금의 당신과 별차이 없었다는 것을 말이다. 하지만 이들의 성공이 거저 온 것은 아니다. 남들이 모를 노력과 인내를 통해 얻을 수 있었다는 것을…

영어강사였던 **런업**은 유튜버 경험이 전무한 상태, 그것도 특별한 주제 없이 그냥 전자제품 리뷰, 직업 인터뷰, 맛집 탐방, 브이로그, 라이브 방송 등을 하였다. 이것은 누가 보아도 무모한 도전이었다. 그런데 이 콘텐츠 중 전자담배 리뷰 동영상이 떡상을 한 것이다. 하지만 전자담배 리뷰로 성에 차지 않았던 런업은 이후에도 다양한 콘텐츠에 도전하여 결국 **2년**만에 패션 관련 주제로 **100만** 조회수의 성공 유튜버가 되었다. 이 분야에서 유일하게 패션 전문가가 아니었던 런업은 자기만의 **독특한 스타일**을 고집하여 이룬 성과였기에 더욱 특별한 것이었다.

우린 생각보다 자기 자신을 모른다. 그렇기 때문에 자기 자신과 어울리는 게 무언지 다양하게 시도해 보아야만 한다. 그러다 보면 머지않아 자신에게 꼭 맞는 것을 만나게 된다는 것을 명심하자.

≪ 유튜브 랭킹 분석 웹사이트(앱) 활용하기 ≫

유튜브 랭킹 분석 웹사이트나 앱을 활용하면 유튜버의 수익, 구독자, 동영상, 광고 영상 등 세부적인 정보를 확인할 수 있기 때문에 앞으로 자신이 운영하고자 하는 채널과 유사한 채널들의 정보를 통해 벤치마킹을 하고, 유튜버로서 성공해야 하는 이유에 대한 동기부여가 된다. 여기에서는 필자가 즐겨 찾는 몇 개의 유튜브 분석 웹사이트이다. 관심있는 유튜브 채널들을 분석하는데 많은 도움이 될 것이다.

녹스 인플루언서(https://kr.noxinfluencer.com)

유튜버의 구독자 순위, 조회수, 댓글 분석, 채널 예상 수익 등 다각도로 분석하는 웹사이트이다. 인스타, 틱톡, 트위치도 있지만 유튜브에 대한 분석 내용이 가장 많으며, 한국, 미국, 일본 등 인기지역의 분석도 볼 수 있다. 특히 운영자의 티스토리 블로그를 운영하면서 분석한 알고리즘까지 자세히 설명해 준다.

블링(https://vling.net)

채널과 영상 순위가 카테고리별로 잘 정리되어있고, 핫이슈, 인사이트, 채널 분석이 정확한 유튜브 트렌드 분석에 능통한 웹사이트이다. 핫 트렌드나 뜨는 해시태그 등 SNS 마케팅에 필요한 정보를 제공한다.

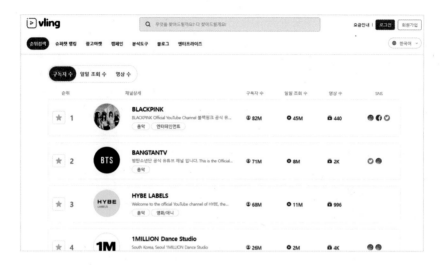

플레이보드(https://playboard.co)

기본적으로 유튜브 채널 순위 차트를 제공한다. 급상승/급하락 차트도와 슈퍼챗 순위에 특화되어있다. 세계의 슈퍼챗 방송을 실시간으로 업데이트 하고 있으며, 실시간으로 유튜버의 수익을 확인할 수 있다.

≪ 제대로 선정한 채널, 이미 90%는 성공한 것 ≫

자신이 좋아하는 주제의 콘텐츠로 채널을 운영한다고 해서 성공하는 것은 아니다. 그러므로 성공에 대한 뚜렷한 목표와 준비를 해야 한다. 다음은 채널 선정 시 유용하게 활용되는 5가지 소거법이다.

1. 자신이 좋아하거나 잘할 수 있는 채널(주제)을 1-10가지를 정리한다.

2. 그중 자신이 지속적으로 할 수 있는 채널(주제)을 1-5가지로 함축한다.

3. 함축된 1-5가지 채널(주제) 중 대중들이 좋아할 만한 것을 분석한다.

4. 분석된 결과를 기준으로 1-3가지로 정리하여 채널 목록을 선정한다.

5. 선정된 목록을 설문하여 가장 관심을 많이 받은 것을 최종 선택한다.

▶ 밤샘 벤치마킹으로 얻을 수 있는 것

유튜브 채널 주제를 최종적으로 결정했다면 이제 자신의 채널과 유사한 유튜브 채널을 찾아 벤치마킹해 보자. 성공한 채널 위주로 하되 오래됐지만 구독자가 늘지 않은 실패한(게으른) 채널도 함께 찾아 살펴보는 것도 도움이 된다. 학창시절 시험 전날했던 벼락치기 밤샘 공부처럼 철저한 분석과 통계를 통해 성공할 수 있는 다양한 방법들을 데이터화 한다. 여기에서는 **미스테리 콘셉트**로 채널을 만든다고 가정하여 이와 유사한 채널을 벤치마킹하기로 하고 유튜브 분석 사이트에서 검색한다. 필자는 **녹스 인플루언서** 분석 웹사이트에서 과거 즐겨 보았던 미스테리 채널인 ❷MISS테리의 미스테리를 입력한 후 ❶검색하였다.

01 검색 결과 후 선택하기(Miss테리의 미스테리)

Miss테리의 미스테리를 보면 구독자 **27.6만** 명, 조회수 **1.91만** 회, 게시물(콘텐츠) **319개**인 것을 알 수 있다. 참고로 이 수치는 미스테리 관련 채널 중 많은 구독자 수는 아니다.

필자는 Miss테리의 미스테리 채널에 2년 만에 방문한 것인데, 2년 동안 구독자수와 조회수가 눈에 띄게 상승했다는 것을 **위아래 차트**와 비교되는 것을 알 수 있다.

02 채널 통계 살펴보기

Miss테리의 미스테리 채널의 2022년과 2020년 채널 통계를 보면 조회수는 **5배**,
평균 조회수는 **2배** 상승, 구독자 랭킹도 지속적으로 상승하고 있다는 것을 알 수
있다. 채널 평가는 **4.06**에서 **3.41**로 다소 떨어졌지만 그래도 좋은 편이다. 여기서
예측 월수익을 보면 2년 전과 비슷한 **731.59만~2264.48만** 원으로 되어있다. 실제
는 2~3배 이상으로 예상되지만 통계에서 분석한 금액도 상당히 높은 금액이다.

03 유튜브 채널 통계표 살펴보기

아래로 내려와서 유튜브 채널 통계표를 보자. 현재 7일 기준으로 된 통계표인데, 일주일 동안 평균 **5~14만까지** 꾸준히 상승 중인 것을 알 수 있다.

유튜브 채널 통계표				7일	14일	30일
+1000 구독자 변화		**+60.86만** 조회수 변화	**₩ 110.31만 - ₩ 341.46만** 수익 합계		**+1** 동영상	
날짜	구독자	조회수	유튜브 수익 예측	라이브 수입	동영상	
2022-09-23	27.5만	1.9억	--	--	--	
2022-09-24	27.5만	1.9억 ↑ 5.1만	₩ 9.24만 - ₩ 28.62만	--	--	
2022-09-25	27.5만	1.9억 ↑ 5.1만	₩ 9.24만 - ₩ 28.62만	--	+1 ▣	
2022-09-26	27.5만	1.9억 ↑ 23.09만	₩ 41.85만 - ₩ 129.54만	--	--	
2022-09-27	27.5만	1.9억 ↑ 12.91만	₩ 23.4만 - ₩ 72.44만	--	--	
2022-09-28	27.6만 ↑ 1000	1.91억 ↑ 14.65만	₩ 26.56만 - ₩ 82.22만	--	--	

04 구독자 히스토리 데이터 살펴보기

계속해서 구독자 히스토리 데이터는 먼저 2년 전인 **2020년 차트**를 통해 확인해 보자. 2020년 7월까지는 별 움직임이 없다가 8월부터 급상승한 것을 알 수 있다. 이 채널은 과연 이 시기에 무슨 일이 있었던 것일까?

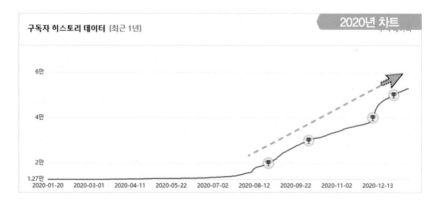

05 마일스톤 살펴보기

마일스톤 지표를 보면 이 채널의 진행 과정에서 특정할 만한 것을 유추할 수 있다. 2019년 10월 30일에 **5,000** 구독자를 달성하였고 이후 2020년 8월, 10개월 정도의 기간에는 **1만 5천** 정도의 구독자가 증가되었지만, 이후 4개월 정도의 기간 동안에는 갑자기 **3만** 구독자가 증가되어 **50,000** 구독자가 되었다는 것을 알 수 있다. 이렇듯 2020년 8월부터 2020년 12월까지의 기간 동안 이 채널이 성장할 수 있는 특별한 무언가가 있었다는 의미이다.

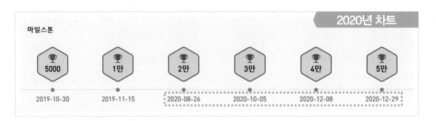

06 조회수 히스토리 데이터 살펴보기

1년 동안의 이 채널 콘텐츠 조회수를 보면 개설 후 2020년 1월부터 6월까지는 조회수가 거의 없었다는 것을 알 수 있는데, 이 기간 동안 업데이트된 콘텐츠가 하나도 없었는지 아니면 볼 만한 콘텐츠가 없었는지는 확인할 수 없지만 이후 7~8월부터는 제법 반응들이 생기기 시작하였고, **12월**엔 정점을 찍었다는 것을 알 수 있다.

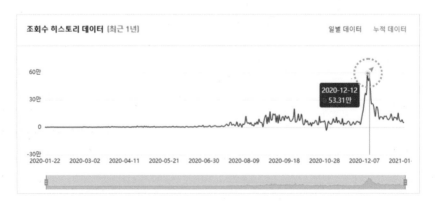

최근 30일 기준 조회수 곡선을 보면 2020년 12월(점선)의 폭등과는 다르게 특별한 변동 없이 보합세로 유지되는 것을 알 수 있다.

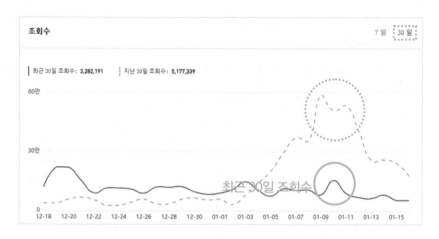

08 동영상 분석하기

계속해서 이번엔 **동영상 분석** 항목으로 이동한 후 살펴보기로 하자.

여기에서는 어떤 기간에 어떤 동영상이 이슈 되었는지 알 수 있는데, 2020년 12월 4일 그래프에 마우스 커서를 갖다 놓고 확인해 보니 **170.82만**이라고 나타나며, 해당 동영상 콘텐츠의 썸네일 화면도 같이 볼 수 있다. 이것으로 170만 조회수를 가진 동영상으로 인해 이 채널의 구독자가 폭등했음을 유추할 수 있다. 그렇다면 과연 이 동영상이 어떤 내용이 담겨있길래 다른 동영상보다 많은 사람들이 시청하게 되었을까? 보다 자세히 분석해 보기로 하자.

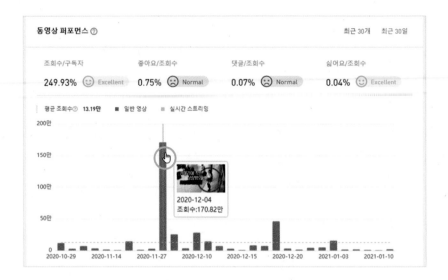

09 동영상 프리뷰하기

아래쪽으로 내려와 **채널에서 가장 많이 본 동영상**을 보면 방금 그래프에서 살펴본 동영상의 썸네일 화면, 제목, 태그를 볼 수 있는데, 보다 자세히 살펴보기 위해 **카메라에 찍힌 상상밖의 이상한 현상**들 제목을 **클릭**하였다.

클릭한 동영상 분석 보고서가 열리면 해당 동영상의 조회수, 좋아요 클릭 비율, 구독자 참여율, 동영상 태그 등을 확인할 수 있는데, 조회수에 비해 **좋아요 클릭 비율**과 **참여율**이 낮은 이유는 해당 채널의 콘텐츠가 댓글을 달거나 시청자 참여가 많은 주제의 콘텐츠가 아니기 때문이다. 좋아요와 참여율이 높을수록 **채널 평가**

가 높아지기 때문에 이 부분을 참고하기 바란다. 동영상 *태그를 보면 해당 동영상과 관련된 다양한 단어를 사용한 것을 알 수 있다. 확인이 끝났기 때문에 해당 채널명을 **클릭**하여 다시 이전 페이지로 이동하였다.

채널 통계 페이지로 이동한 후 우측 상단의 해당 채널명(Miss테리의 미스테리)과 채널 아이콘 아래쪽의 **유튜브 로고(마크)**를 **클릭**하여 해당 유튜브 채널을 열어주었다.

해당 유튜브 채널이 열리면 앞서 살펴본 동영상을 재생하여 확인해 볼 수 있다. 확인해 본 결과 성향에 따라 다르겠지만, 필자가 보기에도 해당 동영상은 시청자들에게 호기심을 끌만한 내용이 담겨있는 것을 알 수 있었다. 한마디로 이 동영상 덕분에 이 채널이 단기간에 잭팟을 터뜨릴 수 있었던 것이다.

태그(tag) 단어를 통해 관련된 콘텐츠(자료)를 찾을 수 있게 해주는 키워드를 말한다. 시청자들이 자신의 콘텐츠를 쉽게 찾을 수 있도록 할 때 유용하며, 기본 태그와 해시 태그로 구분된다.

Miss테리의 미스테리
구독자 5.29만명

홈   동영상   재생목록   커뮤니티   채널   정보   🔍

카메라에 찍힌 상상밖의 이상한 현상들
조회수 1,712,339회 · 1개월 전

상상밖의 이상한 현상들을 포착한 보안카메라 영상이빈다.
직접 눈으로 그것을 보지 않았다면 실제로 일어났다고 믿지 않았
을 영상
재미있게 시청해주시면 감사하겠습니다. 🔎

프리뷰 ▶

10 스크립트 확인하기

이 동영상의 스크립트(자막)을 확인해 보기 위해 **제목**(카메라에 찍힌 상상밖의 현

상들)을 **클릭**해 보았다.

> 카메라에 찍힌 상상밖의 이상한 현상들 클릭
>
> 조회수 1,728,007회 · 1개월 전
>
> 상상밖의 이상한 현상들을 포착한 보안카메라 영상이빈다.
> 직접 눈으로 그것을 보지 않았다면 실제로 일어났다고 믿지 않았
> 을 영상
> 재미있게 시청해주시면 감사하겠습니다. 🔎

클릭한 동영상의 메인 페이지가 열리면 화면 우측 하단의 ❶... 버튼 메뉴를 클

릭해서 ❷**스크립트 열기**를 선택하였다.

그러면 우측에 스크립트, 즉 자막이 나타나는 것을 알 수 있다. 이 자막은 유튜브에서 제공하는 외국어 번역 기능으로 자동 번역된 것으로 청각 장애인 또는 한국어를 모르는 시청자들을 위해 유용하다. 자막에 대해서는 차후 해당 학습 편에서 살펴볼 것이다.

☑ 살펴보고 있는 동영상은 현재 삭제된 상태이므로 위에서 설명한 스크립트에 대하여 살펴보기를 원한다면 홈 화면 메인에 있는 동영상으로 살펴보기 바란다.

11 시청자 분석하기

마지막으로 시청자 분석에 대해 알아보기 위해 다시 유튜브 분석 사이트로 이동한 후 **시청자 분석** 항목으로 이동하였다. 구독자의 예상 연령 및 성별 분포를 보면 여성보다 남성이 훨씬 많고, **18~34세**까지가 가장 많이 시청하며, 구독자 예상 지역 분포는 한국이 대부분인 것을 알 수 있다. 만약 이 채널에서 외국어 더빙이나 자막 서비스를 제공한다면 지금보다 훨씬 많은 구독자를 유치할 수 있었을 것이다.

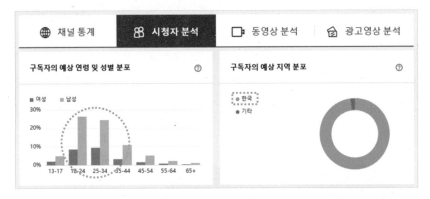

☑ 시청자 분석은 현재 유료화되어있다. 다른 유튜브 분석 사이트도 대부분 시청자 분석에 대해서는 유료로 바뀌고 있다. 지금 살펴보는 차트는 2020년도 이지만 만약 최근 차트를 보고자 한다면 유료회원으로 전환해야 한다.

참고로 Miss테리의 미스테리 채널의 최근 구독자 히스토리 데이터를 보면 **2022년 7월**에 다시 한번 폭등한 것을 알 수 있다. 이 또한 시청자에게 이슈가 될 만한 콘텐츠가 있었다는 것을 의미한다. 이렇듯 채널의 성장은 특정 콘텐츠 하나에 의해 시작되고 성공할 수 있기에 **원샷원킬**의 **결정적 한방**이 필요한 것이다.

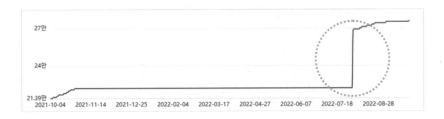

12 다른 채널 살펴보기 1(디바제시카)

계속해서 이번엔 다른 채널을 살펴보자. 유튜브 분석 웹사이트로 이동한 후 검색 창에 ❶**미스테리**를 입력하여 ❷**검색**한다.

미스테리에 관련된 채널이 검색되었다. 현재는 구독자, 녹스 스코어, 평균 조회수 기준으로 순위가 매겨지는 디폴트로 정렬되었다. 최상위의 SBS NOW(스브스 나우)를 비롯하여 이름만으로도 알만한 기업 채널들이 상위권이다. 여기에서는 기업 채널은 제외하고, 개인 채널 중 미스테리 주제와 일치되는 채널 중 **디바제시카** 채널에 대해 살펴보기로 한다.

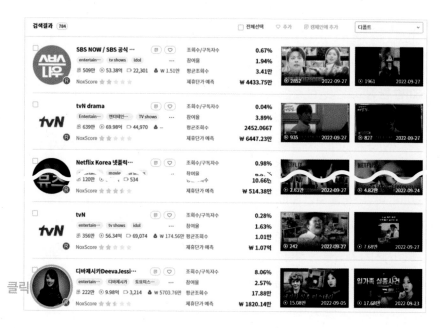

이 채널의 **장르(주제)**를 보면 **교육**으로 되어있다. 앞서 **미스터리**로 검색했는데 말이다. 디바제시카 채널이 처음엔 교육, 교육 중에서 **영어회화**로 시작했기 때문이다. 그런데 왜 영어회화 채널에서 미스터리 콘텐츠를 소개하는 채널로 바꼈을까? 미스터리 콘텐츠로 크게 재미?를 보았기 때문에 아예 미스터리 채널로 바뀐 것이다. 이렇듯 처음의 목적과 다른 방향으로 전환하여 성공한 케이스도 많다. 중요한 것은 **대중들에게 공감할 수 있는 콘텐츠를 만들 수 있어야 한다는 것이다.**

13 채널 통계 살펴보기

디바제시카 채널은 앞서 살펴본 Miss테리의 미스터리보다 훨씬 많은 **222만** 명의 구독자와 **평균 17.88억** 조회수를 가진 채널인 것을 알 수 있다. 또한 예측 월수익도 **6331만 원** 정도로 상당한 수준이다. 또 채널을 눈여겨보아야 하는 것이 수입 구조이다. **라이브** 수입이 **5703만 원** 정도로 되어있다. 즉 라이브 방송으로 더 많은 수익을 올리고 있다는 것이다. **채널 평가**도 **2.53** 정도로 괜찮은 편이다. 아래쪽 **구독자 히스토리 데이터**를 보면 2022년 2월부터 차근차근 상승세를 타서 현재까지 계속 상승 중이며, **마일스톤**을 보면 2016년에 70만 구독자를 찍고, 지금까지 꾸준한 상승세인 것을 알 수 있다.

디바제시카 채널을 본 사람이라면 이 채널이 왜 대중에게 관심을 받는지 알 수 있다. 아직 보지 않았다면 지금 당장 보기 바란다. 디바제시카의 진행 방식과 그녀만의 스타일 그리고 영어회화 기반으로 한 말투도 톡톡튀는 청량감을 준다. 유튜브 방송을 할 때 어떤 톤으로 말하고 진행해야 하는지에 대한 **교과서적인 채널**이기에 반드시 보고 벤치마킹하길 권장한다.

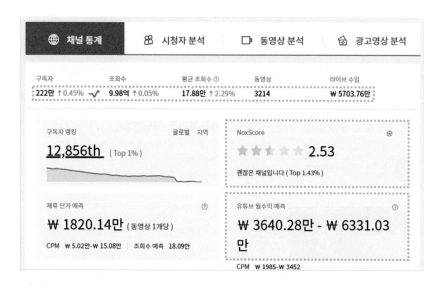

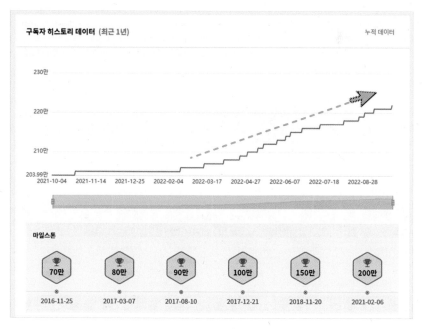

해당 유튜브 채널로 들어가 보면 **방대한 분량(3214개_2022년 12월 현재)**의 동영상이 업로드된 것을 알 수 있다. 입이 다물어지지 않을 정도이다. 이 정도의 규모라면 당연히 성공할 수밖에 없었을 것이며, 여기까지 오기 위한 노력이 어떠했는지 굳이 설명하지 않아도 알 수 있나.

이 채널의 매력은 유튜버 제시카의 언변에 있지만 주제에 따라 달라지는 의상과 헤어스타일, 잘 정돈된 구성과 타이틀 또한 흠잡을 수 없을 정도로 완벽하다. 이러한 노력이 디바제시카를 최고의 채널로 성장시킨 것이다. 만약 디바제시카처럼 이렇게 꾸준할 수 있다면 누구든 반드시 성공하리라 장담한다.

14 다른 채널 살펴보기 2(미스테리유튜브)

마지막으로 하나의 채널을 더 살펴보자. 다시 유튜브 분석 사이트로 이동한 후 검색창에 ❶**미스테리**를 검색해서 나타나는 채널 중 ❷**미스테리유튜브**를 선택한다.

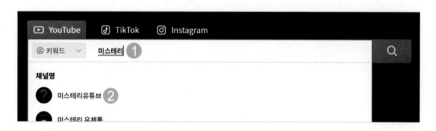

이 채널의 채널 통계를 보면 **18.1만 명**의 구독자가 있는데, 월수익은 **16만 원** 정도이다. 구독자 수만 보면 앞서 살펴본 Miss테리의 미스테리 채널과 많은 차이가 없지만 수익은 엄청난 차이가 있다. 이유는 업로드된 동영상이 **23개**밖에 되지 않고 평점도 **1.56**으로 낮은 수치 때문이다. **평점**이 **낮으면** 높은 단가의 광고가 붙지 않는 유튜브의 정책으로 인해 많은 구독자 수에도 불구하고 수익이 낮을 수밖에 없는 것이다. 이러한 채널을 죽은 채널이라고 하며, 유튜브 알고리즘도 외면하여 노출시켜주지 않는다.

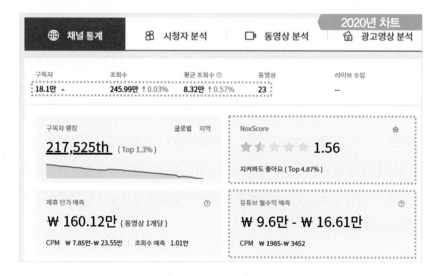

재밌는 것은 미스테리유튜브는 2년 전보다 오히려 4개의 동영상이 줄었다는 것과 구독자 수가 똑같다는 것이다. 이러기도 힘들텐데, 이 많은 구독자 수에도 활동하지 않는 것이 그저 안타까울 따름이다. 이처럼 같은 주제를 가지고 방송하는 채널도 그 결과는 천차만별이라는 것을 상기하기 바란다.

15 동영상 분석하기

미스테리유튜브 채널에 대해 몇 가지만 더 살펴보기로 하자. 최근이 아닌 변곡선이 있었던 2020년 차트의 **동영상 분석** 항목을 살펴보면 2018년 3월 3일에 **3184.25만** 명이 시청한 엄청난 사건?이 있었다는 것을 알 수 있다. 하지만 이후 다시 **백만 명** 수준으로 떨어졌다. 물론 몇 백만 조회수도 높은 수치이지만, 이 채널은 이 시기에 잭팟을 터뜨린 이후에는 활동을 거의 안 했다는 것이 미스터리다.

미스테리유튜브 채널의 콘텐츠 업로드 시기를 확인해 보기 위해 해당 유튜브 채널을 열어보자. 참고로 미스테리유튜브 채널이 열리면 앞서 설명한 대박 사건의 주인공 동영상도 찾아보기 바란다.

미스테리유튜브 채널의 최근 업로드는 4개월 전이다. 일반적인 업로드 간격은 아니다. 물론 개인적인 사정으로 업로드 간격이 길어질 수도 있지만, 이유 없는 긴 공백은 채널을 성장시킬 수 없으며, 구독자 또한 늘어나지 않는다.

이 채널의 유튜버는 지금 몇 년 전의 잭팟으로 휴업을 하고 세계 각지를 떠돌아다 닐지도 모른다는 생각과 함께 우리도 머지않아 이런 잭팟을 터뜨려 멋진 생활을 하는 상상해 보자. 지금까지 살펴본 것처럼 채널을 시작 하기 전에는 반드시 다른 채널늘의 **벤치마킹**이 필요하다는 것을 알 수 있었다. 이제 그밖에 잘나가는 채널 과 그렇지 않은 채널들을 분석하여 채널의 **표본**을 만들어 보자.

▶ 1년이 지나도 구독자가 늘지 않는 채널의 공통점

유튜브를 처음 시작하는 대부분의 사람들은 채널 운영 중, 자신이 생각한 만큼 구 독자가 늘지 않아 고민을 하게 된다. 믿었던? 지인들조차 구독하기를 다 해주는 것 은 아니기 때문이다. 이것 때문에 더 신경이 쓰이고, 며칠이 지나도 꿈쩍도 하지 않 는 구독자 수에 조바심마저 느끼게 된다. 만약 한 달이 넘었는데도 구독자 수가 늘 지 않았다면 다음의 내용을 참고하여 문제점들을 개선하도록 한다.

하나 볼 만한 충분한(꾸준한) 콘텐츠가 부족하다

만약 자신의 채널에 동영상이 **열 개 미만**이라면 서둘러 콘텐츠 개수를 늘리기 위 한 노력을 해야 한다. 대부분의 구독자들은 자신이 원하는 동영상(채널)이라고 판 단 되면 당장은 아니더라도 며칠 후엔 반드시 다시 찾아온다. 하지만 콘텐츠 개수 가 부족하거나 업로드 간격이 일정하지 않으면 채널에 대한 신뢰가 쌓일 때까지 구독하기는 일단 밀어두게 된다. 그러므로 규칙적이고 지속적인 업로드를 통해 채널에 대한 신뢰를 쌓아야 한다.

둘 타 채널에 대한 반감을 가지고 있다

타 채널에 구독자가 많은 것을 질투하지 말자. 이런 생각을 하게 되면 자신의 채널 에 구독자가 늘지 않는 것이 다른 채널 때문이라고 책임을 돌리게 되는데, 그 채널의 유튜버가 유명 연예인이거나 구독자를 끌기 위해 사회적 이슈 거리에만 어그로를 끌고 있다는 부정적인 생각으로 합리화시키게 된다. 이러한 생각은 자신의 채널을 발전시키는데 절대 도움이 되지 않으며, 자신의 콘텐츠에 대한 지나친 우월감 때문일 가능성이 높아 시청자들이 무엇을 원하는지 알려고도 하지 않게 된다. 그러므로 이런 부정적인 생각을 할 시간에 시청자(구독자)들이 어떤 콘텐츠가 필요하고 관심이 있는지 분석하기 바란다.

셋 타 채널에 스팸 댓글과 스팸 홍보를 하고있다

혹, 잘 나가는 다른 유튜브 채널에 자신의 채널을 홍보하기 위한 스팸 댓글을 올리고 있지 않은가? 만약 그렇다면 즉시 중단해야 한다. 이런 행위는 댓글을 본 해당 채널 유튜버나 구독자들에게 오히려 자신의 채널에 대한 신뢰도를 떨어뜨리는 행위이기 때문이다. 이러한 행위는 자신의 채널에 대한 홍보 효과보다는 오죽 재미없으면 여기까지 와서 이럴까?라는 부정적 요인만 양산하게 된다.

▶ 잘 나가는 유튜브 채널의 비밀, 이것만 잡으면 끝

초보 유튜버들은 채널을 만든 후 지인들에게 홍보하는 것 이외엔 특별한 마케팅 계획을 세우지 않거나 마케팅을 어떻게 해야 하는지조차 몰라 채널을 그대로 방치해 두는 경우가 많다. 그러면 기적이 일어나지 않는 한 구독자 수는 절대 늘어나지 않는다. 방치된 채널은 시청자(구독자)뿐만 아니라 유튜브 알고리즘마저 외면하기 때문이다. 물론 운 좋게 업로드된 동영상 몇 개가 유튜브 메인 화면에 노출되어 클릭을 유도했다고 해도 구독자로 만드는 것은 쉽지 않은 일이다.

그렇다면 10만, 100만 구독자를 거느리는 유튜버들은 어떻게 그 많은 팔로워들을 거느리게 될 수 있었던 것일까? 다음의 5가지는 잘 나가는 유튜브 채널의 공통적 요소이다. 참고하여 구독자 수를 늘리는데 유용하게 활용해 보자.

처음 시작하는 유튜버들 대부분은 막연히 유튜브에서 돈을 벌 수 있을 거로 생각하며 시작한다. 당연히 돈을 벌 수 있고, 벌기 위해 유튜버를 하고자 하는 것이다. 하지만 단순히 돈만 벌기 위해 유튜비기 된다면 자신이 콘텐츠(동영상)를 만들어야 하는 이유(사명, 철학, 동기 등)가 감쇄되기 때문에 시간이 흐를수록 업로드하는 간격과 횟수가 줄어들게 된다. 그러므로 채널을 시작하기 전에 자신이 왜 유튜버가 되려고 하는지에 대한 목표가 확실해야 한다. 잘 나가는 유튜버들은 남들이 자신에 대한 어떤 시선을 갖고 있든 간에 본인 자신의 철학과 목표가 뚜렷하다는 것을 알 수 있다. 예를 들어 강용석의 **가로세로 연구소(가세연)**은 필자를 포함 많은 사람들에게 **욕을 먹고 있는 채널**이지만 2년 사이 25만이 늘어 **85.5만 명**이 넘는 많은 구독자가 되었다. 이것을 보면 세상을 보는 생각과 시각이 다르다는 것을 알 수 있다. 그러므로 남들의 시선을 의식하지 말고, 자신의 철학과 목표를 끝까지 관철해 나가는 것이 필요하다.

둘 자신의 재능과 흥미 요소가 무엇인지 알기

자신이 하고자 하는 주제가 정보 전달이든 교육이든 재미를 주는 예능이든 상관없다. 자신이 가지고 있는 재능을 마음껏 표현할 때의 활기차고 자신감 넘치는 모습과 흥미롭게 진행하는 모습은 곧바로 시청자들에게 전달되어 구독으로 이어지게 하는 동기부여가 된다. 시청자들의 눈은 생각보다 정확하고 냉철하다. 하기 싫은데 돈 때문에 억지로 하게 된다면 아무리 해맑게 웃으며 진행을 한다 해도 억지

스런 모습은 금세 시청자들에게 들통나게 되어있다.

　시청자들에게 즐거움을 주기 위해서는 용기가 필요하다. 당신은 시청자들에게 즐거움을 주기 위해 망가질 준비가 되어있는가? 만약 처참하게 망가진 자신의 모습을 스스로 즐겁게 받아드릴 용기가 있다면 당신은 이미 성공한 유튜버로서 남들보다 몇 걸음 앞서간 것이다. 아래 채널 아트는 **최마태의 노잼 일기장**이란 채널이다. 멀쩡하게 생긴 사람이 시청자들을 즐겁게 해주기 위해 스스럼없이 코믹한 분장과 표정을 짓는다. 이러한 모습을 통해 이 유튜버는 **12만 명**의 구독자를 거느리는 인플루언서가 되었다.

셋 구독자들과 원활한 소통하기

유튜버가 되려고 하는 궁극적 목표가 수익 창출을 위한 것이다. 수익 창출을 내는 채널이 되기 위해서는 많은 **구독자**들이 필요하며, 그러기 위해서는 구독자들과의 원활한 **소통**이 필요하다. 댓글은 채널을 발전시키는데 중요하기 때문에 댓글이 달리면 거르지 말고 진정성있게 답변을 해주도록 한다. 답글은 채널에 대한 **친근함**과 **신뢰**를 주며, 채널 성장을 위한 피드백으로 활용할 수 있다.

　조회수가 아무리 많아도 댓글이 많지 않으면 구독자들과 소통이 원활하지 못한 채널로 판단하여 구독자 수도 잘 늘지 않게 된다. 그러므로 **구독자 수와 채널 평점**을 높이기 위해 **댓글**이 많이 달리도록 노력해야 한다. 물론 여기서 가장 중요한 것은 댓글을 달게끔 **공감**되는 좋은 **콘텐츠**를 만들어야 한다는 것이다.

한 명으로 **백만 구독자**를 유치할 수 있는 전략적인 마케팅이 필요하다. 유튜브 채널 또한 비즈니스이기 때문에 자신의 채널을 널리 알리기 위해서는 유튜브 알고리즘을 이해하고, 페이스북이나 인스타그램, 블로그 등의 SNS를 활용하거나 자신의 채널과 연관성이 있는 장소(공연장, 세미나, 전시회 등)에 갔을 때 혹은 사람들과의 만남이 있을 때에도 잊지말고 자신의 채널에 한 명이라도 들어올 수 있도록 홍보를 해야 한다.

유튜브 마케팅 중 썸네일과 제목, 설명, 태그 등도 매우 효과적이다. 대부분의 시청자들은 유튜브에 올라온 동영상의 썸네일과 제목을 통해 **후킹(클릭)** 당하기 때문에 이 방법이 가장 효과적일 수도 있다. 그러므로 콘텐츠에 대한 호기심 유발을 위한 썸네일 만들기 전략이 필요하다. 아래 이미지들은 필자가 기획했던 **냉장고를 털어라**라는 유튜브 채널을 홍보하기 위해 월간지 광고와 출연진들의 캐릭터 그리고 명함이다. 해당 채널의 컨셉트에 맞게 제작한 것들이다. 여러 사정으로 인해 중단된 프로젝트이지만 채널을 성공시키기 위해서는 이처럼 사전에 치밀한 마케팅 전략을 세워 실패 확률을 줄여야 한다.

유튜브에서 한두 개의 동영상으로 대박 나는 횡재의 수를 버려야 한다. 물론 하나의 콘텐츠로 이슈가 되는 기적적인 일도 일어나지만, 그 이슈가 지속되도록 하기 위해서는 꾸준한 업로드가 필요하다. 대부분의 시청자들은 **지속적으로 업데이트**되는 콘텐츠에 관심을 갖으며, 그 신뢰를 바탕으로 구독까지 다다르게 되므로 꾸준한 업로드야 말로 최고의 마케팅 중의 하나이다.

필자의 책 중에 **돈1도 안 쓰고 잘 나가는 유튜브 동영상 편집 하루만에 끝내기**라는 아주 긴 제목의 책이 있다. 이 책을 통해 많은 독자들이 자신의 채널을 만들었다 한 달도 채 안 된 채널을 그대로 방치하거나 해지하는 것을 보았다. 채널의 성공은 평균적으로 **1년 이상** 꾸준한 채널 관리와 업로드를 통해 이루어진다.

1세대 유튜버인 **대도서관 TV**는 2~3년 동안 꾸준히 뻘짓?을 하면 언젠가는 터지겠지라는 생각으로 게임부터 패션, 영화, 요리 관련 콘텐츠를 꾸준히 업로드한 결과 유튜브의 신이란 수식어까지 얻게 된 자수성가형 유튜버이다. 참고로 대도서관 VT는 **2010년**에 개설하여 지금까지 **1만여 개**의 콘텐츠를 꾸준히 업로드하고 있는 꾸준함의 대명사요 근면함의 표본이다.

구독자	조회수	평균 조회수 ⑦	동영상	라이브 수입
158만 ↘	14.88억 ↑0.01%	2.99만 ↑0.18%	1만	₩ 1.47억

하루 간격으로 꾸준히 업로드하는 대도서관 유튜브 채널

▶ 주변 자원 및 환경 체크하기

자원은 인간의 기본 생활 및 경제 생산에 이용되는 물적 자료, 노동력, 기술 등을 통틀어 이르는 말이다. 그렇다면 유튜브 채널을 운영하기 위한 자신만의 자원은 어떠한 것들이 있을까? 이것은 채널 운영 및 관리를 위해 중요한 요소이므로 반드시 체크해 보아야 한다.

하나 몇 개의 채널(아이템)을 만들 수 있나

자신이 할 수 있는 최대한의 주제(장르)는 몇 가지인지 파악한다. 만약 하나밖에 없다면 이 하나에 올인해야 겠지만, 재능이 많아 여러 개의 채널을 운영할 수 있다면 하나에 올인해야 하는 부담감을 줄일 수 있다. 하지만 지나치게 많은 주제를 한꺼번에 진행한다면 지속적인 관리가 쉽지 않기 때문에 금세 지치거나 자신의 캐릭터(채널의 특징)가 명확하지 않게 될 수 있다. 그러므로 처음에는 꾸준하고 지속적인 업로드가 가능한 주제부터 시작해야 한다.

대부분의 유튜버는 1인 제작자로 활동한다. 기획, 대본, 연출, 촬영, 편집, 관리 등의 작업이 혼자서 가능하기 때문이다. 이렇듯 대부분의 초보 유튜버들은 이 모든 작업을 반드시 혼자서 해야 한다고 생각하는 경향이 있다. 실제로 많은 유튜버들은 제작 비용을 절감하고, 수익이 발생되었을 때의 배분 문제를 없애기 위해 혼자서 활동하는 경우가 많다. 하지만 기업형 채널들은 해당 분야의 전문가 2~3명이 각각의 업무를 맡아 처리하는 시스템이다. 이처럼 유튜브 콘텐츠 제작을 혼자서 하는 것이 결코 쉽지 않다는 것이다. 만약 혼자서 채널을 운영해야 한다면 위의 능력을 모두 갖추어야 하며, 그렇지 않다면 자신의 취약한 영역(기술)을 *아웃소싱해야 한다.

셋 시간과 비용은 충분한가

유튜브 채널을 개설한다는 것은 단순히 촬영을 하고 편집을 해서 업로드하는 것만이 아니다. 최소 일주일에 한 번 이상의 콘텐츠를 업로드할 수 있는 시간적 여유가 있는지, 촬영(조명) 및 편집에 사용되는 장비를 구입할 수 있는 예산은 충분한지 등은 지속적인 콘텐츠 제작을 위해 반드시 체크해야 할 부분이다. 유튜브 채널을 운영한다는 것은 마라톤 코스를 달리듯 길고 고독한 레이스이기 때문에 끝까지 완주할 수 있는 환경(시간과 비용)을 만들어놓아야 한다.

▶ 채널과 연계되는 비즈니스 모델 찾기

유튜버가 된다는 것은 유튜브를 통해 자신의 재능을 시청자들에게 냉정하게 평가를 받는 것이다. 그 결과에 따라 자신의 채널에 대한 존립이 결정된다. 누구나 시작할 수 있고, 누구나 성공할 수 있지만 또 누구나 실패의 쓴 맛을 볼 수 있는 곳이 바로 유튜브 생태계이다. 그러므로 처음 시작하는 유튜버는 자신의 채널이 승승장구

아웃소싱(outsourcing) 작업을 외부에서 위탁해 처리하는 것. 반대의 개념은 인소싱(insourcing)이다.

해 나갈 수 있도록 다양한 방법을 모색해야 한다. 그 방법 중에는 자신의 유튜브 채널을 통한 **확장성**있는 **비즈니스 연계**가 있다. 대부분의 초보 유튜버들은 단순히 자신의 콘텐츠로 **구글 애드센스(광고)**에서 생기는 수익만을 생각하는데, 이제는 처음부터 사신의 채널을 통해 부가적으로 수익을 창출할 수 있는 비즈니스 연계 모듈을 찾아놓아야 한다.

≪ 유튜브 애드센스(광고)를 통한 수익 및 혜택 ≫

등급	혜택
루비 구독자 5,000만 명 이상	**약 월 5억-50억 원 이상** 유튜버(크리에이터) 어워즈 채널 상징 루비 플레이 버튼 수여 등
다이아 구독자 1,000-5천만 명 미만	**약 월 5,000만 원-50억 원 이상** 유튜버 어워즈 채널 상징 다이아 플레이 버튼 수여 등
골드 구독자 100-1,000만 명 미만	**약 월 1,000만 원-10억 원 이상** 유튜버 어워즈 채널 상징 골드 플레이 버튼 수여 등
실버 구독자 10-100만 명 미만	**약 월 100만 원-1억 원 이상** 유튜버 어워즈 채널 상징 실버 플레이 버튼 수여, 파트너 관리자 배정 등
브론즈 구독자 1-10만 명 미만	**약 월 5만 원-100만 원 이상** 제작 리소스 이용, Next Up 참가 등
오팔 구독자 1,000-1만 명 미만	**약 월 10,000원-10만 원 이상** 유튜버 캠프 참가, 유튜브 스페이스 방문 등
그레파이트 구독자 1-1,000명 미만	**월 수익 없음 (광고 조건 불충족)** 유튜버 아카데미 이용, 크리에이터 스튜디오 채널 관리 등

위의 유튜브에서 창출할 수 있는 수익 및 혜택들을 살펴보면 동일한 구독자 수를 가지고 있더라도 채널의 특징과 시청 시간, 광고 형태 등에 따라 애드센스 수익에 많은 차이가 있는 것을 알 수 있다. 살펴본 것처럼 구독자 수 10만이 되기 전까지는 애드센스 광고 수익만으로는 채널을 유지하기 쉽지 않기 때문에 채널을 통한 부가적인 수익 모델이 어떤 것들이 있는지 파악한 후 시작하길 권장한다.

≪ 어떤 비즈니스와 컬래버레이션이 가능한가 ≫

1,000명 구독자가 되면 그때부터 **광고(애드센스)**가 가능하다. 물론 천 명 정도의 구독자로는 만족스런 수익이 될 수 없지만 자신의 채널에 맞는 비즈니스 모델이 있을 경우에는 가능하다. 예를 들어 보드게임에 관한 유튜브 채널을 운영한다고 하고, 보드게임 샵까지 운영한다면 자신의 채널을 통해 자신의 보드게임 샵에서 판매되는 게임을 판매할 수 있을 것이며, 샵이 없다면 특정 샵과 연계하여 연계된 샵에서 판매가 이루어지도록 계약을 맺을 수 있다. 또 요리에 관련된 채널도 요리 재료를 공급하는 업체 또는 주방용품에 대한 비즈니스 연계가 가능하며, 피부과 전문의일 경우에는 자신이 가지고 있는 전문 지식을 유튜브를 통해 신뢰를 쌓고, 자연스럽게 내원 환자를 늘릴 수 있을 것이다. 더불어 화장품 제조사와의 셰어나 자체적으로 제조한 화장품으로 판매 효과는 증진시킬 수 있다. 실제로 피부과를 운영 중인 송동혁 원장은 **피부가알고싶다!닥터송**이란 채널을 통해 피부에 대한 전문 지식을 전달한 후 내원 환자가 몇 배로 늘었다고 한다. 이렇듯 자신의 채널을 통해 어떠한 비즈니스 모델을 연계할 수 있는지 철저히 분석하여 수익증대에 기여하도록 한다.

≪ 온·오프라인 교육 시장으로 시선을 넓히자 ≫

채널이 성공하면 다양한 광고들이 붙지만, 광고 이외에 **온라인**이나 **오프라인** 강좌 요청도 쇄도하게 된다. 요즘 SNS를 하다 보면 유튜버로 월 1억 버는 법, 100만 구독자 만들기, 유튜브 편집 등에 관한 온/오프라인 광고가 활발하다. 그만큼 유튜버에 대한 관심이 높기 때문이다. 10만 이상의 구독자를 가진 유튜버에게는 이러한 강좌에 강사로서의 가치도 천정부지로 높아진다. 유튜버로서 최고의 주가를 올리고 있는 **신사임당** 채널의 주언규씨는 채널에서의 수익뿐만 아니라 온 오프라인 강사로서도 탑클래스이다. 특히 온라인 강의 사이트인 **클래스101**에서도 주가를 높이고 있다. 유튜버의 생명인 언변(전달)력은 채널의 성장은 물론 강사로서의 성공과도 식설된나는 것을 명심하자.

≪ 출판 시장을 공략하자 ≫

유튜버로 성공하면 **출판분야**에도 활력을 준다. 유튜브의 신 **대도서관 TV**나 **허팝** 등이 그러했듯 최근에 신사임당이 쓴 **킵고잉**이란 책이 서점가에 돌풍을 일으키고 있으며, 얼마 전에는 초통령(초등학생 대통령)이라 불리는 도티도 **도티의 플랜B**란 책을 출간하였다. 개그맨 출신의 **흔한남매**도 유튜브를 섭력한 후 유튜브 콘텐츠에서 다루웠던 내용과 생활과학을 주제로 한 만화책 시리즈로 베스트셀러가 되었다. 이 책은 현재 시리즈 11까지 출간하였다. 그밖에 빵선생의 과외교실 채널의 김연진, 챕스랜드의 소방안전관리, 방울이 TV 딸랑 예술학교 코믹만화 등 다양하다. 이렇게 유튜버들이 출간을 하는 이유는 유튜버의 유명세와 또 다른 작가라는 지적 이미지를 얻을 수 있는 기회와 인세(원고료)에 대한 치명적인? 유혹 때문이다. 출판사 또한 유튜버의 명성을 이용하여 수익 창출에 도움을 받을 수 있기 때문에 인플루언서 유튜버들에게 적극적인 구애를 하고 있다. 이렇듯 유튜버로서의 성공은 다양한 비즈니스 분야에서도 성공할 수 있는 든든한 기반이 된다.

☑ 이 책을 통해 유튜버로 성공하여 본 도서를 출간한 네몬북, 힐북, 책바세에서 멋진 책을 출간할 수 있길 기원해 본다.

≪ 논란 없는 착한 PPL은 얼마든지 많다 ≫

얼마 전 스타일리스트 슈스스 TV의 한혜연씨와 다비치의 강민경씨가 자신의 유튜브 채널에서 광고 표기 없이 *PPL을 했던 것이 파장이 되었다. 성공한 채널에 자연스럽게 붙는 PPL이지만 광고 표기를 하지 않은 것이 논란이 된 것이나. 유튜브의 수익은 대부분 광고에서 이루어지기 때문에 유튜버들이 만든 동영상 콘텐츠 안에 포함된 광고는 좋은 시선으로 보지 않는다. 물론 유튜브는 이러한 PPL을 금지하지는 않지만 PPL이 포함된 콘텐츠에는 반드시 광고 표기를 하라고 방침하고 있다. 유튜브 또한 이 같은 방침만 지켜진다면 PPL에 대해 문제를 삼지 않기 때문에 합법적 PPL을 통한 수익 창출에도 신경을 써야 할 것이다.

유튜브 콘텐츠에 PPL을 제휴해 주는 OPEN PPL.net 웹사이트 화면

▶ 아는 사람만 아는 유튜브 채널 소개 및 별점주기

전 세계적으로 **2.5천만** 명의 유튜버가 존재하고, **한국에서만 5만** 명 정도의 유튜버가 존재한다. 물론 제대로 운영되는 채널들은 1/10 정도이지만 그래도 적지 않은 수치이다. 다음에 소개하는 채널들은 무한경쟁의 숲에 들어온 유튜브 채널들이다. 이 채널들은 현재 성공이란 꿈을 품고, 목표를 향해 달려가고 있다. 여기에서 소개하는 채널을 보며 앞으로 자신이 만들 채널에 대한 영감을 얻길 바란다. 참고로 본채널들에 대한 소개와 평점은 지극히 필자 개인적인 사견이며, 더 성장할 수 있으면 좋겠다는 애정 어린 마음에서의 소견임을 알았으면 한다.

PPL(product placement) 특정 상품을 영화, 드라마, 유튜브 등의 동영상 장면에 등장시키는 간접 광고이다.

≪ 다산 TV ≫

다산 TV는 조선 후기 유형원과 이익의 학문과 사상을 계승하여 실학을 집대성한 다산 **정약용** 선생의 정신을 바탕으로 다산을 이해하는데 초점을 둔 진규동 박사의 채널이다. 진규동 박사는 다산 작가로도 활동하고 있다.

다산 TV! 국회에 울려퍼진 다산의 "흠흠신서 서문" 7:16

다산 TV! 현장 인터뷰 "다산을 사랑한 경찰관" 이야기 7:08

다산 TV! 44회 - "다산정신문화의 샘터"를 파다! 6:28

다산 TV! 다산 선생의 "새해 편지"이야기! 3:22

별점주기(총점) ★★☆☆☆

기획성	★★★★☆	심미성	★☆☆☆☆
연출성	★★☆☆☆	기술성	★☆☆☆☆
구성성	★☆☆☆☆	진행성	★★☆☆☆
창의성	★★☆☆☆	대중성	★☆☆☆☆
독창성	★☆☆☆☆	흥행성	★☆☆☆☆
교육성	★★★★☆	오락성	☆☆☆☆☆
정보성	★★★☆☆	몰입성	★☆☆☆☆
흥미성	★☆☆☆☆	지속성	★☆☆☆☆

탑 랭킹 유사 유튜브 채널

 당신이 몰랐던 이야기 구독자 58.6만명

 궁금소 ✔ 구독자 52.1만명

 별별역사 구독자 30만명

토닥 토닥 총평 다산 정약용 선생에 대해 깊게 알 수 있는 기회를 준다. 전형적인 학자의 모습으로 진행되기 때문에 시간이 흐를수록 지루하게 느껴질 수 있다. 다산 선생의 전기를 흥미를 유발할 수 있는 소재 위주로 다가갔으면 한다.

≪ 야사시 TV ≫

야사시 TV는 한국 프로야구에 관한 **숨겨진 뒷담화**를 이종도 감독, 이광권 해설위원, 정삼흠 코치의 입담으로 흥미롭게 풀어가며, 국내외 야구팬 덤 형성 증대를 위한 **야구 전문 토크쇼** 채널이다.

별점주기(총점) ★★★☆☆

기획성	★★★★☆	심미성	★★★☆☆
연출성	★★★☆☆	기술성	★★★★☆
구성성	★★☆☆☆	진행성	★★★☆☆
창의성	★★★☆☆	대중성	★★☆☆☆
독창성	★☆☆☆☆	흥행성	★★☆☆☆
교육성	★☆☆☆☆	오락성	★★☆☆☆
정보성	★★★☆☆	몰입성	★☆☆☆☆
흥미성	★☆☆☆☆	지속성	★★★☆☆

탑 랭킹 유사 유튜브 채널

**토닥
토닥
총평** 한국 야구를 이끌었던 선수 및 코칭 스테프 출신들이 말하는 그때 그 시절 한국 야구사의 뒷담화는 흥미로운 주제이지만 진행 방식이 너무 정적이다. 이야기에 빨려들 수 있는 보다 극적이며, 자극적인 요소가 필요하다.

≪ 일본로그 쩡구기 TV ≫

일본로그 **쩡구기** TV는 디지털 노마드 소정국 대표의 채널로 **일본 여행** 시 **추천 장소와 명소(식당)** 그리고 **일본 유학** 생활에 필요한 소소한 정보를 제공한다. 최근에는 덕후들을 위한 **프라모델과 캐릭터** 관련 콘텐츠도 업로드되고 있다.

별점주기(총점) ★★☆☆☆

기획성	★★★☆☆	심미성	★★☆☆☆
연출성	★★★☆☆	기술성	★★★☆☆
구성성	★★★☆☆	진행성	★★★☆☆
창의성	★★★☆☆	대중성	★★☆☆☆
독창성	★★☆☆☆	흥행성	★☆☆☆☆
교육성	★☆☆☆☆	오락성	★★☆☆☆
정보성	★★★☆☆	몰입성	★★☆☆☆
흥미성	★☆☆☆☆	지속성	★☆☆☆☆

탑 랭킹 유사 유튜브 채널

 유이뿅YUIPYON
구독자 59.4만명

 까니짱 [G-N
구독자 457만명

 ぱく 家(박가네)
구독자 43.3만명

토닥
토닥
총평
일본의 유명하지 않는 곳 탐방과 비즈니스 정보는 매우 유익하다. 하지만 아직 갈피를 못 잡는 콘셉트가 아쉽다. 자주 바꾸는 콘셉트보다는 하나를 특정해서 일관성있게 꾸준히 업로드했으면 한다.

≪ 인물 읽는 여자 ≫

인물 읽는 여자는 심리학, 커뮤니케이션학, 전기공학 등 **학자들**의 학문과 그들이 **걸어온 길**을 조명하는 박현주씨의 채널이다. 책을 좋아하는 그녀는 감명 깊게 읽은 책의 일부를 팟케스트로 소개하다가 유튜버로 전향한 케이스이다.

오늘은 시 읽는 여자 [단 한순간도 모두 주억이다.]의 그 일...	일반인들이 전기충격 가해자!! 밀그램 실험으로 잘 알려진 ...
스탠퍼드 감옥 실험으로 유명한 필립 조지 짐바르도가 인...	인물 읽는 여자 두번째 인트로

별점주기(총점) ★★☆☆☆

기획성	★★★★☆		심미성	★★☆☆☆
연출성	★★★☆☆		기술성	★★☆☆☆
구성성	★★☆☆☆		진행성	★★☆☆☆
창의성	★★★☆☆		대중성	★★☆☆☆
독창성	★★☆☆☆		흥행성	★☆☆☆☆
교육성	★★★☆☆		오락성	★☆☆☆☆
정보성	★★★☆☆		몰입성	★☆☆☆☆
흥미성	★★★☆☆		지속성	★★☆☆☆

탑 랭킹 유사 유튜브 채널

 예술의 이유 구독자 34.5만명　　 책읽는 문학관 구독자 13.9만명　　 인물위키사전 구독자 555명

 토닥 토닥 총평 특정 인물에 대해 심층적인 포커스를 두었다는 것이 마음에 든다. 하지만 책을 읽는 듯한 전달은 다소 식상하다. 카메라를 의식하지 말고 자연스럽게 진행하면 어떨까. 꾸준한 업로드가 필요하다.

≪ 한정진의 프레임 톡 ≫

한정진의 프레임 톡은 프레임워크 연구소 한정진 대표의 채널로 그동안 **기업 강의**를 통해 얻은 경험들을 다양한 사례와 솔루션으로 업무에 적용하고, 역량 강화와 성과를 가져올 수 있게 해주는 **현실적인 강의**를 볼 수 있다.

별점주기(총점) ★★⯪☆☆

기획성 ★★★☆☆		심미성 ★★★☆☆
연출성 ★★★☆☆		기술성 ★★★☆☆
구성성 ★★★☆☆		진행성 ★★★☆☆
창의성 ★★☆☆☆		대중성 ★★☆☆☆
독창성 ★★☆☆☆		흥행성 ★☆☆☆☆
교육성 ★★★☆☆		오락성 ★☆☆☆☆
정보성 ★★★☆☆		몰입성 ★★☆☆☆
흥미성 ★☆☆☆☆		지속성 ★★☆☆☆

탑 랭킹 유사 유튜브 채널

토닥
토닥
총평 스마트워크 시대에 효율적으로 대처할 수 있는 자기계발 강의이며, 깔끔한 화면과 함께 정보 전달력도 좋다. 이론적인 내용보다는 보다 실질적이고 실무적인 내용과 함께 꾸준한 업로드가 필요하다.

≪ motionlab Mg25 ≫

모션랩 MG25는 모션그래픽 제작 아카데미의 학생들 작품을 감상할 수 있는 채널로 모션그래픽에 관심있거나 영상 디자이너를 꿈꾸는 예비 취업생들에게 유익한 정보를 주기 위해 개설되었다.

discord_promo	TWG_promotion	애플뮤직_Apple Music Promo	토스 toss _ Promo

별점주기(총점) ★★★☆☆

기획성	★★★★☆	심미성	★★★★☆
연출성	★★★☆☆	기술성	★★★★★
구성성	★★★★☆	진행성	★☆☆☆☆
창의성	★★★★☆	대중성	★★☆☆☆
독창성	★★★★☆	흥행성	★☆☆☆☆
교육성	★★☆☆☆	오락성	★☆☆☆☆
정보성	★★★☆☆	몰입성	★★★☆☆
흥미성	★★★★☆	지속성	★★★★☆

탑 랭킹 유사 유튜브 채널

토닥토닥 총평 수익 창출 목적이 아닌 학생들 작품과 정보를 주기 위한 채널이다. 학생들의 졸작을 통해 흥미를 끌며, 학원 호감도를 높이고 있다. 유사 유튜브 채널은 전무하다. 강의 모습과 실무 테크닉을 보여주면 더욱 시선을 끌 수 있다.

≪ 효영뮤직 ≫

효영뮤직은 작곡 및 연주자인 전효영 뮤지션이 개설한 채널로 **삶에서 느끼는** 그녀만의 다양한 **감정**들을 직접 작곡한 곡과 기존 곡을 커버하여 **바이올린** 중심으로 다양한 악기들이 앙상블되는 **음의 조화**를 눈과 귀로 경험할 수 있게 해준다.

오래된 노래 - 스탠딩 에그, 9가지 악기 커버

바람이 불어오는 곳 - 김광석, 11가지 악기 커버

그대 고운 내사랑 - 어반자카파 (슬기로운 의사생활 ost), ...

이제 나만 믿어요 - 임영웅 (미스터트롯), 8가지 악기 커버

별점주기(총점) ★★☆☆☆

기획성	★★★★☆	심미성	★★☆☆☆
연출성	★★★☆☆	기술성	★★☆☆☆
구성성	★★☆☆☆	진행성	★★★☆☆
창의성	★★☆☆☆	대중성	★★☆☆☆
독창성	★★☆☆☆	흥행성	★☆☆☆☆
교육성	★☆☆☆☆	오락성	★☆☆☆☆
정보성	★☆☆☆☆	몰입성	★★☆☆☆
흥미성	★★☆☆☆	지속성	★★★☆☆

탑 랭킹 유사 유튜브 채널

Yewon ✓
구독자 23.1만명

장재훈 Jaehoo
구독자 13.7만명

INOA이노아
구독자 4.76만명

토닥토닥총평 직접 곡을 쓰고, 쓴 곡을 다양한 악기로 연주하는 모습에 감탄한다. 하지만 자칫 셀프 학예회가 되는 것 같기도 하여 보다 다채롭고 대중적인 곡들을 드라마틱하게 연주한다면 눈과 귀가 모두 호강할 것 같다.

≪ 최연화 TV ≫

최연화 TV는 전통 **트롯 가수**인 최연화 가수의 채널이다. **중국**에서 태어난 그녀는 **중국 공무원 가수**로 활동하다 한국에서 음반 취입 및 결혼, MBN에서 개최한 **보이스퀸**에서 **3위**로 입상한 후 본격적인 자신만의 노래를 선보이고 있다.

[최연화TV]중년엘사 최연화 봄펌과 함께 라이브

[최연화TV]황기순의 티키타카의 이어서 신청곡 - 첨밀밀

[최연화TV-LIVE방송] 드디어 주가열 선생님 출격! 최연화...

[최연화TV-신사동그사람] 주현미선생님의 COVER SONG...

별점주기(총점) ★★☆☆☆

기획성	★★★☆☆	심미성	★★☆☆☆
연출성	★★☆☆☆	기술성	★★☆☆☆
구성성	★★☆☆☆	진행성	★☆☆☆☆
창의성	★★☆☆☆	대중성	★★☆☆☆
독창성	★★☆☆☆	흥행성	★★☆☆☆
교육성	★★☆☆☆	오락성	★★☆☆☆
정보성	★☆☆☆☆	몰입성	★★☆☆☆
흥미성	★★★☆☆	지속성	★★★☆☆

탑 랭킹 유사 유튜브 채널

 미기MIGI TV
구독자 31.5만명

 트로트샛별 정서주
구독자 12.1만명

 신미래
구독자 10.2만명

토닥토닥 총평 고퀄리티 정통 트로트를 들을 수 있다. 유명한 곡도 커버하지만 주로 현장 공연 영상을 업로드하는 것이 다소 아쉽다. 중국과 한국 모두에서 인정 받은 실력을 심미스럽게 보여준다면 지금보다 훨씬 고급스럽게 전달될 듯하다.

≪ 김유석TV 스토리텔링 스튜디오 ≫

김유석 TV채널은 **스토리텔링** 및 **문화콘텐츠** 개발과 지역전통자원 분야 전문가로 **책 유람**이란 주제로 인문학 관련 분야를 폭넓게 탐방하고 있다. 나날이 발전되고 한국 문화를 많은 사람들과 향유하고자 본 채널을 개설하였다고 한다.

[김유석과 함께 하는, 책 유람 冊遊覽] "제3강_동화_가족...	[김유석과 함께 하는, 책 유람 冊遊覽] "제2강_제주 다크투...	[김유석과 함께 하는, 책 유람 冊遊覽] "제1강_콘텐츠를 바...	정통·중화요리, 혹 수사보고서	[인문유람人文遊覽이란 무엇인가?] "제8강_나루"

별점주기(총점) ★★☆☆☆

기획성	★★☆☆☆	심미성	★★☆☆☆
연출성	★★☆☆☆	기술성	★★☆☆☆
구성성	★★☆☆☆	진행성	★★☆☆☆
창의성	★★☆☆☆	대중성	★★★☆☆
독창성	★★☆☆☆	흥행성	★☆☆☆☆
교육성	★★★★☆	오락성	★☆☆☆☆
정보성	★★★☆☆	몰입성	★★☆☆☆
흥미성	★★☆☆☆	지속성	★★★☆☆

탑 랭킹 유사 유튜브 채널

 책갈피 ✔
@koreanbookmark
구독자 53.2만명

 우기부기TV
@wgiboogi
구독자 14.8만명

 챌린지유 challenzyu
@challenzyu
구독자 8.94만명

다양한 도서와 문화에 대한 정보를 얻을 수 있지만 촬영 공간(환경)과 단조로운 편집 그리고 자막과 보충 자료가 가미되었으면 한다. 책의 전체적인 것을 이야기하기 보다는 관심을 끌만한 내용의 다이내믹한 설명이 필요하다.

토닥 토닥 총평

≪ 마음건강 길 ≫

마음건강 길은 조선뉴스프레스 함영준 사장의 채널이다. 이 채널에서는 그가 30년 동안 몸담았던 기자 생활을 은퇴하면서 찾아온 **우울증**을 극복하는 과정과 기자 시절의 다양한 **에피소드**를 소개하고 있다.

별점주기(총점) ★★☆☆☆

기획성	★★★☆☆		심미성	★★☆☆☆
연출성	★★☆☆☆		기술성	★★☆☆☆
구성성	★★★☆☆		진행성	★★★☆☆
창의성	★★☆☆☆		대중성	★★☆☆☆
독창성	★★★☆☆		흥행성	★★☆☆☆
교육성	★★★☆☆		오락성	★☆☆☆☆
정보성	★★★☆☆		몰입성	★★☆☆☆
흥미성	★★★☆☆		지속성	★★★☆☆

탑 랭킹 유사 유튜브 채널

 이재성 박사의 식탁보감
구독자 94.2만명

 멘탈케어::
구독자 37.3만명

 젊은시각
구독자 32.3만명

토닥 토닥 총평
오랫동안 경험했던 기자 생활에서의 숨겨진 이야기와 마음을 다스리는 방법에 대한 정보를 얻을 수 있다. 보일 듯 말 듯한 색채를 더욱 강력하게 표현하고, 모든 세대와도 허물없이 소통할 수 있는 채널이 되길 기대해 본다.

≪ **닭잡식가polymath** ≫

닭잡식가는 주변에서 흔히 이용하는 것(기기)들에 대한 상식과 소소하지만 **경제적 도움**을 주는 **꿀팁**을 소개하는 알뜰 정보 채널이다. 교육 공무원의 경험과 **독특한 발상**들을 유튜버로 활동하면서 마음껏 펼치고 있다.

별점주기(총점)　★★☆☆☆

기획성	★★★☆☆		심미성	★☆☆☆☆
연출성	★★★☆☆		기술성	★★☆☆☆
구성성	★★★☆☆		진행성	★★★☆☆
창의성	★★★☆☆		대중성	★★★☆☆
독창성	★★★★☆		흥행성	★★☆☆☆
교육성	★★☆☆☆		오락성	★☆☆☆☆
정보성	★★★☆☆		몰입성	★★☆☆☆
흥미성	★★★☆☆		지속성	★★★☆☆

탑 랭킹 유사 유튜브 채널

토닥토닥총평 휴대폰 싸게 구입하기, 공짜 피자 먹기, 1+1 행사 참여하기, 폰테크로 돈 벌기 등 소소하지만 생활에 도움이 되는 꿀팁을 얻을 수 있다. 좀 더 깔끔한 편집, 생활 저변으로 확대, 확실한 원샷원킬의 영상 한두 편이 절실하다.

≪ 인문학테라피[윤조 TV] ≫

인문학테라피 [윤조TV]는 **시인**이자 **작사가**인 강재현 시인이 개설한 **명리심리학** 상의 채널이나. 평소 관심이 많았넌 명리학을 공부하면서 직접 상의까시 하게 되었으며, **대운의 시기**와 **심리치료**를 라이브로 상담할 수 있다.

별점주기(총점) ★★☆☆☆

기획성	★★☆☆☆	심미성	★★☆☆☆
연출성	★★☆☆☆	기술성	★★☆☆☆
구성성	★★☆☆☆	진행성	★★★☆☆
창의성	★★☆☆☆	대중성	★★★★☆
독창성	★★☆☆☆	흥행성	★★★☆☆
교육성	★★★☆☆	오락성	★☆☆☆☆
정보성	★★★☆☆	몰입성	★★☆☆☆
흥미성	★★★☆☆	지속성	★★★☆☆

탑 랭킹 유사 유튜브 채널

 용궁사tv오왕근 구독자 25.6만명   미남TV♪ 구독자 15.5만명   행운멘토나비쌤 구독자 11.5만명

 토닥 토닥 총평
시인이자 작사가의 내공을 동양철학에 담아 풀어준다. 이런 소재의 콘셉트는 매우 좋다. 하지만 다소 지루할 수 있는 강의 콘셉트보다 리얼 버라이어티 콘셉트로 가면 어떨까? 깔끔한 편집과 지속적인 업로드가 필요하다.

≪ 호이스토리 ≫

호이스토리는 보컬을 전공한 이호준 학생이 **대학교 축제** 때 불렀던 노래 영상이 화제가 되어 시작된 채널이다. 이 채널에는 자신이 작곡한 노래를 비롯 기성 가수들의 **커버곡**을 들을 수 있다.

별점주기(총점) ★★☆☆☆

기획성	★★★☆☆	심미성	★★☆☆☆
연출성	★★★☆☆	기술성	★★☆☆☆
구성성	★★☆☆☆	진행성	★☆☆☆☆
창의성	★★☆☆☆	대중성	★★★☆☆
독창성	★★★☆☆	흥행성	★☆☆☆☆
교육성	★☆☆☆☆	오락성	★☆☆☆☆
정보성	☆☆☆☆☆	몰입성	★★☆☆☆
흥미성	★★★☆☆	지속성	★★★☆☆

탑 랭킹 유사 유튜브 채널

토닥 토닥 총평 커버곡의 매력은 하나의 곡을 다른 감성과 감정으로 들을 수 있다는 것이다. 초기 콘셉트 이후 성장되지 않아 많이 아쉽다. TV 오디션 등에 참여하여 얼굴을 알리는 방법과 자신만의 특별한 보컬 매력을 보여주면 좋겠다.

≪ 고릴라 쇼쇼쇼 ≫

고릴라 쇼쇼쇼는 헬스클럽 관장이자 수많은 **보디빌딩** 대회를 섭렵한 **선수** 출신인 박진호 관장의 채널이나. 자신이 가진 경력을 실려 사람들의 긴강을 위한 **생활체육**을 비롯, 재밌는 콘셉트의 **먹방**, **탐방**, 실험 등을 주제로 이야기를 나눈다.

고릴라 아저씨의 추억나들이 인천 지하상가 커피집! · 고릴라 아저씨의 추억나들이 2편! 인천역 호프집! · 스류디오 협찬 받아서 신난다 고릴라!! · [고릴라쇼쇼쇼TV] 이승철 박인정 이동익 보디빌더 챔피...

별점주기(총점) ★★★☆☆

기획성	★★★★☆	심미성	★★☆☆☆
연출성	★★★☆☆	기술성	★★★★☆
구성성	★★★☆☆	진행성	★★★☆☆
창의성	★★★☆☆	대중성	★★★☆☆
독창성	★★★☆☆	흥행성	★★★☆☆
교육성	★★★☆☆	오락성	★★★☆☆
정보성	★★★☆☆	몰입성	★★☆☆☆
흥미성	★★★☆☆	지속성	★★★☆☆

탑 랭킹 유사 유튜브 채널

 박승현 구독자 65.9만명   **삐약스핏 [실** 구독자 47.6만명   **요무브YoMove** 구독자 8.44만명

토닥 토닥 총평
잘 차려진 식단이다. 정보, 오락, 교육, 흥미 등 대부분이 좋다. 다만 채널을 운영하는 방법, 즉 마케팅에 대한 전략 부족으로 성장 속도가 느리다. 좀 더 대중성 있는 영상과 효율적인 마케팅을 한다면 좋은 결과가 있을 것이다.

≪ 피부가 알고 싶다! 닥터송 ≫

피부가 알고 싶다! 닥터송은 **피부과 전문의** 송동혁 원장의 채널로 피부에 대한 전반적인 **지식과 정보** 그리고 **잘못된 상식**을 바로잡아주기 위해 시작했다. 현재는 유튜브 채널을 통해 구독자가 궁금해하는 것을 직접 설명해 주기도 한다.

별점주기(총점) ★★☆☆☆

기획성 ★★★☆☆		심미성 ★★☆☆☆	
연출성 ★★★☆☆		기술성 ★★★☆☆	
구성성 ★★★☆☆		진행성 ★★★☆☆	
창의성 ★★☆☆☆		대중성 ★★★☆☆	
독창성 ★★☆☆☆		흥행성 ★★★☆☆	
교육성 ★★★☆☆		오락성 ★☆☆☆☆	
정보성 ★★★★☆		몰입성 ★★☆☆☆	
흥미성 ★★★☆☆		지속성 ★★★☆☆	

탑 랭킹 유사 유튜브 채널

 닥터프렌즈 구독자 86.2만명   **Doctor JUDY** 구독자 23.4만명   **피알남** 구독자 13.8만명

토닥토닥총평 전문가의 풍부한 경험으로 고급 정보를 얻을 수 있다. 누구나 쉽게 다가가기 위해 좀 더 현실적이고 흥미로운 주제와 설명이 필요하며, 버라이어티한 콘셉트와 적절한 마케팅은 채널을 크게 성장시킬 수 있을 것이다.

≪ 바른걸음연구소 ≫

바른걸음연구소는 시니어 모델과정과 교정걷기 전문가 이시맥 교수의 채널이다. 오다리, 평발, 무지외반, 디스크, 척축측만, 거북목, 족저근막염 등 잘못된 습관으로 고생하는 사람들을 위한 다양한 교정 방법을 소개하고 있다.

별점주기(총점) ★★☆☆☆

기획성	★★★☆☆		심미성	★★☆☆☆
연출성	★★☆☆☆		기술성	★★☆☆☆
구성성	★★★☆☆		진행성	★★☆☆☆
창의성	★★☆☆☆		대중성	★★★★☆
독창성	★★☆☆☆		흥행성	★★★☆☆
교육성	★★★☆☆		오락성	★★☆☆☆
정보성	★★★☆☆		몰입성	★★☆☆☆
흥미성	★★★☆☆		지속성	★★★☆☆

탑 랭킹 유사 유튜브 채널

 자생한방병원
@jasengkorea
구독자 9.92만명

 닥터프렌즈 ✓
@doctorfriends
구독자 90.5만명

 굿라이프 ✓
@goodlife-glgl
구독자 110만명

토닥
토닥
총평
현대인들의 잘못된 생활에 의해 발생되는 체형 문제는 많은 사람들에게 관심을 끄는 콘셉트이다. 촬영 장소와 진행 방식이 자주 바뀌는 것과 목차를 통해 체계적이고 연계성있는 구성이 필요하다.

≪ MYLEEFit(마일리핏) ≫

마일리핏은 대학에서 댄스를 가르치는 이미영 교수의 채널로 자신이 직접 개발한 다양한 댄스 동작을 통해 **근력과 지구력**을 키우며, 멋진 **몸매**까지 완성할 수 있는 **홈 피트니스** 동영상을 제공한다.

별점주기(총점) ★★★☆☆

기획성	★★★☆☆	심미성	★★★★☆
연출성	★★★★☆	기술성	★★★☆☆
구성성	★★★☆☆	진행성	★★★★☆
창의성	★★★☆☆	대중성	★★★☆☆
독창성	★★★☆☆	흥행성	★★★☆☆
교육성	★★★☆☆	오락성	★★☆☆☆
정보성	★★☆☆☆	몰입성	★★★★☆
흥미성	★★★☆☆	지속성	★★★★☆

탑 랭킹 유사 유튜브 채널

 MYLEE DANCE
@MYLEEDanceTV
구독자 221만명

 엄마TV ✔
@mothertv
구독자 41.4만명

 Sunny Funny Fitnes
@sunnyfunnyfitness3478
구독자 133만명

토닥 토닥 총평 유사 채널의 콘텐츠보다 구성 및 영상의 퀄리티가 단연 돋보인다. 다이어트에 관심이 많은 현대인들에게 유용한 콘텐츠이다. 하지만 사용된 배경음악에 대한 저작권 리스크로 인해 연계된 수익 모델에 대한 연구할 필요가 있다.

▶ 시간관리 철저하게 하기

지상파(KBS, MBC, SBS) 방송이나 케이블(JTBC, TVN, ENA, OCN 등의 종편) 방송들은 모두 공인 방송이며, 정해진 날짜, 요일, 시간에 맞춰 프로그램을 방영한다. 이것은 시청자와의 약속이다. 특별한 사정이 생기지 않는 한 이 약속은 지켜지는 것을 원칙으로 한다. 만약 약속이 지켜지지 않게 되면 시청자들은 혼란에 빠지고, 불만을 갖게 되며, 방송국에 대한 신뢰도 실추되기 때문에 방송국들은 이 약속을 지키려고 노력한다. 물론 유튜브 방송은 공인 방송보다는 자유롭게 시간(업로드되는 날짜) 편성을 할 수 있지만 적어도 업로드되는 요일 만이라도 지정해 놓는 것이 좋다. 이것은 독자(시청자)들에 대한 배려이기도 하지만 유튜버의 스케줄 관리에도 도움이 된다. 다음의 기단별 스케줄을 참고하여 실천하도록 하자.

년(year) 단위로 해야 할 것

유튜브 채널 개설 후 꾸준하고도 지속적인 업로드는 자신과의 싸움이다. 짧게는 1년, 길게는 2-3년 이상의 계획을 세워야만 지치지 않고 끝까지 완주할 수 있다는 것을 명심하고, 1년 동안 몇 편의 콘텐츠를 제작할 것인지 구상하며 또 계획한 기간동안 경제적인 문제로 포기하지 않도록 철저하게 준비해 놓아야 한다. 대부분의 초보 유튜버들은 이런 긴 레이스에서 경제적인 문제로 채널을 중단하는 경우가 많기 때문에 경제적인 부분은 각별히 신경써야 한다.

월(month) 단위로 해야 할 것

년 단위보다 구체적인 계획을 잡는다. 아직 자신의 유튜브 채널에서 수익이 발생되지 않기 때문에 구독자 유치를 위해 페이스북이나 인스타그램과 같은 SNS 계정을 만들어 채널 홍보(마케팅)를 위한 계획들을 잡아야 한다.

주(week) 단위로 해야 할 것

최소 한 주에 한 개 이상의 콘텐츠를 업로드하기 위한 준비를 해야 하는데, 가능한

한 몇 주 분량을 여분을 제작하여 결방에 대비해야 하며 또 조회수 급상승에 필요한 원샷원킬의 콘텐츠를 몇 편 만들어놓는다. 이 때 SNS 계정에 올릴 홍보물(관련 사진, 음악, 영상 등) 또한 미리 준비해 놓는 것이 좋다.

일(day) 단위로 해야 할 것

하루(24시간)를 모두 채널 운영에 투자할 수 있는 초보 유튜버는 거의 없을 것이다. 그러므로 하는 일(본업, 알바 등)에 방해를 주지 않는 시간대를 정하여 댓글에 답변을 달아주고, 홍보를 위해 개설한 SNS에도 콘텐츠를 업로드(링크)해야 한다. SNS에 댓글이 올라왔다면 이 역시 답변을 달아준다. 이것은 꼭 구독자 유치를 위한 것만이 아닌 자신의 콘텐츠에 대한 친밀감을 형성하기 위해서도 필요하다.

▶ 존버(버팀)할 수 있는 목표설정

목표설정은 오랜 시간 동안 자신의 채널을 유지하는데 도움이 된다. 남들이 한다고 무작정 시작한 게 아니라면 최소 1년 정도의 기간 동안 할 수 있는 목표를 설정하자. 설정된 목표는 긴 레이스에서도 지치지 않는 확실한 동기부여가 되며, 버티기 위한 중요한 에너지원이 된다. 다음은 목표 실현을 위한 **백십백십 실천하기**이다. 제대로 실천하여 목표를 이룰 수 있도록 하자.

100개의 콘텐츠 제작하기

최소 1주일에 한 편의 콘텐츠를 제작하더라도 1년이면 52개의 콘텐츠가 완성된다. 처음엔 텅 비어있는 채널을 보며 한숨만 내쉬겠지만 티끌모아 태산이란 말이 있듯 1년이라는 시간은 텅 비어있었던 곳간을 풍요로운 곳간으로 채워놓을 것이다. 이것이 바로 채널 성장을 위한 기본 실천법이며, 이로 인해 자신의 채널에 대한 만족도로 상승해 있을 것이다. 나아가 1주일에 두 편의 콘텐츠를 제작한다면 1년에 104개의 콘텐츠를 보유하는 콘텐츠 부자로도 등극할 수 있으니·얼마나 성취감이 클 것인가. 성취감은 곧 꾸준하고 지속적인 채널 운영의 중요한 에너지원이 되는 것이다. 그러므로 1년 만이라도 눈 꼭 감고 자신이 세운 목표 달성을 위해 노력해 보자.

10만 구독자 만들기

1년 동안 채널을 운영할 수 있는 원동력 중의 하나는 1년 후 10만 이상의 구독자를 거느리는 인플루언서가 되는 것이다. 10년이면 산과 강이 변하듯 **10만** 구독자면 **직업**도 바뀐다. 10만 구독자는 웬만한 월급쟁이보다 높은 연봉자로 만들어 줄 것이다. 그러므로 10만 구독자는 긴 레이스에서도 지치지 않을 묘약인 것이다.

100만 조회수 만들기

구독자 수와 조회수는 채널 수익과 직결된다. 그중 수익에 가장 큰 영향을 주는 것은 **조회수(시청 시간)**이기 때문에 조회수를 늘릴 수 있는 콘텐츠 제작에 심혈을 기울여야 한다. 조회수가 높아진다고 반드시 구독자로 이어지는 것은 아니지만 구독자 증가에 영향을 주는 것은 분명하다.

10억 수입 만들기

1년 동안 버텼다고 해도 결국 수익을 창출하지 못 한다면 아무런 의미가 없다. 유튜브 채널을 운영하는 것은 무한대의 **재능기부**가 아니기 때문이다. 모든 비즈니스가 그렇듯 경제적 여유가 뒷받침되지 못하면 결국 무너지고 마는 것, 그러므로 1년이라는 시간 동안 최소 **몇 백만 원**이라도 수익이 생길 수 있도록 노력해야 한다. 물론 몇 백만 원을 벌기 위해 유튜버가 된 것은 아니지만 그래도 수익 창출을 했다는 것으로 긍정적 효과를 가져올 수 있다. 이후 목표를 더 크게 하여 최종적으로 **10억** 정도의 수익이 발생될 수 있도록 노력해 보자.

▶ 힘들 때 의지할 수 있는 버팀목 찾기

무엇을 하다 보면 결과가 늦어지거나 설정한 목표를 달성하지 못하면 한없이 **무너지는** 자신을 발견하게 된다. 성공한 사람들 또한 예외 없다. 이렇듯 우리는 완전하지 못 한 인격체이기에 쉽게 흔들릴 수 밖에 없는 것이다. 그럴 때마다 우리는 다시 마음을 잡고 재도약을 할 수 있는 무엇을 찾아야 한다.

필자는 스무 살 무렵에 읽었던 **잠재력의 기적**이란 책을 통해 내 자신에 대한 믿음과 성공할 수 있다는 확신을 가졌다. 또 하나의 책은 필자가 집필한 **하늘에 달린 자몽은 달콤하다**라는 소설이다. 이 책은 마흔이 되면서 방황했던 필자의 마음을 표현한 책이다. 이 책을 쓰면서 내가 누군인지, 어디로 가야 할지에 대한 방향을 찾게 되었다. 여러분도 흔들릴 때마다 버팀목이 될 수 있는 무언가를 만들길 바란다. 책읽기도 좋고, 자신을 위한 책을 써보는 것도 좋을 것이다. 물론 유튜브 콘텐츠를 만들면서 즐거움을 찾는 게 가장 좋은 묘약이 되겠지만...

▶ 와우(WOW)를 찾아라!

> **목표 Way**: 왜 유튜버가 되려고 하는가?)
> **동기 MOtive**: 무엇을 위해 하고 있는가?
> **의지 Will**: 목표 달성에 대한 의지가 얼마큼 되는가?)

PART
02

나도 이젠 유튜버

도전!! 시선을 사로잡는 유튜브 채널 가장 완벽 하게 만드는 방법

성공한 유튜브 채널엔 다 이유가 있다. 이번 학습에서는 성공한 채널들을 분석하여 성 공 기운이 밀려드는 채널명 짓는 방법과 시선을 사로잡는 채널 아트 및 채널 아이콘을 만드는 방법에 대해 살펴볼 것이다.

🎥 유튜브 채널, 3분이면 완성

컴퓨터(스마트폰) 전원만 킬 줄 알아도 누구나 유튜브 채널을 만들 수 있다. 유튜브 채널을 만들기 위해서는 구글 계정이 필요하며, 구글 계정은 스마트폰이 있는 사람이라면 한두 개 정도는 가지고 있을 것이다. 만약 구글 계정을 까맣게 잊고 있었다면 다시 기억해 내거나 새로 만들어서 나만의 유튜브 채널을 만들어보자.

100만 구독, 1억 뷰를 위한 나만의 채널 만들기

▶ 한국은 좁다. 이젠 글로벌 유튜버로 가자!

본격적으로 유튜브 채널을 만드는 방법에 대해 알아보자. 이전 학습에서 살펴본 내용들을 참고하여 전 세계인이 볼 수 있는 글로벌 채널을 목표로 해보자. 상상만이라도 얼마나 가슴 벅찬 일인가. 이제 가슴 벅찬 것으로 끝내지 말고, 목표를 현실로 만들기 위한 시간을 만들어 보자.

≪ 성공 기운이 넘치는 채널 이름 짓기 ≫

채널의 이름은 콘텐츠만큼 중요하다. 성공했기 때문에 이름이 빛나든 이름이 빛나 성공하든 채널명은 누구에게나 부르기 쉽고, 친근하며, **브랜드 가치**를 높일 수 있는 세련된(때론 투박한) 이름을 사용했을 때 성공 확률도 높아진다. 이것은 자신을 예쁘고 멋지게 꾸미는 것과 같다.

성공하는 채널 이름은 따로 있다

처음부터 친근한 채널명이 있는 반면, 채널이 성공한 후 친근감이 생기는 채널명도 있다. 물론 처음부터 쉽고, 기억하기 좋고, 친근함과 중독성까지 있는 완벽한 채널명을 지으면 좋겠지만, 자신의 채널명을 대중들에게 각인시키기 위해서는 무엇보다 채널의 성공을 위한 좋은 콘텐츠를 만드는 것이다. 다음에 살펴볼 채널들은 대부분 성공한 채널들이지만 일부는 새로 시작하는 채널들이다. 이 채널들의 이름을 통해 자신의 채널명을 어떻게 지을 것인지 고민해 보자.

워크맨

장성규 아나운서를 내세워 시작된 채널이다. 제목에서 말해주듯 직업(알바)에 대한 컨셉트로 **장성규 아나운서가** 직접 직업을 체험하는 모습을 담고 있다. 어쩌면 이 채널은 이름보다는 JTBC란 프로 방송쟁이들의 기획력과 장성규라는 핫 아이콘의 조합으로 성공할 수 밖에 없는 채널이지 않을까? **구독자 390만**

빅마블

빅마블 채널의 가장 큰 특징은 **차별화**다. 어밴져스를 탄생시킨 **마블(marvel)**과 **빅(big)**이란 관형어를 붙였으니, 이 채널은 처음부터 원대한 꿈을 가지고 있었던 것이다. 특히 **마블**은 **검색어**로 많이 사용하기 때문에 자신의 채널명이 쉽게 **검색(노출)**되도록 고안된 고도의 전략이 있었다. **구독자 790만**

김미경 TV

유튜브로 컴백하여 김미경이란 이름을 다시 각인시켰다. 과거 학력 위조(논문 표절)에 연루되어 방송계를 떠났던 그녀가 더 이상 방송을 하지 못 할 깃이란 예상을 깨고, 오히려 예전보다 더 영향력이 있는 방송인이 되었다. 자신의 **이름을 믿어라**? 이러한 이름은 셀럽(유명인)이 아니라면 자충수가 될 수도 있다. 하지만 자신의 이름을 건 채널명은 이름에 누를 끼치지 않기 위해 그만큼 완성도 높은 채널을 만들기 위해 노력할 것이다. **구독자 157만**

신사임당

신사임당(이후 채널명 바뀜)은 경제·재테크 분야의 대표적인 채널이다. 그런데 신사임당과 경제가 무슨 관련이 있을까? 알다시피 **신사임당**은 조선시대 여류 화가이다. 율곡 이이의 어머니로 더 유명하다. 이런 신사임당을 경제 분야의 채널명으로 쓰다니, 이 또한 신박한 아이디어의 승리다. 신사임당이 5만원권 지폐의 모델이기 때문이다. 이처럼 경제와 무관할 것 같은 인물을 경제 관련 채널에 사용할 수 있는 연관성을 발견했다는 것은 그만큼 이름에 대해 고민을 했다는 증거이며, 검색어로도 자주 사용되기 때문에 착안한 이름이었을 것이다. **구독자 180만**

사물궁이 잡학지식

사물궁이? 무슨 뜻일까? 사전에서도 찾을 수 없는 생뚱맞고 낯선 이름이다. 이 채널은 생활 속에서 한 번쯤 가져 볼 법한 궁금증을 그림으로 이해하기 쉽게 풀어나가는 채널이다. 어쩌면 시시콜콜한 정보가 될 수도 있지만, 이런 가벼운 일상의 소소한 소재도 성공할 수 있다는 명제를 제시해 준다. 사실 이 채널명은 **사**소해서 **물**어보지 못했지만 **궁**금했던 **이**야기란 긴 문장의 **초성**들을 합친 이름이다. 요즘은 긴 단어나 문장을 줄이는 것이 유행인 것처럼 자신의 채널명도 초성으로 만들어 유행에 편승해 보는 것도 좋을 듯하다. **구독자 151만**

근황올림픽

잊혀진 연예인이나 유명인들의 근황을 알려주는 채널로 그 시절 우리가 좋아했던 스타를 다시 만날 수 있는 추억의 장을 마련해 준다. 이 채널은 소재, 즉 컨셉트의 승리라 할 수 있는데, 오랫동안 볼 수 없었던 잊혀진 스타들을 어떻게 섭외했는지가 더 궁금할 따름이다. 그만큼 발품을 팔았을 테지만 말이다. **근황**＋**올림픽**의 합성어로 다소 촌스럽고, 뜬금 없는 제목이지만 제목으로 인해 또 하나의 재미를 주고 있다. **구독자 68만**

하수구의 제왕

얼마 전 하수구가 막혀 뚫기 위해 검색하다가 알게 된 채널이다. 이렇듯 자신이 필요한 정보를 찾다가 우연히 발견한 채널이야 말로 **찐 채널**이다. 하수구의 제왕이란 채널명답게 하수구에 대한 정보만을 제공한다. 하물며 **채널 아트**도 준비되지 않을 정도로 미숙하지만 **23만** 명이라는 구독자와 월 **3,000만 원**의 고수익(예상)을 올리고 있는 알짜배기 채널이다. 이것으로 아주 촌스럽고 현실적인 이름 그리고 화려하게 치장하지 않은 미숙한 외관일지라도 **좋은 콘텐츠**만 있다면 반드시 성공할 수 있다는 것을 입증한 모범 사례의 채널이다. **구독자 23만**

하수구의제왕
@HasuguKings
구독자 23.3만명

냉장고를 털어라

냉장고에서 숙성?되어가는 재료들을 고급 레스토랑에서 먹을 수 있는 수준의 맛있는 요리로 재탄생할 수 있도록 해주는 요리 전문 예능 채널이다. 얼마 전 종영한 JTBC의 **냉장고를 부탁해**라는 프로그램을 연상케 하는 친근한 **이름**을 **패러디** 한 이름이다. 이처럼 기존에 유명했던 영화, 드라마, 음악, 예능 등의 제목을 패러디함으로 이목을 끌 수 있다. 참고로 내장고를 털어라는 필자가 기획했던 채널인데, 개인 사정으로 못하게 된 채널이다. 혹 이 채널명(로고 포함)을 사용하고자 하는 독자가 있다면 마음껏 사용해도 좋다.

더바: 수상한 손님들

드라마 **심야식당**을 콘셉트로 한 토크 채널로, 채널명은 심야식당과는 다른 이름을 사용했지만 바에서 진행된다는 것과 **속 모를 사람들의 속 이야기**라는 콘셉트에 맞게 **수상한 손님들**이란 느낌을 그대로 전달하고자 고안된 이름이다. 시학적이고도 문학적인 느낌의 채널명과 채널 아이콘(로고) 또한 채널명에 맞게 감각적으로 디자인되었다. 참고로 이 채널명도 필자가 기획했던 채널며, 개인 사정으로 못하게 된 채널이다. 혹 이 채널명(로고 포함)을 사용하고자 하는 독자가 있다면 마음껏 사용해도 좋다.

똥클(똥손 클래스)

나이를 불문하고 컴퓨터(손재주) 활용 능력이 떨어지는 똥손들이 즐비하다는 걸 알게 되었을 때 생각한 채널명이다. 채널의 이름에 맞게 채널 아이콘(로고) 또한 친근감있게 디자인해 보았다. 실제 똥손이라면 자존심이 상하는 이름일 수도 있겠지만 설문한 결과 대부분 친근하게 받아드렸기에 최종적으로 사용하기로 하였다. 이렇듯 설문을 통해 채널명을 정한다면 대중에 대한 생각을 그대로 반영할 수 있다. 참고로 이 채널은 본 도서의 똥손 독자들을 위해 만든 채널이다.

≪ 아이디어 노트 활용하기 ≫

유튜브 콘텐츠에 관한 것이 아니더라도 그때마다 생각나는 아이디어가 있다면 노트에 적어놓는 습관을 지닐 필요가 있다. 최근에는 PC나 스마트폰 앱(프로그램)으로 제공되는 무료 메모장이나 노트를 활용할 수 있기 때문에 시간과 장소를 불문하고 순간적으로 떠오르는 아이디어를 신속하게 메모할 수 있다. 아이디어 노트는 지금 당장 필요치 않더라도 훗날 필요할 때가 온다. 생각지도 않은 대박의 찬스도 올 수 있는 행운을 잡기 위해서라도 메모의 습관을 갖도록 하자.

☑ 스티커 메모는 윈도우즈의 검색기로 찾아 사용할 수 있다. 입력된 자료는 삭제하지 전까지 절대 지워지지 않기 때문에 매우 안전한 메모장이다.

분야별로 일원화하기

아이디어 노트의 최상위 카테고리는 유튜브 콘텐츠, IT, 디자인, 광고, 시나리오, 교육 등과 같은 분야별로 구분해 놓는다.

컨셉트(주제) 정리하기

아이디어가 떠오르면 상위 카테고리 중 해당 주제로 들어가 컨셉트를 간단하게 정리해 준다. 컨셉트를 보다 구체적으로 정리하면 좋겠지만 순간 떠오른 아이디어가 잊혀지기 전에 일단 주제와 컨셉트만이라도 생각하는 대로 간단하게 정리해 놓는다.

구체적인 계획 정리하기

주제와 컨셉트을 적어놓았다면 시간 날 때 해당 컨셉트에 대한 구체적인 계획을 정리해 놓는다. 계획의 정리는 아이디어를 통해 할 수 있는 것, 얻을 수 있는 것 그리고 가치 및 필요성, 예상 수요 및 수익 등을 구체적으로 정리해 놓으면 된다.

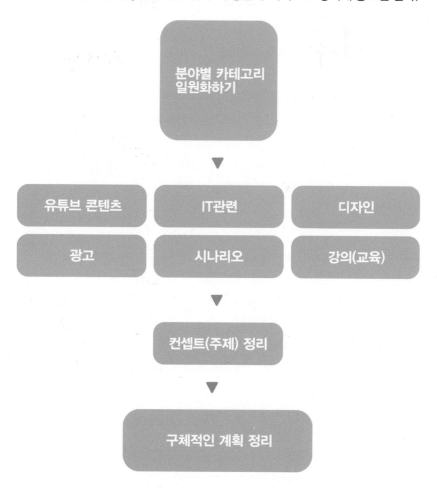

▶ 필자의 아이디어 노트 공개

다음은 필자가 틈틈이 정리해 놓았던 유튜브 채널의 콘셉트 노트이다. 지면 상 100가지만 요약하였으며, 실제로 활용하기 위해서는 더 구체화되어야 하지만 소개된 것 중 관심을 끄는 주제가 있다면 아이디어를 추가하여 사용해 보기 바란다.

001 세기의 라이벌 마티스와 피카소, 로댕과 까미유, 김대중과 김영삼, MiG-15와 F-86 제트 전투기 등 다양한 분야의 라이벌을 흥미롭게 소개한다.

002 방구석 주치의 병원에 가지 않고 방구석에서 직접 전문의에게 정보를 듣거나 문의를 할 수 있다. 라이브 채널 운영도 가능하다.

003 종일기예보 하루 종일 일기예보만 보여주는 방송이다. 예쁜 여성 진행자가 기존의 틀을 깬 신선한 퍼포먼스를 선보이면서 진행하는 것이 특징이다.

004 할말은 한다 정치, 문화, 예술, 교육 등 사회 전반적인 문제들에 대한 생각을 가감없이 분석하여 성토한다. 라이브 방송 시 후원금을 받을 수 있으며, 여성 진행자에게 유리하다.

005 선한 쇼핑 소상공인(농어촌 위주)들이 생산한 상품을 소개하는 방송이다.

006 세상 모든 랭킹 식당, 카페, 라면, 여행지 등의 세상 모드 랭킹을 소개한다.

007 정치가족 아빠, 엄마, 아들(10대), 딸(10대)이 있는 가족이 국내외 정치에 대한 자신의 생각을 이야기한다. 세대별 의식에 대해 알 수 있다.

008 속마음을 말해봐 부모와 자식간의 대화 부족으로 인해 생긴 마음 속 깊은 곳에 응어리진 것을 풀어주는 방송이다.

009 술취한 여우들 야하지만 야하지 않고, 가볍지만 결코 가볍지 않은 여성들의

취중진담 토크쇼이다.

010 지우개 실제 야구, 축구, 배구, 농구, 볼프 등의 경기 영상에서 공을 지운 영상을 보여주는 예능 채널이다. 나아가 다른 분야에 활용할 수 있다.

011 결혼은 미친짓이다 영화 결혼은 미친짓이다를 차용한 제목이며, 결혼 후 달라진 남녀의 고장난 필터에서 여과 없이 나오는 찐한 토크 채널이다.

012 국제의 아이들 다양한 국적과 인종의 10대 아이들이 하나의 주제를 놓고 자기들의 생각을 이야기한다. 비정상회담의 10대 버전이다.

013 세상에 수능하지마 수능을 앞둔 수험생들의 위한 수능 시험 정보를 알려주는 시험 방송이다.

014 꼬마들의 뷰티 뷰티에 관심이 많은 요즘 10대들의 건강한 뷰티를 생활을 위한 채널이다.

015 고전게임 갤러그, 너구리, 보글보글, 1945 등 X세대의 추억과 MZ세대와의 소통을 게임으로 연결해 주기 위한 추억의 고전게임 방송이다.

016 한일중전 한국, 일본, 중국에서 판매되는 스낵, 라면, 맥주 등의 먹거리에 대한 맛을 객관적으로 평가하는 채널이다.

017 이슈잇슈? 이슈는 대중들 스스로 만들어 전파되는 이야기다. 얼마 전 윤석열 차란 작품으로 이슈가 된 것을 착안하였다.

018 자랑지리아 겸손은 이제 미덕이 아니다. 누가누가 잘났나를 경쟁하면서 정보를 얻을 수 있는 채널이다.

019 동네북 책 판매량이 줄었다. 소규모 자영 서점도 줄었다. 책을 사랑한 나머지 서점을 운영하는 도시 곳곳의 작은 서점들을 찾아 책을 소개하는 채널이다.

020 앉아도 돼? 술은 내가 살게 술집을 찾아 무작정 직식하여 술 값은 내가 낼 테니 고민 한번 털어놔 봐. 술 한잔 걸치며 청춘의 고민을 들어주는 채널이다.

021 심야택시 새벽에 택시를 탄 손님들의 구구절절한 사연을 듣는 채널이다.

022 숨고수 세상도처유상수, 세상 곳곳에 숨어있는 고수들을 찾는 채널이다.

023 공짜를 찾는 사람들 공짜는 양잿물도 마신다. 고물가, 고금리 시대에 아껴야 산다. 저렴하게 살 수 있는 정보와 스마트폰 하나로 소소한 수익을 창출할 수 있는 정보를 알려주는 채널이다.

024 히든 모사 특정 가수와 똑같은 목소리 찾기, 동물 및 사물의 소리와 똑같은 소리를 내는 사람들과 원음을 찾는 채널이다.

025 고전 라듸오 1970~80년대에 유명했던 별이 빛나는 밤에, 밤의 디스크 쇼 등의 라디오 프로그램의 공개방송을 들려주는 채널이다.

026 약쟁이(또는 신마니 반메움) 산과 들, 자연에서 약초를 채취하는 신마니들의 생활을 보여주는 채널이다.

027 홍대 라이브 젊음의 도시, 버스킹의 도시 홍대에서 벌어지는 다양한 버스킹 라이브 공연을 실시간 또는 녹화 방송으로 보여주는 채널이다.

028 스타 도네이션 자연스런 기부문화 정착을 위해 스타들의 소소한 물건을 기부하여 어려운 이웃에게 전달하는 기부 채널이다.

029 올드보이s 1970-80년대 가수들이 들려주는 라이브 음악 채널이다.

030 우당탕탕 울 동네 FC 당신은 축구를 사랑합니까? 축구를 사랑하는 사람들을 위한 조기 축구 중계방송 채널이다.

031 다빈치 식탁 위대한 예술가 다빈치 이름처럼 맛있고 건강한 식단을 소개하는 음식 채널이다.

032 예사대 작품은 알지만 작품을 만든 사람은 모른다. 대중들의 호기심 충족을 위한, 한잔 걸친 예술가들의 사적인 이야기를 나누는 채널이다.

033 나를 소개합니다 기업이 자신을 스스로 찾게 만드는 유튜브 셀프 이력서 방송 채널이다. 자기를 소개하는 미팅 채널로도 활용 가능하다.

034 신문고 과거의 신문고처럼 사람이나 사회에 억울한 것을 유튜브 방송을 통해 고하는 채널이다.

035 끝까지 간다_모태 싱글러가 끝날 때까지 한 번도 연애를 못 해본 싱글을 연애를 할 때까지 미팅을 주선하는 채널이다.

036 악동 카메라 몰래 카메라처럼 촬영하는 콘셉트이다. 아주 짓궂은 미션이지만 결과는 세상을 훈훈하게 해준다.

037 디자이너의 일상 다양한 분야의 디자이너들의 일상을 브이로그 형태로 보여주는 채널이다.

038 모바일 랜선 라이프 유튜브 인플루언서들을 초대하여 그들만의 이야기를 나누는 채널이다.

039 종일노래 하루 종일 가요 혹은 팝 등을 들려주는 음악 채널이다.

040 종일광고 하루 종일 광고만 보여주는 광고 채널이다.

041 투머치가 필요해 대화가 부족한 부부들의 사랑과 외도를 다룬 리얼 부부 토크쇼, 지금 우리에게 필요한 건 뭐?

041 선한 영향력 착하고 선한 바이러스가 세상을 풍요롭고 아름답게 만든다는 취지의 채널이다.

042 베이스 걸스 우여곡절 끝에 창단된 직장인 여자 야구단이 야구를 배워가며 성장하는 모습을 보여주는 채널이다.

043 거꾸로 캠퍼스 학년이 없고, 경쟁이 없고, 시험이 없고, 성적표가 없고, 졸업장이 없고, 선생님이 없고, 캠퍼스가 없는 그리고 학생의 성장 의지를 선발 기준으로 하는 스스로 질문하고 답하는 교육 채널이다.

044 편파 정치쇼_저스티스 정치 성향이 뚜렷한 편성향 정치쇼, 보수든 진보든 상관없다. 자신의 뚜렷한 소신만 있으면 된다. 하지만 명확한 증거를 통해야만 발언을 할 수 있다.

044 너의 목소리가 틀려 가수가 되고 싶은 사람, 노래를 잘 부르고 싶은 사람들의 노래를 듣고 잘못된 점을 혹독하게 지적하여 트레이닝하는 신개념 보컬 트레이닝 채널이다.

045 지금은 메타버스 시대 가상현실을 소개하고 체험할 수 있도록 해주는 메타버스 소개 채널이다.

046 차력쇼 봉춘서커스 옛 추억이 되어가는 서커스를 다시 이슈화하기 위한 채널이다.

047 스타 자서전 우리 시대와 함께한 스타들의 삶을 가감 없이 소개하는 스타 휴먼 다큐 채널이다.

048 댕댕이 펫치원 반려동물 1,000만 시대, 자신이 키우고 있는 반려동물들에게 다양한 교육을 시켜주는 채널이다.

049 오글오글 쇼 사라진 청소년 버라이어티 쇼인 막이래쇼를 대신하는 유튜브 버전이다.

050 할배들의 프렌차이즈 나이는 숫자, 새로운 일에 도전하는 실버세대들의 인생 후반전을 소개하는 채널이다.

051 팡팡 소확행 퀴즈쇼 10분마다 보고, 응모만 하면 99% 터지는 상품으로 혼줄 내주는 퀴즈쇼이다.

052 편한 쇼핑 어디에도 볼 수 없었던 신기한 제품들의 향연, 아이디어 상품을 소개하여 판매와 구입을 동시에 할 수 있는 쇼핑 채널이다.

053 면대면 짜장면, 짬뽕 등 수타면을 뽑는 면술사의 대가를 찾아 최고의 면술사를 뽑는 채널이다.

054 최고의 막국수 전국 최고의 막국수 집을 찾아 맛 평점을 주는 채널이다.

055 최고의 치킨 전국 최고의 치킨 집을 찾아 맛 평점을 주는 채널이다.

056 최고의 맥주 전국 최고의 수제 맥주 집을 찾아 맛 평점을 주는 채널이다.

057 독학을 하는 사람들 중·고등학교 학력을 인정 받기 위한 검정고시 시험 정보를 알려주는 채널이다.

058 가바보 게임 길거리에서 무작위로 가위바위보를 하여 연속으로 10명을 이기면 상품을 주는 게임 채널이다.

059 나홀로 집밖으로 셀프 카메라를 장착한 8살 아이가 주어진 목적지를 홀로 찾아가는 채널이다.

060 신과 함께 일반인이 신당에서 히룻밤을 보내는 모습을 리얼 실험 카메라를 통해 보여주는 채널이다.

061 키키키 컷으면 키 작은 아이들이 운동, 음식, 영양제 등을 통해 1주일 단위로 키 성장 과정을 관찰하는 채널이다.

062 전설의 피구왕 여학생으로 구성된 피구팀 경기를 주최한다. 학교 운동장에서 여학생들 모습을 보기 힘든 요즘, 여학생들이 자연스럽게 운동을 할 수 있도록 하는 채널이다.

063 리틀 장기왕 길거리 또는 학교를 찾아다니며 장기왕을 선발한다. 각 학교 대항전이 될 수도 있으며, 우승자에게 장학금을 수여한다.

064 오목소녀 여학생들 대상으로 오목 대회를 개최한다. 영화 오목소녀를 보며 떠오는 채널이다.

065 탑골 장기왕 탑골공원에 모여 장기를 두는 노인분들에게 장기왕 타이틀과 상금을 주는 채널이다.

066 꼬마 야구왕 TV에 축구왕 슛돌이가 있다면 유튜브엔 꼬마 야구왕이 있다. 미취학 4~7세 아이들로 구성하여 팀을 만들고 경기를 치른다.

067 실버 SOLO 나는 SOLO가 많은 사랑을 받고, 출연자들은 그 이후까지 관심을 받고 있다. 이제 데이팅 프로그램의 폭을 실버세대로 넓혀보자.

068 야한 영어 영어를 보다 쉽게 배울 수 있는 방법, 한번 들으면 잊을 수 없는 야시시한 19세 미만의 금기어로 영어를 시작하자.

069 역주행을 찾아서 과거의 노래, 영화, 책, 물건 등 좋은데 히트되지 않았던 것을 재조명하여 역주행할 수 있는 기회를 만들어주는 채널이다.

070 매물단지 부동산, 자동차 그밖에 중고제품 등을 버라이어티하게 소개하는 유튜브판 중고 마켓이다.

071 월간 보물섬 X세대가 어렸을 때 보던 보물섬, 어깨동무, 소년중앙 등의 만화책이 부활한 채널, 그때 그 시절 만화책을 웹툰 형태로 보여준다.

072 스쿨택시 선택된 초등학생 아이들을 학교로 등교시켜 주는 스쿨택시이다. 등교할 때 택시 안에서 벌어지는 아이들과의 대화를 통해 그들의 생각을 이해할 수 있다.

073 시네마 천국 초등학생들이 많든 영화를 보여주는 채널로 제2, 제3의 봉준호, 박찬욱, 이정재, 박은빈 같은 영화인을 양성하기 위한 목적이 있다.

074 나는야 꼬마 프로파일러 아이들 눈높이로 풀어보는 범죄심리학 채널이다.

075 한 뼘 더 性장하다 아이들의 바른 성 의식과 생활을 위한 성(性)장 채널이다.

076 아이들이 보는 세상_정치는 구라다 최근 이슈되는 정치 및 시사에 대한 헤드라인을 주제로 아이들의 생각을 촌철살인으로 진행하는 채널이다.

077 국돌(국악을 하는 아이돌) 국악을 하는 아이들의 공연을 보여주고 인터뷰하는 채널이다.

078 냄새를 보는 사람들 냄새가 있는 모든 것을 맞추는 게임 채널로 우승자에게 상금을 수여한다.

079 악기열전 연주자들의 경연 채널, 노래하는 가수들의 경연, 댄서들의 경연을

넘어 연주자들에 대한 관심을 두기 위한 목적이 있다.

080 당구신동 당구 좀 치는 아이들의 당구대회를 보여주는 채널이다.

081 반갑다 친구야 유치원 때 좋아했던 초등학생들의 짝사랑 찾기 채널이다.

082 우주 최강 라면 자신만의 레시피로 라면을 끓이는 사람들의 아직 공개되지 않은 라면 레시피를 공개하는 채널이다.

083 EYE 경제 어린이 눈높이에서 설명하는 어른이를 위한 경제 채널이다.

084 월 99만원으로 살기 식비, 전기세, 수도세, 도시가스, 인터넷 요금 등 4인 기준으로 한 달에 99만원으로 사는 가족의 이야기 채널이다.

085 OTT 영화 뭘 보지? 넷플릭스, 웨이브 등의 OTT 영화를 소개하는 채널이다.

086 시골밥상_천지가 반찬이다 시골에 사는 사람들이 지천에 널려있는 온갖 잡초?들이 바로 최고의 식단이라는 것을 알려주는 채널이다.

087 창작소설극장 출간되지 않은 소설가들의 신작을 라디오 소설처럼 오디오북으로 엮어 소개하는 채널로 반응 좋은 작품은 책으로 출간할 수 있다.

088 다빈치 노트 특정 사물에 대한 정보를 낭만적으로 소개하는 채널이다.

089 암살자_암을 극복하고 살아가는 사람들 암을 암살하고 건강하게 살아가는 사람들 이야기 채널이다.

090 안 사면 후회 기발한 아이디어로 제작된 제품을 소개하는 쇼핑 채널이다.

091 사치의 여왕 세상 모든 예쁜 것을 다 갖고 싶은 여자?들의 욕망을 보여주는

채널이다. 중국 청나라 서태후를 보며 착안하였다.

092 소리 대백과사전 세상 모든 소리를 듣고, 사용할 수 있는 소리 채널이다.

093 NG파티 영화에서 가장 재밌는 장면은 뭐? 영화, 드라마, 방송 등에서 NG 장면만 보여주는 채널이다.

094 참가자_참으로 가벼운 지식 포식자 사적인 대화를 하기 위한 세상 모든 가벼운 지식을 쌓을 수 있는 채널이다.

095 굿집 현재 TV에서 방영되고 있는 구해줘 홈즈와 건축탐구 집의 유튜브 버전이다.

096 누가 THE 쎌까? 마징가Z와 태권V가 대결하면 누가 이길까? 이누야샤와 캔신, 정찬성과 추성훈은? 만화 속 캐릭터나 실제 격투 선수 중 대결하지 않은 대상들을 분석하여 승부를 예측하는 채널이다.

097 조용한 가족 대화가 없는 한 가족의 식사하는 모습을 보여 주는 채널이다.

098 어쩌다 연사 자신만의 경험과 지식(정보)을 많은 사람들에게 전달하고 싶다면 누구나 도전할 수 있는 강의 채널이다.

099 거북이 식단 500년을 산다는 거북이처럼 장수할 수 있는 건강 식단을 소개하는 채널이다.

100 나는 메이드다 다른 사람의 집에서 음식, 빨래, 청소를 해주는 메이드의 일상을 소개하는 채널로 다른 사람들의 집에 대한 궁금증을 풀 수 있다.

▶ 유튜브 콘텐츠 기획 실무

아이디어 노트를 통해 하나의 콘텐츠, 즉 어떤 채널을 만들 것인지 결정했다면 보다 구체적인 설계(기획)를 해야 한다. 이번엔 필자가 기획했던 것 중 아이들을 위한 콘셉트 하나를 선정하여 콘텐츠 기획서를 어떻게 작성하는지 살펴볼 것이다. 이 기획서를 참고하여 더 완벽한 기획서를 완성해 보자.

기획의도

하루가 다르게 변한다는 말이 딱 어울리는 시대이다. 봇물 터지듯 등장하는 최신기기들과 신기술들, 테크노 스트레스가 생길 정도로 빠르게 변화하고 있는 시점에서 최신 트렌드를 알고 익히는 것에 그치지 않고, 남들보다 앞서 가야만 하는 것은 이제 선택이 아닌 생존을 위해 필수인 시대가 되었다.

이런 시대에 아이들 눈높이에 맞춘 가족을 타깃으로 모든 사람들이 부담 없이 볼 수 있는 다양한 장르의 스토리를 개발하여 예능, 교양, 음악, 드라마, 영화 등의 콘텐츠를 제작하고자 한다. 이것은 유튜브를 기반으로 방영하는 것으로 하고 추후 또 다른 매체를 위한 콘텐츠로 진화해 나갈 것이다. 이러한 비즈니스는 다양한 콘텐츠와 미디어 플랫폼의 결합을 통한 고부가가치 수익을 창출할 수 있고, 단순한 제작의 범위를 넘어 연계 사업군인 교육사업(academy)과 엔터테인먼트, MD 사업 등으로 확대해 나갈 수 있다.

아이들 눈높이에 맞춘 콘텐츠 제작

아이들을 위한 사회적 눈높이 아이들이 볼만한 눈높이에 맞춘 다양한 소재의 콘텐츠 제작을 목표로 한다.

아이들 시각에서의 눈높이 어른들이 모르는(잊고있는) 아이들의 감성과 생

각을 반영한 콘텐츠 제작을 목표로 한다.

아이들의 교육적 목적을 위한 눈높이 흥미와 재미도 중요하지만 정보 전달 및 교육적 의미를 두는 콘텐츠 제작을 목표로 한다.

아이들의 정서 발달을 위한 눈높이 초기 유튜브는 시청자에게 이목을 끌어 수익 창출에만 목적을 두었으나 최근에는 수준 높은 정보 채널이 증가하는 추세이다. 정서 발달이 중요한 시기인 아이들의 안정된 정서 발달에 도움이 될 수 있는 수준 높은 콘텐츠 제작을 목표로 한다.

콘텐츠 콘셉트 ⓘ – 개요(냉장고를 털어라!!)

jtbc 프로그램 중 "냉장고를 부탁해"가 종료된 후 이렇다할 음식 재개발 프로그램이 없는 시점에서 냉장고 속에서 발효 중인 재료를 활용하여 남녀노소 누구가 간편하게 요리해서 먹을 수 있는 메뉴를 개발하며, 아이들이 만든 음식이지만 전문가 수준의 요리 개발에 목표를 둔다.

   메뉴는 한식, 중식, 일식, 양식 등으로 구분하며 간식, 야식, 안주, 거리음식 등으로 세분화할 수 있다. 또한 재료는 부담이 가지 않는 한도의 것으로 하고, 30분 미만의 끝낼 수 있는 메뉴를 중심으로 개발한다.

콘텐츠 콘셉트 ⓘ – 구성(냉장고를 털어라!!)

오프닝/엔딩 오프닝은 "버림받은 레시피의 환골탈태, 냉장고를 털어라" 엔딩은 "오늘도 미션 완료" / 오프닝 멘트가 끝난 후에는 가벼운 주제로 만담 형식의 연기, 꽁트, 게임, 퀴즈 등으로 오늘의 요리를 예측할 수 있도록 한다.

매주 다른 콘셉트 주마다 컨셉트를 다르게 하여 진행한다. 예) 거리음식, 야식, 계절음식, 술안주, 사이드 메뉴 등

요리 대결 미션 남녀 아이들이의 대결 구도로 컨셉트를 잡을 경우, 요리 대결 구도로 진행하여 긴장감을 조성한다.

요리사 자격증 도전 1년에 한 번씩 한식, 중식, 일식, 양식 자격증에 도전하여 성취욕을 높힌다.

콘텐츠 콘셉트 ⓘ – 이벤트(냉장고를 털어라!!)

푸드트럭 활용 푸드트럭을 활용하여 개발한 요리(메뉴)를 실제 거리에서 판매하여 반응을 살펴본다. 판매 수익금의 일부(또는 전부)는 기부금으로 사용한다.

캐릭터 설정 진행자 및 셰프들의 캐릭터 설정을 한다. 예) 여자아이는 똥머리를 양쪽으로 하여 귀염움을 강조한다.

상설 식당 운영 개발된 요리가 메뉴로 인정 받고, 여건이 될 경우에는 상설로 운영되는 식당을 오픈하며, 생활이 어려운 아이들은 무상 급식이 가능하도록 한다.

음식 관련 유튜버와 콜라보 채널이 어느 정도 활성화되면 다른 요리 관련 유튜버와 콜라보레이션으로 재미를 가미한다.

시청자 참여 시청자가 참여하여 직접 요리 미션 수행 및 대결을 한다.

향후 전망

YouTube 기반의 드라마 제작 아이들을 위한 다양한 소재를 발굴하여 성인 시청자들의 입맛에 길들여진 드라마 포맷을 아이들과 가족들이 함께 시청할 수 있는 드라마 포맷으로 반등할 수 있도록 할 것이다.

YouTube 기반의 교육 예능 제작 예능의 단순한 재미를 넘어서 교육 및 교양 요소를 가미하여 아이들의 정서에 도움이 될 수 있는 성숙한 콘텐츠 다양화와 재미와 감동을 극대화할 수 있는 다양한 소재와 참신한 스토리를 바탕으로 수준 높은 작품을 제작해 나갈 것이다.

캐릭터 MD 사업 캐릭터 산업의 해외 진출은 중국뿐 아니라 동남아, 북미, 유럽 등 다양한 국가에서 상승세를 보이고 있다. 국가별 시장 분석과 수출 전략 및 비전 제시, 적극적인 해외 마케팅을 통해 수출 규모를 더욱 확대시킬 수 있을 것이다.

업무구조

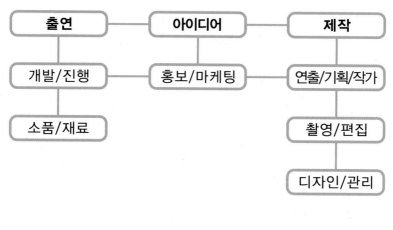

▶ 구글 계정 만들기(PC에서 만들기)

유튜브 채널을 만들기 위해서는 구글(google)에 로그인할 수 있는 계정(아이디 및 패스워드)이 필요하다. 스마트폰을 사용하는 분들은 구글 계정이 있다. 하지만 유튜버에 관심이 없던 분들은 구글 계정이 있지만 까맣게 잊고 있을 것이다. 여기에서는 구글 계정이 없거나 계정을 잃어버린 사람들을 위해 처음 만드는 방법부터 살펴본다.

≪ 크롬 브라우저 다운로드 설치하기 ≫

구글 계정을 만들거나 유튜브 채널을 개설하기 위해서는 윈도우즈 익스플로러보다 **크롬 브라우저**를 권장한다. 그러므로 크롬 브라우저를 설치해 보자. 만약 크롬 브라우저가 설치된 상태라면 지금의 과정은 생략해도 된다.

01 크롬 브라우저 다운로드 받기

크롬 브라우저를 다운로드받기 위해 ❶**검색창**(네이버나 다음 검색 창을 이용해도 됨)에 ❷**크롬 브라우저**라고 입력한 후 ❸**엔터** 키를 눌러 검색한다.

크롬 브라우저가 검색되면 검색된 **크롬 브라우저 다운로드**를 클릭하여 다운로드 창으로 이동한다.

크롬 브라우저 다운로드 창이 열리면 **다운로드** 버튼 클릭한다.

다운로드가 완료되면 다운로드된 **설치 파일(ChromeSetup.exe)**을 클릭하여 설치를 진행한다.

☑ 다운로드된 크롬 브라우저 설치 파일을 찾을 수 없을 경우엔 즐겨찾기의 다운로드로 들어가면 방금 다운로드 받은 설치 파일을 찾을 수 있다. 이 파일을 더블클릭하여 설치하면 된다.

02 크롬 브라우저 설치하기

크롬 브라우저 설치 파일이 실행되면 먼저 인터넷을 통해 크롬 브라우저를 다운로드받아야 한다. 일단 ❶**비정산 시 보고서** 전송은 하지 않고, ❷**동의 및 설치** 버튼을 클릭한다.

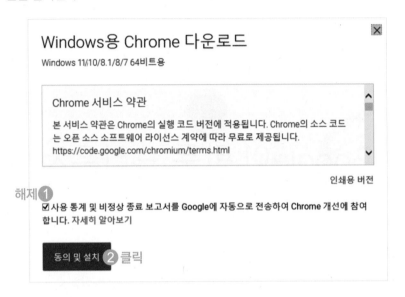

계속해서 **실행** 버튼을 클릭하여 설치를 진행한다.

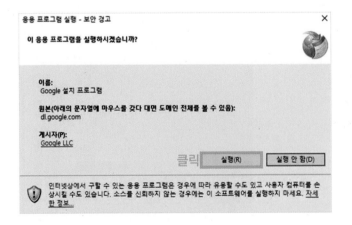

인터넷에 연결되면 설치 파일이 다운로드가 되며, 다운로드가 끝나면 자동으로 설치가 진행된다.

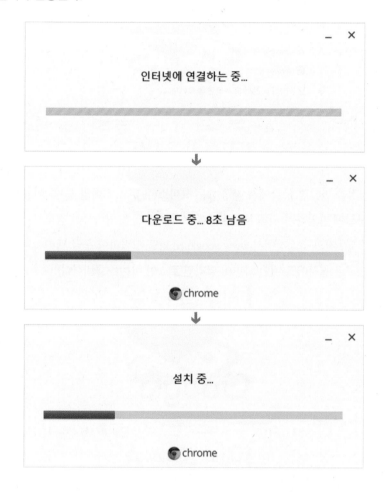

크롬 브라우저 설치가 완료되면 **Chrome에 오신 것을 환영합니다.** 창이 열린다. 크롬 브라우저는 윈도우 익스플로러와 유사하지만 다른 점도 있기 때문에 궁금한 것이 있다면 한번 살펴보기 바라며, 유튜브나 검색을 통해 세부 사용법에 대해서도 익혀두면 좋다.

Chrome에 오신 것을 환영합니다.

Chrome을 기본 브라우저로 지정 ⌃

1. Windows 설정 열기
2. ⓒChrome 선택
3. 전환하기 버튼이 표시되면 클릭하세요

≪ 구글 계정 만들기 ≫

구글 계정을 만들면 구글에서 제공하는 **서비스(유튜브, G메일 등)**를 이용할 수 있다. 구글에 가입하기 위해 네이버나 다음에서 **구글**을 입력하여 검색하거나 인터넷 브라우저의 주소창에서 www.google.co.kr을 입력하여 구글 웹사이트를 열어준다. 구글 웹사이트 메인 화면이 열리면 **로그인** 버튼을 클릭한다.

Gmail 이미지 ▦ 로그인
클릭

Google

Q |

Google 검색　　I'm Feeling Lucky

01 계정 방식 선택하기

계정 선택 페이지가 열리면 ❶**계정 만들기** 메뉴를 **선택(클릭)**한다. 계정 방식 선택 메뉴가 열리면 ❷**내 비즈니스 관리하기** 메뉴를 선택한다. 만약 이전에 만들어진 계정이 있다면 사용하고자 하는 계정을 선택하면 된다.

본인 계정 혼자서 유튜브 채널을 관리하고자 할 때 사용

자녀 계정 미성년 자녀의 계정을 부모가 대신 만들어줄 때 사용

내 비즈니스 관리하기 자신과 다른 사람도 함께 채널을 관리할 때 사용

초기에는 혼자 유튜브 채널을 관리하는 경우가 많지만 채널의 규모가 커지게 되면, 혼자서 관리하기가 쉽지 않기 때문에 업무를 분업화하기 위해 비즈니스 계정인 내 비즈니스 관리하기로 계정을 만드는 것이 좋다.

02 계정 만들기

Google 계정 만들기 페이지가 열리면 **①성**과 **②이름** 그리고 **③사용자 이름**을 **영문**으로 입력한다. 입력된 이름은 **지메일** 주소로 사용된다. 이미 다른 사용자가 있을 경우 뒤쪽에 **숫자**나 **특수문자**를 붙여 사용하면 된다. 사용할 **④비밀번호**를 2회에 거쳐 똑같이 **⑤입력**한 후 **⑥다음** 버튼을 클릭한다.

☑️ 비밀번호 표시를 체크하면 비밀번호가 표시되기 때문에 보다 정확하게 입력할 수 있지만 노출 주의해야 하며, 계정과 비밀번호는 잊지 않도록 한다.

☑️ 크롬 브라우저를 사용한다면 앞서 입력한 사용자 이름과 비밀번호를 저장하라는 창이 뜨는데, 차후 간편하게 로그인하고자 한다면 저장 버튼을 클릭하며, 보안에 신경을 써야 한다면 사용하지 않음을 클릭한다.

03 전화번호 인증하기

전화번호 인증 창에서 본인 ❶**전화번호**를 입력한 후 ❷**다음** 버튼을 누른다. 방금 입력된 전화번호로 **G 코드**가 오면 ❸**여섯 자리 숫자**를 입력한 후 ❹**확인** 버튼을 클릭하여 인증한다.

☑ 구글 정책에 따라 3과 4의 순서가 바뀌는 경우가 있으니 상황에 맞게 정보를 입력하면 된다.

04 사용자 정보 입력하기

다음 페이지가 열리면 구글 계정 인증에 필요한 자신의 ❶**전화번호**와 복구를 위한 또 다른 ❷**이메일** 주소, ❸**출생 정보**와 ❹**성별**을 입력한 후 ❺**다음** 버튼을 클릭한다.

다음 화면에서는 입력된 전화번호에 대해 다양하게 활용할 수 있는 권한 부여에 대한 내용이다. 필요 없다면 그냥 건너뛰기를 해도 상관없다. 필자는 전화번호를 다양하게 활용하기 위해 **예** 버튼을 선택하였다. 여기서 만약 보다 자세한 정보를 원한다면 **옵션 더 보기**, 이전 단계로 돌아가서 정보를 다시 입력하고자 한다면 **뒤로** 버튼을 이용한다.

05 개인정보 보호 및 약관 동의하기

마지막으로 개인정보 보호 및 약관을 읽어본 후 ❶Google 서비스 약관에 동의함
과 ❷위와 같은 주요 사항을 비롯하여... 를 체크한 후 ❸계정 만들기 버튼을 클
릭한다.

06 비즈니스 프로필 만들기

구글 계정이 정상적으로 만들어졌다. 현재는 비즈니스 계정을 만들었기 때문에 비즈니스 프로필을 추가할 것인지에 대한 소개를 하고 있는데, 이 부분은 여러분의 필요에 따라 선택할 수 있다. 가령 실제 오프라인에 비즈니스 공간(사무실, 매장 등)이 있다면 **계속** 버튼, 없다면 **나중에 하기**를 선택한다.

☑ 오프라인 비즈니스 공간이 있다면 계속 버튼을 클릭하여 설정할 수 있다. 이것은 해당 비즈니스 공간(웹사이트 포함)에 대한 광고(유료)를 위해 사용된다.

07 구글 계정 관리하기

구글 계정 관리에 대해 살펴보기 위해 브라우저 우측 상단의 동그라미 모양의 ❶**프로필 로고** 버튼을 클릭한다. 메뉴가 열리면 ❷**Google 계정 관리** 버튼을 클릭한다.

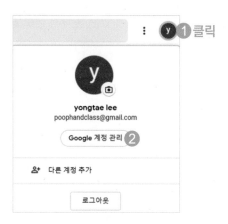

계정 관리 페이지가 열리면 자신의 구글 계정에 대한 다양한 정보 확인 및 수정이 가능하다. 유튜브 채널을 운영하다 보면 자연스럽게 익숙해질 것이다.

홈 개인정보 보호 및 맞춤, 보안, 지메일 및 구글 드라이브 용량 설정, 개인 정보 보호 진단과 같은 옵션 설정하기

개인정보 개인 정보 확인 및 수정하기

데이터 및 맞춤설정 개인 정보 보호 진단 실행, 활동 제어, 활동 및 타임라인 보기, 광고 관리, 데이터 다운로드, 삭제, 처리 계획과 같은 비즈니스 설정하기

보안 계정 보안 강화에 대한 설정하기(보안 강화가 필요하다면 설정함)

사용자 및 공유 자신의 스마트폰에 있는 연락처 정보를 구글에 공유할 수 있도록 설정하기

결제 및 구독 구글 페이를 통한 결제 수단 및 구독에 관한 설정하기

▶ 유튜브 채널 만들기(PC에서 만들기)

구글 계정을 만들었다면 이제 유튜브 채널을 만들 수 있다. 유튜브 채널은 **하나의 계정**에서 **여러 개(테스트 채널 및 실패한 채널이 있을 경우)**를 개설할 수 있기 때문에 여러 개의 채널을 운영할 때에도 앞서 만든 계정을 그대로 사용하면 된다.

≪ 유튜브 채널 만들기 ≫

유튜브 채널을 만들기 위해 먼저 ❶**유튜브**(www.youtube.com) 화면을 열어준 후 ❷**로그인** 버튼을 클릭하여 로그인한다.

☑ 앞서 구글 계정을 만들 때 사용한 아이디(이메일 주소)와 비밀번호로 로그인한 후 유튜브 소식 알림을 받고자 하다면 허용, 받기 싫다면 차단을 선택한다.

01 채널 생성 및 이름 짓기

우측 상단의 동그라미 모양의 ❶**채널 프로필** 아이콘 버튼을 클릭하여 메뉴를 열어준 후 채널을 생성하기 위해 ❷**채널 만들기** 버튼을 클릭한다. 그다음 내 프로필 창에서 앞으로 사용할 ❸**채널명**을 입력한 후 ❹**채널 만들기** 버튼을 클릭한다.

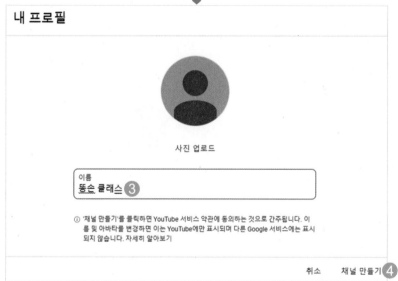

☑ 필자가 입력한 채널명은 앞으로 진행될 학습을 위한 이름이다. 여러분은 각가 자신이 만들고자 하는 이름을 입력하면 된다. 채널명은 수정할 수 있지만 여러 불편한 것이 있기 때문에 신중하게 지은 후 입력한다.

채널 생성 방식 선택 창에 대해서

채널을 만드는 과정은 구글 정책에 따라 달라질 수 있다. 만약 앞선 **01. 채널 생성 및 이름 짓기** 과정 이후 아래 그림처럼 **채널 생성 방식 선택** 창이 뜬다면 자신의 이름을 채널명으로 사용할지, 비즈니스를 위한 별도의 맞춤형 이름으로 사용할지 선택하여 채널명을 지정할 수 있다.

02 채널 소개하기(언어 추가 포함)

현재는 채널 아이콘(프로필 또는 로고)이 없다. 채널 아이콘은 차후 디자인하여 다시 적용하기로 하고 일단 채널 소개를 입력하기 위해 상단에 있는 **채널 맞춤설정** 버튼을 클릭한다.

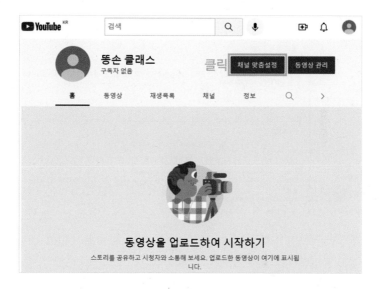

YouToube 스튜디오에 오신 것을 환영합니다. 창이 뜨면 **계속** 버튼을 클릭하여 스튜디오로 들어간다. 만약 이 창이 뜨지 않았다면 그냥 다음 과정을 진행하면 된다.

스튜디오에 들어가면 **❶맞춤설정**을 클릭한 후 채널 맞춤 설정의 **❷기본 정보 항목**을 선택한다. 그다음 **❸채널 이름 및 설명**에서 자신의 채널에 대한 설명을 입력한다.

☑ 채널 설명은 타인이 자신의 채널을 검색하여 찾는데 도움이 되고, 어떤 채널인지 쉽게 파악할 수 있도록 해야 한다.

☑ 채널 URL은 자신의 채널 주소를 복사(우측 복사하기 아이콘 🗍)하여 카카오톡이나 페이스북, 인스타 등에 붙여넣기 하여 홍보할 수 있다.

해외에서 자신의 채널을 소개할 수 있도록 언어를 추가할 수 있다. **언어 추가** 버튼을 클릭한다.

채널 번역 창이 열리면 **❶원본 언어**를 한국어로 선택, **❷번역될 언어**를 원하는 언어로 선택한다. 일반적으로 영어를 사용한다. **❸영문 채널명**은 감각적으로 번역하여 사용하고, ❹**영문 채널 설명** 또한 외국인이 이해하는 데 문제가 없도록 번역해 놓은 후 ❺**완료** 버튼을 클릭한다. 영어에 미숙하다면 **구글 번역기**를 통해 번역한 후 매끄롭게 수정해도 된다.

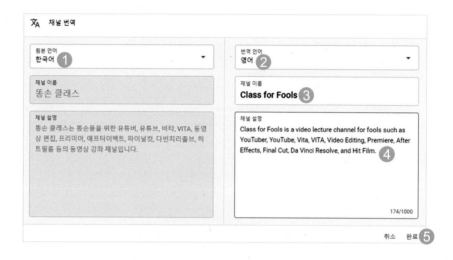

03 링크 추가하기

자신이 운영하는 웹사이트가 있다면 **웹사이트**를 **URL**을 통해 추가할 수 있으며, 페이스북이나 인스타그램 같은 SNS도 추가할 수 있다. 살펴보기 위해 **링크 추가** 버튼을 클릭한다.

필자는 ❶**링크 제목**에 네몬북, ❷**URL(인터넷 주소)**에 네몬북 인터넷 주소를 입력하였다. 계속해서 다른 주소를 추가하기 위해 ❸**링크 추가** 버튼 클릭하여 새로운 링크를 추가한다. ❹**두 번째 링크**는 페이스북으로 하였다. 만약 추가를 하지 않는다면 다음 과정으로 넘어가도 된다.

☑ 자신의 페이스북 주소를 알고 싶다면 먼저 페이스북에 로그인한 후 상단 주소창에 나타나는 주소를 복사(Ctrl+C)해서 붙여넣기(Ctrl+V)하면 된다.

04 링크된 정보 배너에 나타나게 하기

방금 추가한 링크들을 채널 아트(배너)에 나타나게 하기 위해 ❶**배너 위 링크** 메뉴에서 ❷**처음 2개 링크**를 선택한다. 배너 위 링크는 최대 5개까지 나타나게 할 수 있다.

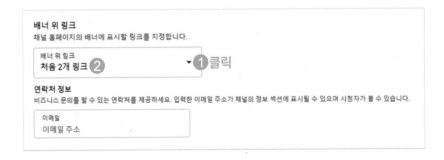

05 연락처 정보 사용하기

마지막으로 **연락처 정보**를 입력한다. 이메일 주소만 가능하다. 자신과 비즈니스 관계를 원하는 기업이나 개인이 이메일을 보낼 수 있도록 채널 정보에 표시된다.

기본 정보를 모두 설정했다면 우측 상단의 **게시** 버튼을 클릭하여 등록한다. 다음 학습에서는 채널 아이콘과 배너(채널 아트)를 만드는 방법에 대해 알아보자.

☑ 현재는 배너(채널 아트)가 없기 때문에 방금 추가한 링크 및 연락처 정보를 볼 수 없다. 배너 위 링크는 아래 그림처럼 채널 아트 하단에 표시되는 링크이다. 나타나는 *파비콘을 클릭하여 링크된 웹사이트를 열 수 있다.

파비콘 인터넷 주소창 우측에 나타나는 아이콘이다. 해당 웹사이트(기업)를 상징하는 로고를 주로 사용한다.

▶ 채널 아이콘(프로필/로고) 제작 및 등록하기

채널 아이콘은 자신의 채널에 들어갈 로고(프로필)를 말한다. **채널의 간판**이라고 이해하면 될 것이다. 전문 디자이너들은 채널 아이콘을 제작하기 위해 어도비 포토샵 같은 프로그램을 사용하지만, 본 도서에서는 누구나 쉽고 간편하게 사용할 수 있는 채널 아이콘 무료 제작 프로그램을 이용할 것이다.

≪ 로고 제작 시 고려해야 할 것들 ≫

1. 상호(채널)명에 담긴 의미를 고려할 것

2. 관련 비즈니스 설명(차별성, 기업철학, 슬로건 등)을 고려할 것

3. 타깃층 성별 및 연령대를 고려할 것

4. 벤치마킹 하는 상호명과 경쟁업체 로고를 고려할 것

5. 로고에 담고 싶은 이미지, 주제를 고려할 것

6. 마음에 드는 로고 스타일을 고려할 것

≪ 미리캔버스를 활용한 채널 아이콘 만들기 ≫

디자인 플랫폼인 **미리캔버스(miricanvas)**는 로고, 아이콘, 광고 등에 사용할 수 있는 디자인을 무료(대부분)로 제작할 수 있게 해주는 클라우드(웹사이트) 기반의 디자인 플랫폼(프로그램)이다. 구글이나 다음, 네이버 등에서 **미리캔버스**를 검색하여 열어준다.

검색했다면 **미리캔버스**를 열어준다. 참고로 구글과 네이버 검색에서는 **디자인 플랫폼 미리캔버스**, 다음 검색에서는 미리캔버스로 검색된다.

01 회원가입 및 로그인하기

미리캔버스 웹사이트가 열리면 우측 상단에 있는 **5초 회원가입** 버튼을 누른다.

회원가입 창이 열리면 앞서 만들어놓은 **구글 계정**을 선택하여 간편하게 회원가입을 할 수 있다. 미리캔버스 **회원가입** 창이 열리면 **구글 아이콘**을 선택한다. 그다음 **구글 계정 선택** 창이 열리면 앞서 만들어놓은 **구글 계정**을 선택한다. 처음으로 계정 로그인을 할 경우 **본인 인증** 창이 열리고, **두 자리 숫자**가 뜰 것이다. 그리고 자신의 스마트폰 문자로 **3개의 번호**가 가면 본인 인증에서 뜬 **두 자리 숫자**를 선택하여 인증을 완료한다.

항상 미리캔버스의 **로그인**을 **유지하기** 위해 **로그인 유지하기**를 선택한다.

☑ 로그인 유지 안함을 선택하면 미리캔버스에 들어올 때마다 항상 로그인을
해야 하기 때문에 미리캔버스를 자주 사용한다면 **로그인 유지하기**를 권장
한다.

시작하기 버튼을 눌러 작업 준비를 한다.

02 새 문서(캔버스) 만들기

이제 채널 아이콘을 만들기 위해 ❶**디자인 만들기** 버튼을 클릭한다. 그다음 작업
(캔버스) 크기를 직접 설정하기 위해 ❷**직접 입력**을 선택한 후 크기를 가로세로
모두 ❸**800x800** px(픽셀)로 설정하고 ❹**새 디자인 만들기** 버튼을 클릭한다. 참고
로 **픽셀(pixel)**은 화면을 이루는 가장 작은 단위이다. **화소**라고도 하며, 픽셀이
많을수록 해상도가 좋아진다.

☑ 유튜브 채널 아이콘의 크기는 기본적으로 800 x 800 픽셀을 권장하고 있다.

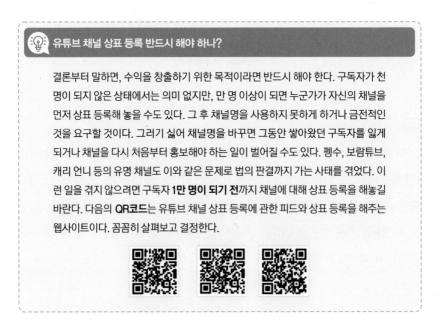

유튜브 채널 상표 등록 반드시 해야 하나?

결론부터 말하면, 수익을 창출하기 위한 목적이라면 반드시 해야 한다. 구독자가 천명이 되지 않은 상태에서는 의미 없지만, 만 명 이상이 되면 누군가가 자신의 채널을 먼저 상표 등록해 놓을 수도 있다. 그 후 채널명을 사용하지 못하게 하거나 금전적인 것을 요구할 것이다. 그러기 싫어 채널명을 바꾸면 그동안 쌓아왔던 구독자를 잃게 되거나 채널을 다시 처음부터 홍보해야 하는 일이 벌어질 수도 있다. 펭수, 보람튜브, 캐리 언니 등의 유명 채널도 이와 같은 문제로 법의 판결까지 가는 사태를 겪었다. 이런 일을 겪지 않으려면 구독자 **1만 명이 되기 전**까지 채널에 대해 상표 등록을 해놓길 바란다. 다음의 **QR코드**는 유튜브 채널 상표 등록에 관한 피드와 상표 등록을 해주는 웹사이트이다. 꼼꼼히 살펴보고 결정한다.

이후에 열리는 창은 **닫기** 버튼을 눌러 모두 닫아준다.

☑ 미리캔버스에서 제공되는 다양한 템플릿 소스를 사용하여 채널 아이콘 및 채널 아트(배너) 디자인을 쉽게 만들 수 있다.

03 템플릿 사용(적용)하기

방금 설정한 크기의 문서(캔버스)가 생성되면 먼저 ❶**템플릿** 항목에서 마음에 드는 로고를 선택해 보자. 필자는 ❷**로고/프로필** 타입에서 ❸**커피**로 검색한 후 **커피블루**❹ 템플릿을 선택하여 **캔버스**(작업 영역)에 적용하였다.

04 로고 이미지 편집(선택, 크기, 회전, 이동)하기

적용된 템플릿은 원하는 크기, 회전, 색상, 그림자, 글꼴 등에 대한 편집이 가능하다. 먼저 위쪽 **커피 원두 로고** 이미지를 ❶**클릭**하여 **선택**한다. 그러면 신택된 이미지 가장자리에 **파란색 사각형 박스**가 나타난다. 이제 박스 모서리를 그림처럼 *클릭 & 드래그❷(이동)** 해 보자. 그러면 **크기**가 **조절**되는 것을 알 수 있다.

이미지를 회전하기 위해서는 위쪽의 ↻ **아이콘을 클릭 & 드래그**하면 되는데, 마우스 커서가 ↻ 위에 있으면 시계방향과 반시계방향을 **Ctrl+ → 키와 Ctrl+ ←**

클릭 & 드래그 마우스 왼쪽 버튼을 누른 상태에서 원하는 방향으로 끌어주는 것, 선택된 이미지(객체)의 위치를 옮겨놓거나 크기, 회전 등을 할 때 사용된다.

*단축키로 사용할 수 있다는 것을 알 수 있다.

이미지를 다른 곳으로 옮겨놓기 위해서도 역시 이미지를 **클릭**한 후 원하는 곳으로 **드래그**(끌기)하면 되는데, 이동될 때 이미지의 위치가 캔버스 중앙에 도달하면 **분홍색 스냅** 표시가 나타나기 때문에 **정확**하게 **가운데**로 **맞춰**줄 수 있다.

05 로고 이미지 편집(정렬, 순서, 반전, 색상)하기

선택된 이미지(로고)는 정렬, 순서, 반전, 투명도, 색상, 그림자 효과 등을 적용하고 설정할 수 있다. 먼저 정렬에 대해 알아보기 위해 **로고 이미지**가 선택된 상태에서 우측 설정 패널의 ①②[정렬] – [중간] 메뉴를 선택한다. 그러면 로고 이미지가 그림처럼 캔버스 가운데로 이동되어 위쪽에 위치한 **커피블루** 글자에 **가려지게** 된

단축키(shortcut) 프로그램에서 두 개 이상의 키를 동시에 눌러 신속히 특정 메뉴(기능)을 실행하는 키이다. 보통 Ctrl, Alt, Shit 키를 보조키로 사용한다.

다. 이렇듯 정렬은 **캔버스**를 **기준**으로 **정렬**시킬 때 사용된다.

이번엔 **❶❷[순서] – [맨 앞으로]** 메뉴를 선택해 보자. 그러면 로고 이미지가 **맨 위쪽**으로 이동하여 커피블루 글자를 가리게 된다. 이렇듯 **순서**는 선택된 이미지를 **위아래**로 이동하여 **순서**를 **바꿔**줄 때 사용된다.

로고 이미지의 색상 또한 바꿔줄 수 있다. **색상**에 있는 두 색 중 **❶하늘색**을 **클릭**한 후 색상 팔레트가 나타나면 원하는 **❷색(주황색)**을 선택한다. 그러면 커피 원두의 하늘색이 선택한 색으로 바뀐다.

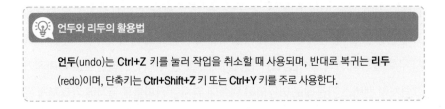

💡 **언두와 리두의 활용법**

언두(undo)는 **Ctrl+Z** 키를 눌러 작업을 취소할 때 사용되며, 반대로 복귀는 **리두**(redo)이며, 단축키는 **Ctrl+Shift+Z** 키 또는 **Ctrl+Y** 키를 주로 사용한다.

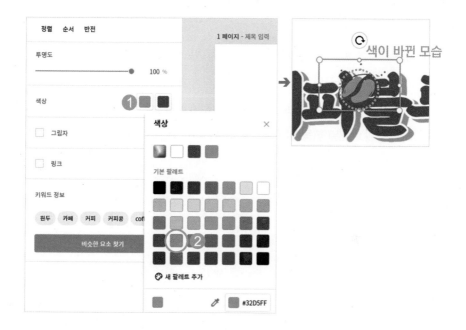

06 작업 취소하기

이번엔 글자 편집을 하기 위해 앞선 작업을 원상 복귀해 보자. 작업 이전으로 돌아
가기 위해 단축키 **Ctrl+Z** 키를 여러 번 눌러 처음 로고 이미지가 적용됐던 상태로
되돌아간다.

글자는 글자를 수정하고 글자의 색, 글꼴, 투명도, 그라데이션 등을 설정할 수 있다. 먼저 글자를 바꾸기 위해 ❶커피블루 글자를 2회 연속 선택(클릭)한다. 그러면 글자를 **입력**할 수 있는 **모드**로 전환된다. **Delete** 키를 눌러 기존의 글자를 모두 지우고, 사용할 ❷채널명(똥손클래스)을 입력한다.

글꼴 선택은 **우측**에 있는 **텍스트 설정 패널**에서 가능하다. 그림처럼 맨 위쪽에 있는 글꼴을 열고 원하는 글꼴을 선택해 보자. 그러면 선택된 글자(똥손클래스)가 선택된 글꼴로 바뀐 것을 알 수 있다.

☑ 글자를 로고로 사용하기 위해서는 다양한 글꼴이 필요한데, 미리캔버스에서는 다양한 무료 글꼴을 제공한다.

이번엔 글자에 그라데이션 효과를 적용하기 위해 **그라데이션**을 체크한다. 그러면 두 가지 색이 사용되는 그라데이션 글자로 바뀐다. **그라데이션 타입**은 우측 **그라데이션 메뉴**에서 선택하며, 색상은 아래쪽 두 가지 색을 선택하여 여러 색을 사용할 수 있다. 그밖에 방향을 설정하여 그라데이션 방향도 바꿀 수 있다.

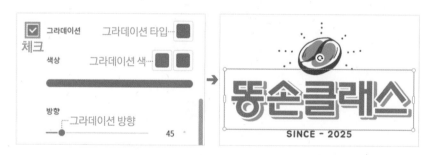

☑ 본 학습은 필자와 똑같이 할 필요는 없기 때문에 사용법을 익힌 후 자신에게 맞는 작업을 하면 된다.

글자 크기는 ❶**텍스트 설정 패널**에서 ❷**크기**를 선택하여 조절할 수도 있지만 글자의 **모서리를 클릭 & 드래그**하여 조절할 수도 있다.

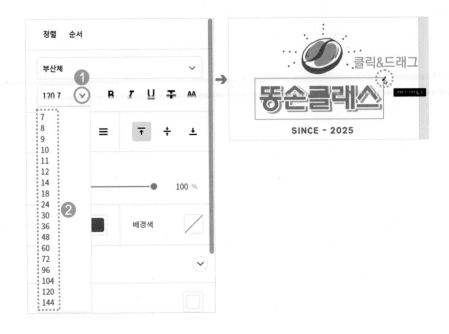

글자의 배경을 특정 색상으로 채워주기 위해서는 ❶**배경색**에서 원하는 배경색을
❷**선택**하면 되며, 그밖에 외곽선과 그림자, 곡선 등의 효과를 적용할 수 있다.

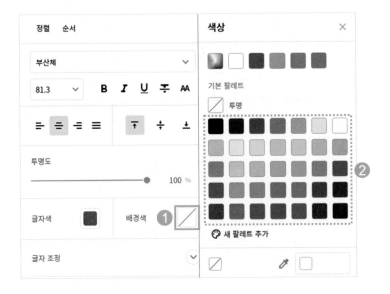

글자 배경이 적용된 모습

08 배경 적용하기

살펴본 것처럼 템플릿을 사용하면 미리캔버스에서 제공되는 다양한 템플릿을 적용한 후 수정하여 사용할 수 있다는 것을 알 수 있다. 이번에는 배경을 적용해 보기 위해 **①배경 항목**을 선택한다. 배경은 **패턴**과 **사진** 두 가지 타입이 제공된다. 여기에서는 **②패턴 타입**에서 하나를 클릭하여 적용해 보자. 패턴 배경의 무늬를 편집하고자 한다면 위쪽 **배경 편집** 메뉴를 이용하면 된다.

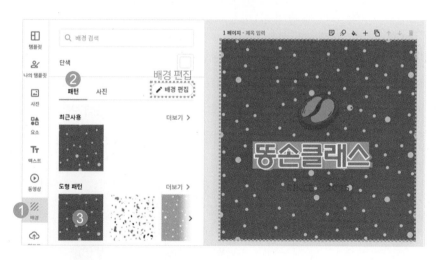

09 요소 적용하기

그밖에 **①요소 항목**에서는 일러스트(캐릭터), 조합, 도형, 선, 그래프 등 다양한 이미지 소스를 사용할 수 있다. 여기에서는 **②일러스트 타입**에서 하나를 선택하여 적용해 보자. 이처럼 미리캔버스에서는 미리 준비된 다양한 디자인 소스들을 제공하기 때문에 원하는 디자인 작업을 쉽고 간편하게 할 수 있다.

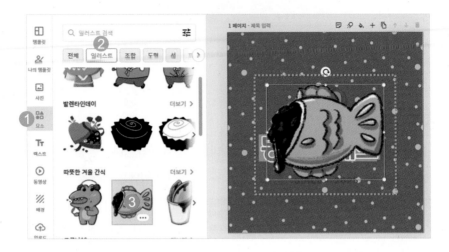

10 텍스트 적용하기

미리캔버스에서는 다양한 스타일의 텍스트를 제공한다. **①텍스트** 항목을 선택해 보면 조합, 스타일, 특수문자 세 가지 타입을 제공하여 다양한 스타일의 텍스트를 사용할 수 있다. **②스타일 타입**을 선택한 후 하나를 **클릭**하여 적용해 보면 **캐릭터**와 **글자**가 **합쳐진** 하나의 글자 스타일이 적용된 것을 알 수 있다.

스타일 타입은 캐릭터와 글자가 그룹화된 것이지만, 적용된 그룹 스타일이 선택된 상태에서 우측 텍스트 설정 하단에 있는 **그룹 해제하기**를 사용하여 개별적으로 사용할 수도 있다.

11 모든 요소 삭제하기

앞서 만든 모든 요소들을 삭제하고 새로운 채널 아이콘을 만들어보자. **클릭 & 드래그**하거나 ❶**Ctrl+A** 키를 눌러 모든 요소들을 선택한 후 ❷**Delete** 키를 눌러 삭제한다. 배경도 삭제하기 위해 배경 위에서 ❸**[우측 마우스 버튼] - [삭제]** 메뉴를 선택한다.

12 외부에서 요소 가져오기

이번엔 사용자 PC에 있는 이미지를 가져와 작업하기 위해 ❶**업로드** 카테고리를
선택한 후 상단 ❷**내 파일 업로드** 버튼을 클릭한다.

열기 창이 열리면 ❶**[학습자료] – [이미지]** 폴더에 있는 ❷**로고_투명한 배경** 파
일을 ❸**열기**한다.

방금 가져온 이미지(요소)를 **더블클릭**하거나 **직접 끌어서** 작업 영역(캔버스)에
갖다 놓는다. 이와 같은 방법으로 외부에서 필요한 요소(이미지 파일)들을 가져
다 사용할 수 있다.

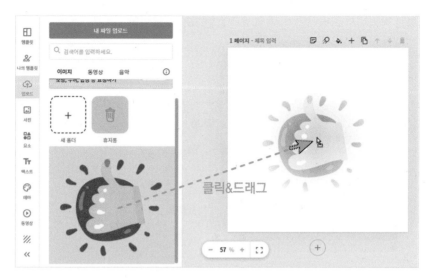

☑ 투명한 배경은 아래쪽 요소(이미지)의 모습 보이지만 불투명한 배경은 배경에 가려져 보이지 않는다.

투명한 배경   불투명한 배경

☑ 이미지가 캔버스에 적용되면 색상, 밝기, 채도 등을 자동 설정할 수 있는 필터 효과와 직접 설정할 수 있는 직접 조정을 제공하는데 만약 그림과 같은 이미지라면 이 두 기능을 사용하여 원하는 색 보정을 하기 바란다.

보정 작업까지 끝났다면 이제 앞서 적용한 요소의 **크기**와 **위치**를 그림처럼 조정해 준다.

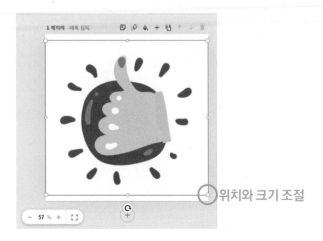

13 글자 만들기

이제 사용되는 채널 아이콘(로고)에 글자를 적용하기 위해 ❶**텍스트** 카테고리에서 원하는 ❷**글자(글꼴)**를 선택하여 적용한다.

적용된 글자 중 가운데 글자만 사용하기 위해 글자 위에서 ❶❷**[우측 마우스 버튼] – [그룹해제]**를 선택한다.

글자의 그룹이 해제되면 아래 그림처럼 **위/아래 글자**들 선택한 후 Delete 키를 눌러 삭제한다.

계속해서 그림처럼 글자를 **①수정**한 후 글자와 앞서 가져온 **②이미지(로고)**의 크기와 위치를 조정한다.

글자를 곡선 형태로 만들기 위해 **①곡선**을 **체크**한 후 **②크기**와 **③비율**을 조정하여 그림처럼 곡선 글자로 만들어준다. 그다음 **④글자 색상**은 해당 채널에 맞는 색상으로 바꿔준다.

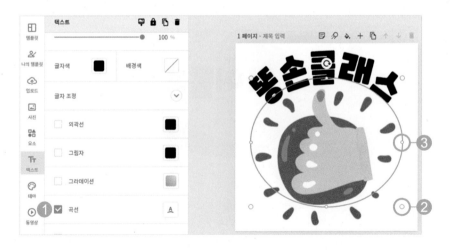

☑ 캔버스 상단의 몇몇의 기능들 중 애니메이션 효과는 선택된 요소에 모션(움직임)을 줄 수 있다. 애니메이션 효과를 선택하면 다양한 효과를 사용할 수 있으며, 클릭하여 적용할 수 있다.

☑ 배경 색상을 사용하면 캔버스 배경을 원하는 색상으로 변경할 수 있다. 이때 배경이 투명한 요소(이미지)를 사용하는 것이 좋다.

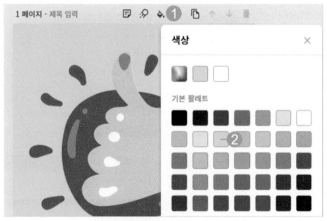

14 이미지 파일 만들기

작업이 모두 끝났다면 이제 채널 아이콘으로 사용하기 위해 상단 ❶**다운로드** 버튼을 누른 후 방식은 ❷**웹용**, 파일 형식은 ❸**PNG**, 투명한 배경을 만들기 위해 PNG 옵션의 ❹**투명한 배경**을 체크한 후 고해상도 ❺**다운로드**를 선택한다.

다운로드가 완료 창이 뜨면 ❶**닫기** 버튼을 누른 후 파일을 찾기 위해 인터넷 브라우저 왼쪽 하단의 다운로드된 파일의 ❷❸**폴더 열기**를 한다.

다운로드된 폴더가 열리면 ❶**제목 이름**을 **클릭**하여 원하는 ❷**이름**으로 바꿔준다. 그다음 채널 아이콘으로 사용할 파일을 ❸**복사(Ctrl+C)**한다. 복사된 파일은 자신이 원하는 위치에 ❹**붙여넣기(Ctrl+V)** 한다. 필자는 [학습자료] – [이미지] 폴더에 붙여넣기 하였다.

☑ 요소(파일)의 복사(원본 보존)는 **Ctrl+C** 키이며, 붙여넣기는 **Ctrl+V** 키이기 때문에 이 두 개의 단축키는 반드시 기억하기 바라며, **Ctrl+X** 키를 사용하면 원본을 잘라내기 하여 붙여넣기 할 수 있다.

≪ 유튜브 채널 아이콘에 등록하기 ≫

이번 학습에서는 앞서 제작한 채널 아이콘을 자신의 유튜브 채널에 등록하는 방법에 대해 알아보기로 한다.

01 채널 맞춤 설정하기

채널 아이콘을 등록하기 위해 먼저 유튜브를 실행한 후 ❶**채널 아이콘**을 클릭하여 열린 메뉴에서 ❷**내 채널**을 선택한다. 그다음 상단에 있는 ❸**채널 아이콘**을 클릭하여 채널 맞춤 설정 창을 열어준다.

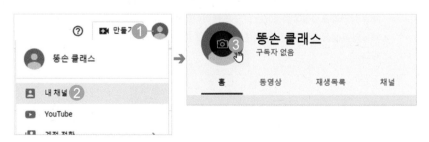

채널 맞춤 설정 창이 열리면 프로필 사진에서 **①업로드**를 클릭한 후 앞서 복사한
②채널 아이콘 이미지를 **③열기**하여 가져온다.

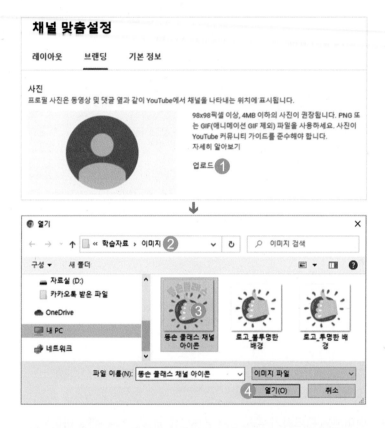

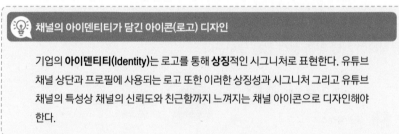

기업의 **아이덴티티(Identity)**는 로고를 통해 **상징**적인 시그니처로 표현한다. 유튜브
채널 상단과 프로필에 사용되는 로고 또한 이러한 상징성과 시그니처 그리고 유튜브
채널의 특성상 채널의 신뢰도와 친근함까지 느껴지는 채널 아이콘으로 디자인해야
한다.

사진 맞춤 설정 창이 열리면 적당한 **①크기**와 **위치**로 조정한 후 **②완료** 버튼을

눌러 적용한다.

02 채널 아이콘 등록하기

수정이 끝났다면 이제 **게시** 버튼을 눌러 채널(프로필) 아이콘으로 등록한다. 참고로 다시 수정하거나 삭제해야 한다면 아래쪽 **변경**과 **삭제** 버튼을 이용하면 된다. 확인해 보면 채널 아이콘이 등록된 것을 알 수 있다.

☑ 채널 아이콘과 채널 아트의 설정법은 유튜브 화면(인터페이스)이 바뀌거나 정책에 따라 변경될 수 있다.

▶ 채널 아트(배너 아트) 제작하기

채널 아트는 유튜브 채널 상단의 넓은 이미지를 말하며, 채널 아트는 모바일(태블릿 PC, 스마트폰)과 데스크탑 PC, 인터넷 TV에서 각각 다른 크기로 사용된다. 표준 크기는 **2048x1152** 이상이기에 가장 큰 인터넷 TV를 기준으로 만들길 권장한다.

인터넷 TV 2560x1440
데스크탑 PC 2560x423
테블릿 PC 1855x423
스마트폰 1546x423(유튜브 표준 크기)

채널 아트의 실제 크기

≪ **픽슬러에서 채널 아트 기초 작업하기** ≫

채널 아트 또한 앞서 학습한 미리캔버스를 사용해도 되지만, 이번 학습에서는 **픽슬러(pixlr)**라는 클라우드 방식의 사진(이미지) 및 그래픽 디자인 작업을 할 수 있는 무료 포토샵을 활용하여 만들어 본다. 픽슬러를 사용하기 위해 먼저 구글이나 다음, 네이버 등에서 ❶❷❸**픽슬러**를 검색한 후 웹사이트로 들어간다.

픽슬러 웹사이트가 열리면 그림처럼 메인 화면이 열리는데 아래쪽을 보면 기본적으로 **두 가지 무료 버전**(차후 사라질 수 있음)을 제공하는 것을 알 수 있다. 일단 하단의 **쿠키 정책**을 **수용**하자. 만약 쿠치 정책 수용이 뜨시 않으면 그냥 넘어가도 된다.

☑ 한국에서 접속 시 크롬 브라우저에서는 그림처럼 기본적으로 한글 모드로 나타난다.

01 회원가입하기

회원가입이 되어있지 않기 때문에 상단 **❶회원 가입 로그인**을 클릭한다. 그다음 앞서 만든 구글 계정으로 회원가입을 하기 위해 **❷Google** 버튼을 선택한다.

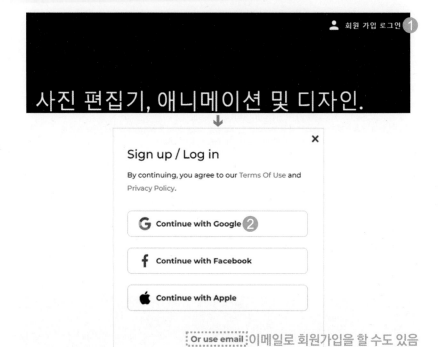

계정 선택 창이 열리면 앞서 만든 **구글 계정(이름, 이메일)**을 클릭한다. 만약 계정이 나타나기 않으면 다른 계정 사용을 선택하여 찾아준다.

본인 인증 창이 뜨면 **두 자리** 숫자가 나타난다. 자신의 스마트폰에 전달된 메시지를 확인한 후 이와 **같은 번호**를 **선택**하여 인증한다.

02 픽슬러 시작하기

두 가지 무료 버전 중 PIXLR E는 **모든 기능**이 **제공**되는 어드밴스 버전이고, PIXLR X는 **간단한 기능**만을 제공하는 이지 버전이다. 여기에서는 모든 기능을 사용할 수 있는 PIXLR E 버전을 사용하기 위해 선택한다.

픽슬러가 실행되면 메인 화면 **아래쪽**에는 다양한 템플릿을 이용하여 작업을 할 수 있는 **템플릿** 목록과 SNS별로 다양한 작업 **레이아웃**(규격)을 제공한다. 여기에서 원하는 작업 스타일을 선택할 수 있다. 일단 **외부**에 있는 **이미지** 파일을 불러와 작업하는 방법에 대해 간단하게 살펴보기 위해 **이미지 열기** 버튼을 클릭한다.

열기 창이 열리면 사용할 이미지 파일을 불러오면 되는데, 필자는 **❶[학습자료]** **– [이미지]** 폴더에서 **❷로고_불투명한 배경** 이미지를 **❸열기**하였다.

픽슬러 E 버전의 작업 영역에 이미지가 적용되었다. 참고로 현재 픽슬러 E의 화면(인터페이스) **크기**를 줄여놓은 상태이기 때문에 **우측 툴바(도구 바)**가 **두 열**로 전환되었다. 픽슬러는 웹(인터넷)에서 브라우저를 통해 실행되기 때문에 브라우저 크기에 따라 **자동 반응(반응형 웹)**한다.

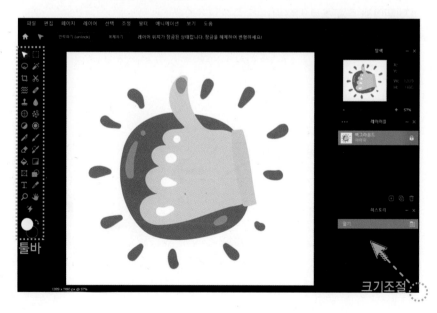

방금 가져온 이미지는 **배경**이 **불투명**한 상태이다. 이제 이 불투명한 배경을 투명하게 빼주기 위해 현재 레이어의 **자물쇠 모양**의 아이콘을 **클릭**한다. 그러면 자물쇠 모양이 눈 모양으로 바뀐다.

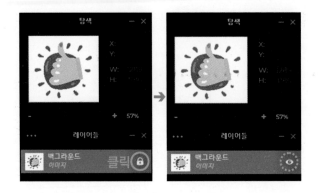

배경 위치 이동, 회전, 크기 조절, 투명도 등을 설정할 수 없는 바닥에 완전히 밀착된 형태의 이미지

레이어 위치 이동, 회전, 크기 조절, 투명도 등을 개별적으로 사용할 수 있는 이미지(위아래 층 구조로 사용됨)

레이어 구조

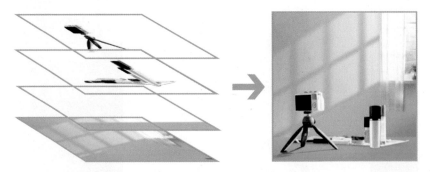

☑ 레이어 구조는 서로 다른 그림(이미지)이 있는 층들의 결합이다. 각의 레이어 공간에서 서로 다른 작업을 할 수 있도록 해준다.

03 배경 투명하기 빼기

이제 하얀색 배경을 투명하게 빼주기 위해 ❶**마술봉 툴**을 선택한 후 **하얀색 배경** 부분을 ❷**클릭**한다. 그러면 하얀색 영역이 모두 선택되고, 그림처럼 선택된 영역이 **점선**으로 나타난다. 참고로 영역을 선택할 때 상단 속성 바의 **허용 값**이 높을수록 선택되는 범위가 넓어진다.

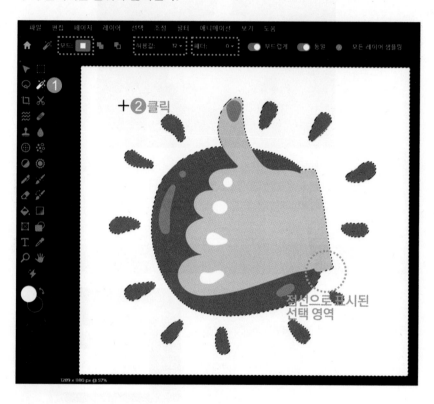

모드 단일 영역으로 선택, 영역 합치기, 영역 빼기

허용값 선택한 지점과 일치되는 범위(색상 기준) 설정하기

페더 선택 영역 가장자리를 부드럽게(흐리게) 선택하기

방금 선택된 영역을 빼주기 위해 **Delete** 키를 누른다. 그러면 선택된 하얀색 영역이 투명하게 빠진다. 이와 같은 방법으로 배경이나 특정 영역을 쉽게 투명하게 빼줄 수 있다.

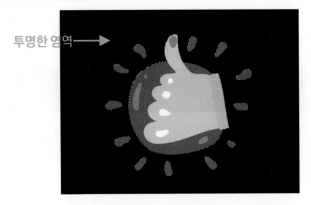

투명한 영역 →

☑ 선택 영역은 자르기 위한 영역, 색을 적용하기 위한 영역, 효과를 적용하기 위한 영역 등으로 사용되는데, 필요 없을 경우엔 작업에 방해가 되기 때문에 **[선택] – [선택 해제]** 메뉴 또는 **Ctlr+D** 키로 해제할 수 있다.

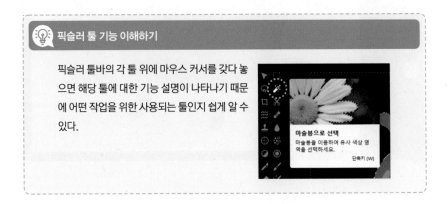

💡 **픽슬러 툴 기능 이해하기**

픽슬러 툴바의 각 툴 위에 마우스 커서를 갖다 놓으면 해당 툴에 대한 기능 설명이 나타나기 때문에 어떤 작업을 위한 사용되는 툴인지 쉽게 알 수 있다.

마술봉으로 선택
마술봉을 이용하여 유사 색상 영역을 선택하세요.   단축키 (W)

04 저장하기

작업이 끝났다면 저장하기 위해 ❶❷**[파일] – [저장]** 메뉴를 선택한다. 이미지 저장 창이 열리면 **투명**한 **정보**가 포함되는 ❸**PNG** 형식을 선택한 후 ❹**다른 이름**

으로 저장 버튼을 클릭한다. 다른 이름으로 저장 창이 열리면 ❺❻**적당한 위치**

(작업 폴더)를 찾아 ❼**저장**해 준다.

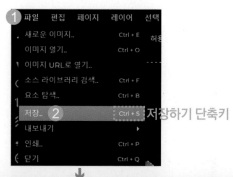

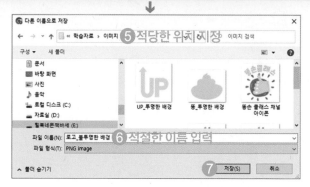

≪ 미리 캔버스에서 채널 아트 완성하기 ≫

채널 아트의 완성은 보다 쉽게 사용할 수 있는 미리캔버스에서 하기로 한다. 다시 **미리캔버스**로 이동한다. 만약 미리캔버스 창이 닫혔다면 다시 로그인한 후 첫 화면 우측 ❶**상단 메뉴**에서 ❷**워크스페이스**를 선택한다.

간편하게 채널 아트 규격을 만들기 위해 ❶❷❸[**디자인 만들기**] – [**유튜브 / 팟빵**] – [**채널 아트**]를 선택한다.

01 배경 만들기

배경을 만들기 위해 ❶❷[배경] – [패턴]에서 ❸❹체크 패턴을 선택하여 작업 공
간(캔버스)에 적용한다.

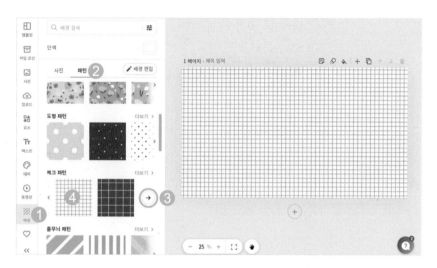

배경 편집 모드에서 ❶두 번째 색상을 선택한 후 ❷밝은 회색으로 바꿔준다.

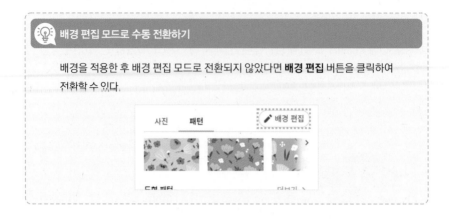

💡 **배경 편집 모드로 수동 전환하기**

배경을 적용한 후 배경 편집 모드로 전환되지 않았다면 **배경 편집** 버튼을 클릭하여 전환할 수 있다.

격자의 간격을 줄여주기 위해 ❶**패턴 크기**를 50, ❷**불투명도**를 80으로 낮춰 엷은 회색의 격자로 설정한다. 각 설정 옵션의 슬라이더를 좌우로 이동하여 설정하거나 직접 수치를 입력하여 설정할 수도 있다.

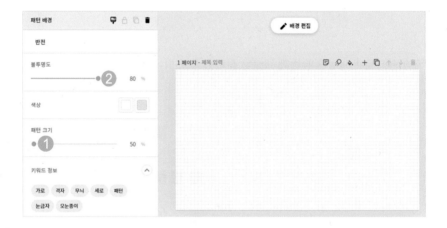

02 로고 이미지 가져오기

방금 만든 배경에 로고를 적용하기 위해 ❶**[학습자료] – [이미지]** 폴더에서 ❷**로고_투명한 배경**을 직접 끌어다 놓는다. 외부에서 이미지를 가져오는 방법은 업로드 또는 지금과 같은 방법을 사용할 수 있다.

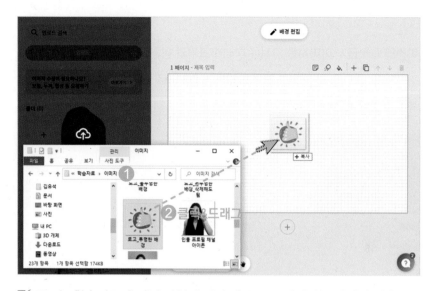

☑ 로고는 학습자료가 아닌 자신이 직접 만든 로고 이미지를 가져와 사용해도 된다.

적용된 로고의 크기를 격자의 **수직으로 7칸** 안에 들어오도록 줄여준다. 이때 **Ctrl** 키를 누른 상태로 줄여주면 가운데를 기준으로 줄여 줄 수 있다.

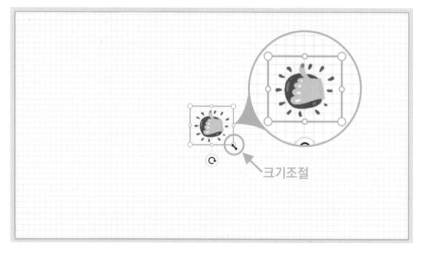

크기조절

☑ 채널 아트의 크기와 위치는 여러 차례 수정 과정이 필요하다.

03 글자 이미지 가져오기

이번엔 ❶❷**글자 이미지**를 가져온 후 ❸❹**크기**와 **위치**를 그림처럼 **로고 우측**으로 조정한다. 그다음 ❺❻**[우측 마우스 버튼] – [맨 뒤로 보내기]**를 선택하여 로고 뒤쪽에 배치한다.

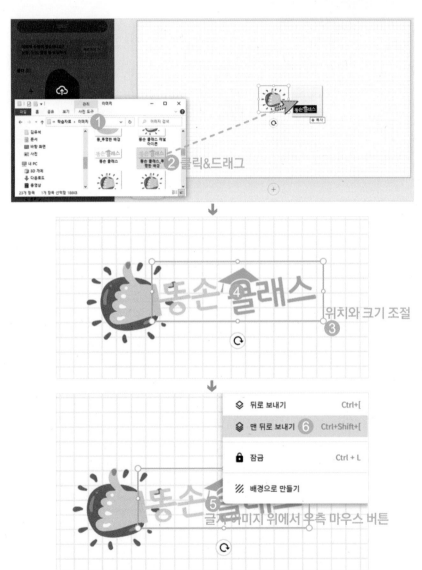

04 글자 입력하기

채널 부제목(소개)은 미리캔버스에서 입력해 보자. ❶텍스트 항목에서 글꼴을 선택한다. 필자는 ❷부산광역시 부산체를 선택하였다. 이제 필요 없는 글자는 삭제하기 위해 글자 위에서 ❸❹[우측 마우스 버튼] – [그룹해제]를 한다.

그룹 글자가 해제되면 먼저 **빈 곳**을 **클릭**해서 선택된 글자들을 **해제**한 후 **위쪽 큰 글자**를 선택한다. 그다음 Delete 키를 눌러 삭제한다.

남아있는 아래쪽 작은 글자를 **①모두 선택**한 후 **②세** 한 글자만 입력한다.

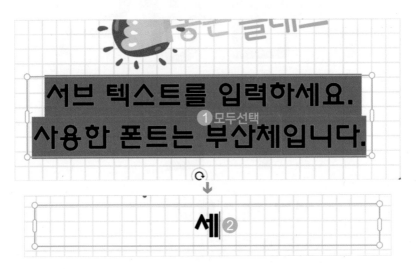

☑ 최종 입력되는 글자는 **세상 모든 똥손들이 업그레이드 되는 곳**이다. 최종 결과물은 다음 페이지에 확인할 수 있다.

세의 **크기**를 그림처럼 격자 **한 칸**에 들어오도록 조절하고 **위치**를 이동한다.

위치이동

글자 박스 크기 조절

크기조절

작업 영역 위치 이동

작업영역 크기조절

☑ 글자 위치 이동 시 ↑ ← ↓ → **방향키**를 사용하면 미세하게 이동할 수 있다.

05 글자 복제하기

이제 나머지 글자들은 **세자**를 복제하여 사용해 보자. 세자 위에서 ❶❷**[우측 마우스 버튼] – [복사]**를 선택한 후 다른 곳에 ❸**붙여넣기** 한다. 복사 **Ctrl+C**와 붙여넣기 **Ctrl+V** 단축키는 **반드시 외워두자.**

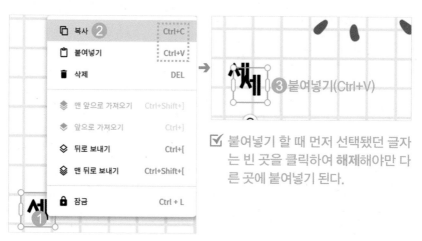

☑ 붙여넣기 할 때 먼저 선택됐던 글자는 빈 곳을 클릭하여 **해제**해야만 다른 곳에 붙여넣기 된다.

복사된 글자는 **①우측 옆 칸**으로 **이동**한다. 그리고 **②상**자로 수정한다.

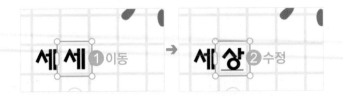

💡 **글자 복사할 때 주의할 것**

글자를 복사할 때 **두 번 클릭**하면 그림처럼 글자 수정을 위한 블록이 지정되기 때문에 복사를 위한 작업에서는 **반드시 한 번 클릭**하여 선택해야 한다.

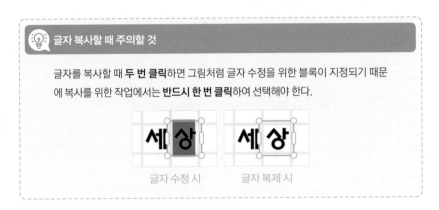

글자 수정 시   글자 복제 시

같은 방법으로 나머지 글자도 **복제, 이동, 수정**하여 그림과 같이 해당 칸으로 이동한다. 글자들의 최종 위치는 차후에 수정하도록 한다.

①모든 글자를 선택한 후 **②불투명도**를 **70** 정도로 낮춰 **짙은 회색**으로 만든다. 지금의 작업은 **글자색**을 사용하여 지정할 수도 있다.

06 이미지 요소 가져오기

마지막으로 이미지 요소들을 가져와 마무리 작업을 해보자. 먼저 **❶❷UP_투명한 배경**을 적용한 후 그림처럼 **똥손들이**와 **그레이드** 사이의 **❸두 칸**에 맞게 조정한다.

계속해서 **똥_투명한 배경** 이미지를 가져와 그림처럼 글자 양쪽에 **복제(Ctrl+C, Ctrl+V)**하여 배치한다.

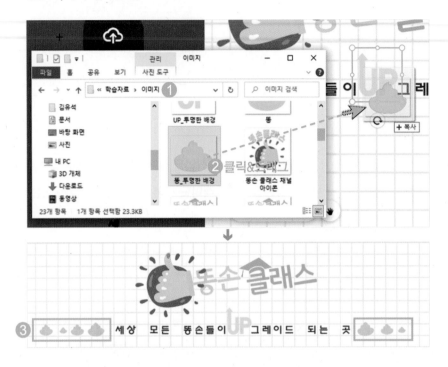

07 채널 아트 저장하기

작업이 끝나면 저장하여 유튜브 채널 아트로 적용해 보자. 먼저 작업한 로고, 글자, 요소들을 **모두 선택(Ctrl+A)**한 후 작업 영역(캔버스) **가운데**로 이동한다.

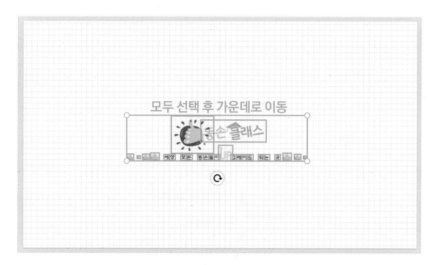

❶**다운로드** 버튼을 클릭한 후 ❷**웹용 PNG** 파일 형식을 선택한 다음 ❸**고해상도 다운로드** 버튼을 선택하여 저장한다. 파일은 ❹**다운로드 폴더**에 저장된다.

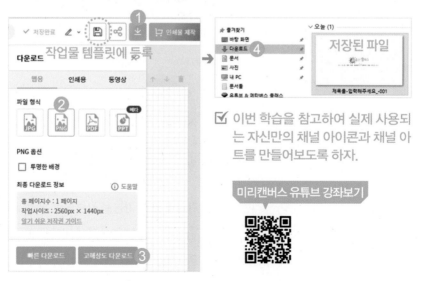

☑ 이번 학습을 참고하여 실제 사용되는 자신만의 채널 아이콘과 채널 아트를 만들어보도록 하자.

미리캔버스 유튜브 강좌보기

미리캔버스에서 만든 채널 아트를 자신의 유튜브 채널에 적용하기 위해 다시 ❶
[채널 스튜디오] – [맞춤설정]으로 들어가서 배너 이미지의 ❷**업로드** 버튼을 클릭
한다.

앞서 만든 ❶**채널 아트** 이미지를 선택한 후 ❷**열기**한다. 필자는 사전에 새로운 이
름과 위치로 이동해 놓았다.

배너 아트 맞춤 설정 창이 열리면 ❶**모든 기기에 표시 가능**을 기준으로 크기와 위
치를 조절한 후 ❷**완료** 버튼을 클릭하여 가져온다. 그다음 ❸**게시** 버튼을 클릭하
여 적용한다. 이제 채널에서 확인하기 위해 ❹**채널 보기**를 클릭한다.

채널로 들어오면 그림처럼 **채널 아트**(배너 아트)와 **채널 아이콘** 그리고 **링크**가 적용된 것을 알 수 있다.

☑ 채널 아트 및 채널 아이콘의 크기와 위치 그밖에 디자인 등을 수정해야 한다면 [채널 맞춤설정] – [변경] 메뉴를 통해 가능하다. 물론 근본적인 수정은 미리캔버스나 픽슬러에서 해야 한다.

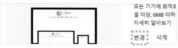

PART
03

동영상 제작 실무

스마트폰 하나만 있으면 당신은 이미 최고의 감독이며 에디터

성공한 유튜브 채널의 비결은 유튜버의 영향력이 크지만 이 또한 좋은 기획, 좋은 촬영, 좋은 편집에서 시작된다. 이번 학습에서는 초보 유튜버에게 실무적으로 가장 필요한 동영상 촬영 및 편집에 대해 집중적으로 살펴볼 것이다. 채널 성공을 위해 하나도 빠짐없이 자기 것으로 만들기를 바란다.

촬영, 이것만 준비하면 끝

스마트폰 하나로 사진과 동영상을 촬영할 수 있는 시대이다. 분위기 있는 카페나 식당에 갔을 때 나도 모르게 스마트폰을 꺼내 앵글을 잡는 모습을 발견하곤 한다. 이런 모습은 이제 익숙한 일상이 되었다. 이렇듯 누구나 촬영이 가능한 시대, 스마트폰 하나만 있으면 이제 유튜브 촬영쯤은 두려울 게 없다.

촬영, 이것만 있으면 된다

▶ 촬영 장비의 모든 것

유튜브 콘텐츠 제작을 위한 촬영 장비는 비디오 카메라, DSLR, 미러리스 그리고 스마트폰 등으로 구분된다. 이 장비들은 가격 또한 격차가 크기 때문에 초보 유튜버들에게는 고가의 장비를 권하지 않는다. 처음에 의욕이 넘쳤다가도 중간에 포기하는 일을 많이 봐왔기 때문에 처음엔 가지고 있는 스마트폰 카메라를 통해 촬영하는 것을 적극 권장한다.

≪ 비디오 카메라 ≫

방송국이나 프로덕션에서는 수백, 수천만 원대 고가의 비디오 카메라를 사용하지만 유튜브와 같은 1인 미디어 제작을 위한 것이라면 굳이 고가의 비디오 카메라를 구입할 필요는 없다. 특히 이제 막 시작하는 초보 유튜버에게는 중저가 DSLR이나 스마트폰을 권장하는데, 반드시 DSLR을 구입해야 한다면 당근마켓과 같은 중고 거래 앱을 통해 구입하는 것도 경제적으로 도움이 된다. 최근엔 20만원대의 중국산 초저가 비디오 카메라도 출시되고 있지만 화질 문제 등 개선할 점이 많기 때문에 꼼꼼히 살펴보고 구입해야 한다.

소형 핸디캠(파나소닉 4K)

 액션캠이란?

액션 카메라 혹은 액션캠(action camera 또는 action cam)은 야외 활동과 스포츠 경기 등에서 사용되는 휴대가 간편하고 활동성이 좋은 카메라이다. 액션캠은 크기가 작지만 4K(3840x2160) 해상도까지 촬영이 가능하며, 고프로(GoPro)가 대표적이다. 액션캠은 브이로그, 레포츠, 요리 콘텐츠 등에서 활동적인 장면을 촬영할 때 유용하다. 만약 액션캠이 필요한 유튜버라면 관련 정보 웹사이트나 유튜브 동영상을 참고하여 자신에게 적합한 제품을 선택하도록 한다.

다양한 방법으로 사용되는 액션캠 활용 예_출처 : 구글 캡처

≪ DSLR과 미러리스 카메라 ≫

DSLR(digital single lens reflex)은 스틸 사진을 촬영하기 위해 출시된 제품이지만 지금은 8K 동영상까지 가능하다. 동영상 촬영이 가능한 DSLR은 20~500만 원까지 다양하기 때문에 촬영 용도에 맞게 선택하면 된다. 소규모 1인 유튜브 콘텐츠 제작 용도라면 50~150만 원대의 중저가 적당하며, 기업형 전문 유튜브 콘텐츠 제작 용도라면 200~500만 원 정도의 중고가 DSLR를 권장한다. 또한 DSLR과 경쟁하는

미러리스 카메라는 렌즈에 들어온 피사체가 거울의 반사 없이 그대로 뷰파인더로 들어오기 때문에 작고 가볍다. 하지만 AF(오토 포커스) 정확도 미흡, 낮은 아웃 포커스, 작은 프레임 크기, 배터리 수명, 렌즈 및 악세서리 다양성 부족 등 아직 보완할 것이 많다. 하지만 브이로그와 같은 개인 영상물이라면 고가의 DSLR보다는 미러리스를 권장한다.

캐논 EOS 800D DSLR   소니 알파 A5100 미러리스

니콘 D500 DSLR   캐논 EOS M50 미러리스

≪ 스마트폰 카메라 ≫

스마트폰의 카메라는 이미 영화를 찍을 정도로 품질이 좋아졌다. 4K는 기본이고 **하이퍼랩스(인터벌)** 촬영과 슬로우 모션 그리고 접사 촬영 시 **아웃 포커스**까지 가능하다. 물론 다양한 렌즈를 사용할 수 없는 아쉬운 점이 있지만 극장용 고품질 콘텐츠가 아니라면 스마트폰 카메라도 생각 이상으로 쓸만하다. 스마트폰으로 촬영한 영상은 곧바로 동영상 편집 앱을 통해 쉽고 간편하게 편집할 수 있는 장점도 있

다. 하지만 장시간 촬영이 불가능하다는 것은 최대 단점이기도 하다. 애플, 삼성, 소니, 샤오미 등의 스마트폰 기업들이 1인 방송(유튜브) 크리에이터들의 입맛에 맞는 촬영 기능들을 장착하여 적극적인 홍보를 하고 있다. 최근엔 유명 감독들도 스마트폰으로 영화, 드라마, 광고 등의 작품을 촬영하는 등 스마트폰 카메라에 대한 관심이 더욱 높아졌다. 참고로 본 도서에서도 대부분의 촬영과 편집을 스마트폰에서 하고 있다.

아이폰으로 촬영한 박찬욱 · 박찬경의 파란만장과 일장춘몽 영화_출처 : 네이버 블로그

💡 아웃 포커스(out of focus)란?

사진(동영상)에서 메인 피사체(촬영 대상)에 초점을 맞추고 나머지 영역은 초점을 흐리게 하여 상대적으로 메인 피사체를 강조할 때 사용한다. 촬영 시 아웃 포커스는 렌즈 초점의 심도를 이용하며, 구경이 큰 렌즈의 조리개를 모두 열면 특정 거리의 피사체에만 초점이 정확히 맞게 된다. 특정 피사체를 강조하기 위한 관점에서 **실렉티브 포커스(selective focus)**라고 할 수 있다. 자연을 배경으로 한 인물이나 식물 촬영(접사)에 만족스런 결과를 얻을 수 있다.

아웃 포커스의 예_갤럭시 A51로 촬영

≪ 흔들림 없는 편안함을 위한 촬영 장비들 ≫

흔들림 없는 촬영을 하기 위해 일반적으로 **프라이포드(삼각대)**와 **짐벌(스테이빌라이저)**이라는 장비를 활용한다. 이 촬영 도구들은 맨손으로 그냥 촬영하는 *핸드헬드 촬영을 할 때의 문제를 해결할 수 있다. 스마트폰이나 미러리스와 같은 작고 가벼운 카메라로 촬영할 경우에는 저가의 경량 삼각대나 짐벌을 이용해도 되지만 무게감이 있는 전문가용 DSLR을 사용할 경우에는 5KG 이상의 경고한 삼각대나 짐벌을 권장한다.

셀카봉을 활용한 촬영

스마트폰은 작고 가볍게 때문에 휴대가 간편한 셀카봉을 이용하여 촬영할 수 있다. 가격대는 1~2만 원 선이며, 최근 셀카봉은 셔터 기능뿐만 아니라 줌 기능까지 가능하다. 물론 더 진화된 셀카봉은 삼각대 기능까지 가능하기 때문에 다기능 셀카봉을 선택하는 것도 하나의 방법이다. 하지만 삼각대보다 견고하지 않기 때문에 장시간 촬영을 해야 한다면 삼각대를 권장한다.

셀카봉을 활용하여 촬영하는 모습

삼각대를 활용한 촬영

삼각대(트라이포드)는 스마트폰을 비롯한 DSLR 카메라와 캠코더까지 사용이 가능하다. 스마트폰용 삼각대는 상대적으로 작고, 가볍고, 저렴하다. 가격대는

2~4만 원 선에 형성되어있으며, 장시간 고정 촬영 시 가장 적합하다.

삼각대(스마트폰용)를 활용하여 촬영하는 모습

짐벌을 활용한 촬영

짐벌은 이동 촬영 시 떨리는 것을 방지하기 위해 사용되는 장비이다. 물론 카메라에도 **손떨림(스테이빌라이저: stabilizer)** 기능이 있지만 보다 안정적인 촬영을 위해서는 짐벌을 권장한다. 참고로 짐벌 기능이 있는 셀카봉도 있다.

짐벌을 활용하여 촬영하는 모습

수평 촬영 크로스바와 일각대

그밖에 촬영 거치대로 활용되는 장비로는 수평 촬영을 위한 크로스바와 일각대가 있는데, 크로스바는 요리 촬영이나 다양한 제품을 위에서 수직으로 촬영할 때 적

핸드헬드(hand held) 카메라를 맨손으로 들고 촬영하는 방식이다.

합하되며, 일각대는 장시간 촬영 시 피로감을 줄이기 위한 목적으로 사용된다.

크로스바(좌)와 일각대(외다리)

≪ 좋은 소리를 담기 위한 마이크 ≫

마이크는 유선과 무선으로 구분되며, 소리를 받아드리는 수음 방향에 따라 한 방향의 소리만 수음하는 지향성과 모든 방향의 소리를 수음하는 무지향성으로 나뉜다. 또한 수음되는 주파수, 감도, 출력 저항에 따라 다이내믹 마이크와 콘덴서 마이크로 구분된다.

유선 마이크 장단점

장점 수신기 없이 수음 가능, 원하는 거리만큼 연장 가능, 무선에 비해 음질이 우수함

단점 여러 대의 마이크를 사용할 때 고가의 수신기 필요, 케이블로 인한 여러 문제 발생 가능

무선(와이어리스) 마이크 장단점

장점 휴대가 간편함, 케이블로 인한 문제 발생 없음, 하나의 수신기로 사용할 수 있음

단점 수신기 필요, 배터리 필요, 원거리 수음 불가능, 유선에 비해 떨어지는 음질, 가격대가 높은 편이고, 동시 녹음이 가능한 채널 수에 대한 한계가 있음

무선 마이크를 착용한 모습

지향성 마이크 장단점

장점 특정 방향의 수음에 뛰어남, 실내 울림 억제, 주변 노이즈 억제, 하울링 억제

단점 수음 감도 낮음, 특정 방향에서만 수음 가능

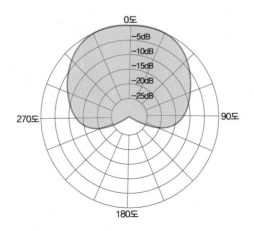

지향성 마이크 장단점

장점 모든 방향의 소리 수음 가능

단점 울림 및 노이즈 유입 가능성 높음

콘덴서 마이크 장단점

장점 미세한 소리까지 수음됨, 스튜디오 녹음과 같은 전문적인 레코딩 가능

단점 외부 전원이 필요(USB 방식은 전원 필요 없음), 가격대가 높고 습기와 충격에 약함

다이내믹 마이크 장단점

장점 외부 전원이 필요 없음, 튼튼한 내구성, 저렴한 가격대

단점 미세한 소리 수음에는 적합하지 않음

다이내믹과 콘덴서 마이크 모델 슈어 SM58(좌) / 노이만 U87(중) / 프리소너스 레벨레이터(우)

마이크는 어떠한 유튜브 콘텐츠에 사용하느냐에 따라 달라지지만 필자의 경우 유선 마이크는 갓성비라고 하는 10만 원대 후반의 **프리소너스 레벨레이터**라는 다지향성 USB 콘덴서 마이크를 사용하는데, 이유는 녹음 시 노이즈가 거의 없고, 수음

퀄리티가 스튜디오 급이기 때문이다. 그리고 DSRL용 무선 마이크는 가성비 좋은 30만 원대 **코미카 CVM-WM100 PLUS 2채널**, 스트마폰용 무선 마이크는 4만 원대 **ZWZR J13**이란 모델을 사용한다. 이 제품들은 방송국 수준은 아니지만 유튜브와 같은 1인 방송에는 문제되지 않는다. 참고로 중저가 마이크는 **알리익스프레스**나 **브이제이센터**와 같은 전문 쇼핑몰을 이용하면 저렴하게 구입할 수 있다.

ZWZR J13(좌)와 2채널 코미카 CVM-WM100 PLUS(우)

스마트폰 자체의 음질도 나쁘지는 않지만 보다 좋은 소리를 얻고자 한다면 스마트폰용 마이크를 사용하면 된다. 좋은 음질 또한 시청자를 사로잡을 수 있는 요인이 되기 때문에 음악 채널이나 ASMR 같이 소리를 잘 전달해야 하는 채널에서는 특별히 더 신경을 써야 한다.

 말을 잘 하는 법(말을 잘 전달하는 법)

말을 잘하기 위해서는 스피치가 중요하다. 스피치는 목소리38%, 언어내용7%, 태도 20%, 표정35%로 구성되어있다. 정확한 의사전달을 위해서는 언어적 표현도 중요하지만 바디랭귀지(태도와 표정)가 55%로 더 많은 비중을 차지한다는 것이다. 이러한 스피치를 잘 하기 위해서는 연습밖에는 없다. 카메라 앞에서 스피치할 원고를 펴고, 다음의 3가지 스피치 연출법에 맞게 충분히 연습해 본다.

1. 리듬감있는 목소리 연출하기(앵커, 기상케스터, 리포터, 진행자)
2. 다양한 목소리 연출하기(목소리 톤 조절, 빠르게 혹은 느리게, 구연동화)
3. 중요할 때 끊어 읽는 목소리 연출(시상식이나 스포츠 중계에서의 밀당)

▶ 조명 하나, 연예인 메이크업 부럽지 않다

조명이 곧 메이크업이다. 유명 연예인처럼 풀 메이크업을 하지 않아도 좋은 조명으로 그 이상의 효과를 얻을 수 있다. 조명은 피사체(인물)에 생동감을 주거나 반대로 어두운 면을 강조할 때 사용된다. 대부분의 유튜브 콘텐츠는 피사체에 생동감과 밝고 깨끗한 느낌을 줄 수 있으면 되지만, 뷰티에 관한 콘텐츠라면 조명에 역할이 더욱 중요하다. 최근엔 개인 방송을 위한 탁상용 조명부터 스탠스형 조명까지 다양하며, 가격도 2~20만 원대까지 다양하게 형성되어있다.

다양한 유튜브 촬영에 사용되는 조명(원형)

≪ 기본 조명 사용법 ≫

전문적인 촬영 환경에서의 조명은 기본적으로 3개 이상을 권장하지만 상황(인터뷰, 뷰티, 푸드, 제품 등)에 따라 더 많은 조명이 필요할 때도 있다. 하지만 1인 미디어(유튜브) 제작 환경에서는 대부분 하나의 조명을 사용한다.

1개의 주광(키라이트)을 사용할 때를 1점 조명이라 부른다. 1인 유튜브 방송을 할 때 1개의 조명을 사용하는 경우에는 피사체의 정면에 배치하게 된다. 물론 콘셉트에 따라 조명의 위치는 달라질 수 있다.

조명이 사물(인물)에 미치는 영향

다음 3개의 이미지는 조명이 왜 필요한지에 대한 설명을 하고 있다. 첫 번째는 조명이 없을 때, 두 번째는 실내 조명만 있을 때, 세 번째는 정면에 조명(키라이트)이 있을 때이다. 세 이미지를 보면 굳이 설명을 하지 않아도 세 번째 이미지의 모델이 훨씬 밝고 화사하며 선명하게 보이는 것을 알 수 있다.

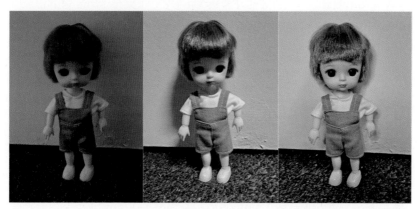

조명이 없을 때　　　　실내 조명만 있을 때　　　　정면에 조명이 있을 때

조명의 종류는 매우 다양하다. 최근에 가장 많이 사용되는 조명은 일면 뷰티 조명이라고 하는 원형 조명이다. 특히 하나의 조명만으로도 인물을 맑고 화사하게 해주기 때문에 다양한 콘셉트 촬영에 사용되고 있다. 가격대는 5~15만 원대로 형성되어있으며, 조명에 스마트폰을 장착할 수 있어 1인 유튜브 제작 환경에 유용하다.

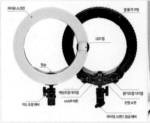

베테랑 향기가 묻어나는 촬영 기법

▶ 촬영, 어떻게 시작해야 하나

촬영을 잘하는 방법 중에 가장 기본적인 것은 촬영 장비를 얼만큼 자신의 것으로 만드느냐이고 다음으로는 다양한 촬영 테크닉과 상황에 맞게 구도를 잘 잡는 것이다. 좋은 구도는 보기에 편안함을 주지만 나쁜 구도는 불안정함을 준다. 물론 의도적으로 구도를 불안정하게 잡는 경우도 있지만 일반적으로는 누구나 편안하게 볼 수 있는 구도가 최상의 구도이다.

≪ 좋은 촬영을 위한 두 가지 팁 ≫

하나 자신의 카메라(장비)에 최대한 빨리 익숙해지기

숙련된 촬영 전문가라 할지라도 익숙하지 않은 촬영 장비(카메라)을 접하게 되면

평소와는 다르게 실수를 하게 된다. 최신 카메라일수록 기능이 많고, 메이커마다 기능(위치나 용어)이 달라 그립감이 떨어지기 때문에 처음 접하는 카메라는 가능한 한 빠르게 해당 카메라에 익숙해지도록 해야 한다.

둘 안정적인 촬영 자세 잡기

안정적인 화면은 안정적인 자세에서 나온다. 안정적인 자세를 확보하기 위해서는 삼각대나 짐벌 같은 장비를 이용하면 되겠지만, 상황이 여유롭지 않을 경우에는 카메라를 잡은 손의 팔꿈치를 가슴이나 무릎 등 움직이지 않는 신체에 의지하거나 나무, 벤치, 바위, 책상 등과 같은 사물을 이용하면 된다. 이때 사물은 움직이지 않도록 고정되어있어야 안정적인 구도를 유지할 수 있다. 이렇듯 베테랑과 초보자의 차이는 좋은 구도를 찾고, 찾은 구도를 제대로 표현할 수 있는 능력 여하에 달려있는 것이다.

≪ 좋은 구도잡기 ≫

같은 장비와 장소에서 촬영했을 때 프로와 아마추어의 차이는 구도를 보는 시아이다. 어떻게 구도를 잡느냐에 따라 그 결과물이 완전히 달라지기 때문이다. 똑같은 조건인데 왜 사람마다 다르게 촬영하는 것일까? 그것은 사물을 보는 관점과 시선에 대한 차이가 있기 때문이다.

촬영 시 사물의 특정 부분(부위)만 담을 것인지 아니면 다른 사물을 함께 담을 것인지 그것도 아니면 눈에 보이는 전체를 모두 담을 것이지에 따라 구도를 잡는 방법이 달라진다. 이번 학습에서는 안정적인 장면을 얻기 위한 피사체의 위치 잡는 방법과 헤드룸, 리드룸, 아이룸 등이 무엇인지에 대해 알아본다.

황금분할

황금분할(golden section)은 평면에서 한 선분을 두 부분으로 나눌 때에 전체에 대한 큰 부분의 비와 큰 부분에 대한 작은 부분의 비가 같게 되는 분할로 주 피사체가 되는 대와 그 주변의 소가 1.618:1의 비율(이상은 사전적 표현)... 쉽게 정리하여 아래 그림을 보면 한 장의 사진을 수평과 수직으로 삼등분했을 때 교차되는 **지점 (abcd)**에 **주 피사체**가 위치했을 때를 **황금구도(3분법)**라고 한다. 직관적으로는 주 피사체가 기운데 있을 때 가장 인정적이라고 하겠지만, 인간의 무의식에는 황금분할 지점이 가장 조화롭고 안정적이고 아름다운 것으로 인식된다고 한다.

아래 그림은 주 피사체를 황금분할 지점인 d와 c에 맞게 촬영한 것이다. 참고할 것은 하늘과 바다가 대략 **1/3 구도**로 촬영되었다는 것이다.

이렇듯 1/3 구도로 촬영을 하게 되면 일반적으로 대칭이 되는 1/2 구도 보다 안정적이고 아름답게 느껴지며, 평면적인 느낌보다는 원근감(공간감/입체감)이 느껴지기는 시각적 효과를 얻을 수 있다. 다음의 그림처럼 1/2 구도로 촬영된 것과 비교해 보면 1/3 구도와 1/2 구도의 차이를 분명하게 알 수 있다.

1/3 구도는 인물 촬영에서도 같은 결과를 얻을 수 있는데, 아래 두 그림에서 위쪽과 아래쪽 그림 중 어느쪽이 더 안정적이고 조화롭고 입체적으로 느껴질까? 황금분할을 근거로 판단에 보기 바란다.

헤드룸(head room)

안정적인 화면 구성(구도)에는 헤드룸, 리드룸, 아이룸이 있다. 화면을 구성하는데 있어 구도를 만들기 위해서는 화면 선제를 하나의 공간이라고 생각하면서 촬영을 해야 한다. 물론 이 구도는 특이한 장면 연출을 위해 무시되기도 하지만 일반적인 장면에서는 반드시 지켜지는 요소이다.

첫 번째 헤드룸은 피사체의 머리 부분을 기준으로 한 위쪽 공간(여백)을 뜻한다. 화면에 머리가 꽉 차게 나오면 답답해 보이기 때문에 보다 편안하게 보이도록 공간을 두는 것이 좋다. 반대로 헤드룸 공간이 너무 많으면 주 피사체가 너무 아래로 내려간 느낌을 주기 때문에 화면의 균형이 깨지게 된다. 헤드룸은 일반적으로 주 피사체를 기준으로 **1/8** 정도의 여백을 준다.

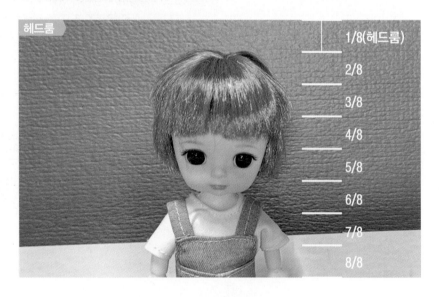

리드룸(lead room)

리드룸은 피사체가 움직이는 방향에 여백을 주는 것을 말한다. 일반적으로 피사체가 움직이는 방향에 공간을 더 주어 안정적인 느낌을 줄 수 있다. 물론 반대의 장면(불안감, 긴박감)을 연출하기 위해 뒤쪽에 공간을 두는 경우도 있다.

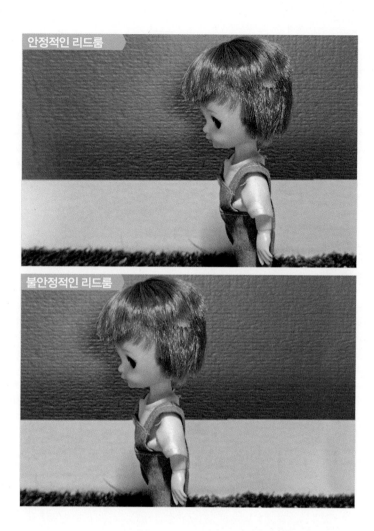

아이룸(eye room)

리드룸과 유사한 것으로 피사체가 특정 방향을 바라보고 있을 때 그 방향에 공간을 두는 구도이다. 이 구도 역시 지나치게 공간이 넓거나 좁을 경우 불편함을 줄 수 있기 때문에 적절한 공간을 두어야 한다. 참고로 아이룸은 **룩킹(looking room)**이라고도 한다.

자연스러운 아이룸의 연결

샷(shot: 쇼트)은 피사체, 즉 인물을 어디에서 어디까지 촬영할 것인가에 대한 화면의 비율(크기)이다. 이것은 피사체 전체를 표현할 것인지 특정 부위만 적나라게 표현할 것 인지 또는 주변 환경 전체를 포함하여 표현할 것인지에 따라 달라지게 된다.

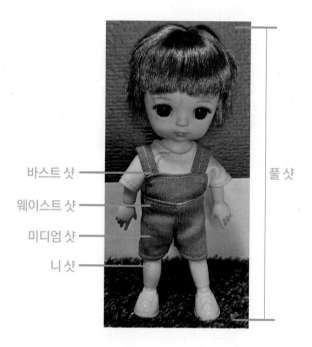

바스트 샷(bust shot: BS) 가슴을 기준으로 상체를 표현한다. 뉴스나 인터뷰 등과 같은 영상에 주로 쓰이며, 객관적인 느낌을 전달하는 기능을 한다.

웨이스트 샷(waist shot: WS) 허리를 기준으로 상체를 표현한다. 인물의 상체(가슴과 얼굴)에 집중하도록 하기 위해 사용된다.

미디엄 샷(medium shot: MS) 가장 일반적인 쇼트로 인물의 허리 아래 골반을 기준으로 상체를 표현하는 쇼트이다. 인물이 말을 하거나 동작을 하는데 있어 다리부분은 거의 움직이지 않기 때문에 허리를 기준으로 한 상체를 주 포커스 영역으로 사용한다.

니 샷 (knee shot: KS) 무릎을 기준으로 상체를 표현한다. 운동선수나 댄스와 같은 역동적인 장면에서 움직임을 표현할 때 사용된다.

풀 샷(full shot: FS) 인물 전체를 표현하기 위해 사용된다.

그밖에 특정 부분을 적나라게 표현하는 **클로즈업(close up: CU)**과 주변 환경까지 모두 표현하는 **롱 샷(long shot: LS)**이 있다.

클로즈업

롱 샷

≪ 흔들림의 미학 핸드헬드 촬영 ≫

핸드헬드(hand-held)는 삼각대 등의 도구 없이 그냥 맨손으로 직접 촬영하는 것을 말한다. 일반적으로 고정된 화면에서 안정감을 느끼지만 때론 불안정한 화면을 연출하기 위해 핸드헬드로 촬영하기도 한다. 최근엔 흔들림의 미학?을 연출하기 위해 영화, 드라마, 방송 등에서도 자연스럽게 사용되고 있다.

핸드헬드 촬영으로 얻을 수 있는 것들

1. 생동감을 전달할 수 있다.

2. 현장감을 느끼게 할 수 있다.

3. 장면의 환기(지루함 개선) 효과를 얻을 수 있다.

4. 인물의 불안정한 심리 상태를 표현할 수 있다.

5. 다이내믹한 장면을 표현할 수 있다.

짐벌로 할 수 있는 촬영 기법들

짐벌(gimbal)은 움직이면서 촬영할 수 있지만 촬영 시 흔들림을 최소화할 수 있어 안정적인 화면을 얻을 수 있다. 다음은 짐벌을 활용한 다양한 촬영 기법들이다.

패닝 샷(panning shot) 좌우 수평으로 회전하면서 촬영하는 기법으로 넓은 공간을 보여주고자 할 때 사용된다.

틸트(tilt) 상하 수직으로 촬영하는 기법으로 높은 건물을 자세하게 보여주거나 화면 전환 및 장면 도입 시 사용한다.

달리(dolly) 피사체와 가까워지거나 멀어지는 화면을 표현하기 위한 기법으로 피사체 주변 환경과 피사체 특유의 움직임을 보여줄 수 있다.

트래킹 샷(tracking shot) 피사체의 동선을 따라가면 촬영하는 기법으로 움직이는 피사체를 집중적으로 보여주기 위해 사용한다.

크레인 샷(crane shot) 카메라 앵글의 높낮이에 변화를 주는 기법으로 피사체의 모습을 아래부터 위로 훑으며 보여주는 붐업(boom up)되는 장면을 표현하기 위해 사용한다.

360 회전 롤 샷(360 roll shot) 카메라를 360도로 회전하는 기법으로 피사체를 회전시켜 독특한 화면을 연출할 수 있다. 광고나 쇼 프로그램에서 종종 볼 수 있다.

≪ 롱다리와 숏다리 표현을 위한 앵글 효과 ≫

앵글(angle)은 피사체를 향한 카메라 각도(위치)를 말한다. 일반적으로 피사체보다 아래에서 촬영하는 **로우 앵글**과 위에서 촬영하는 **하이 앵글**이 있으며, 좌우 측면에서 촬영하는 앵글도 사용된다. 앵글에 따라 피사체의 느낌이 달라지기 때문에 상황에 맞는 적절한 앵글을 익혀두는 것이 필요하다.

로우 앵글(low angle)

카메라를 피사체보다 낮은 곳에서 위쪽으로 촬영하는 기법으로 사물일 경우 웅장하게 느껴지고, 남성일 경우 위엄 있게 보어지며, 여성일 경우에는 늘씬히고 긴 다리 신을 표현할 수 있나. 스마트폰 카메라일 경우 앵글에 따른 화면의 왜곡이 심하기 때문에 적절한 앵글 높이를 설정해야 한다.

로우 앵글

하이 앵글(high angle)

로우 앵글과 반대로 피사체보다 높은 곳에서 아래쪽으로 촬영하는 기법으로 결과도 로우 앵글과 반대이다. 동안으로 보이고 싶다면 하이 앵글에서 촬영하는 것이 좋지만 늘씬하고 긴 다리는 포기해야 한다.

하이 앵글

촬영, 이렇게 쉬운 거였니?

지능화되고 있는 촬영 장비 중 스마트폰의 촬영 기능은 감탄할 정도로 빠르게 발전하고 있다. 화질은 물론 다양한 옵션 기능을 제공하여 누구나 쉽게 촬영할 수 있으며, 특수 효과를 활용하여 변화를 줄 수 있어 다양한 장면까지 연출할 수 있다.

베테랑도 놀랄만한 완벽한 스마트폰 촬영법

▶ 스마트폰밖에 없는 사람들을 위한 촬영

실제로 많은 유튜버들이 스마트폰으로 콘텐츠 촬영을 하고 있다. 스마트폰에서 촬영된 화질의 만족도가 높은 것도 있지만 휴대성이 좋은 것과 경제적 부담을 덜어주기 때문이다. 전문가 입장에서는 촬영 데이터(동영상 파일)를 저장할 수 있는 용량 부족과 화면 가장자리로 갈수록 심해지는 왜곡 현상 등의 이유로 스마트폰으로 촬영을 하는 것을 권장하지 않지만 처음 시작하는 유튜버에게는 스마트폰 카메라만한 것이 없다.

≪ 좋은 화면을 얻기 위한 스마트폰 잡는 법 ≫

스마트폰 카메라는 특별한 촬영 기술이 없어도 누구나 쉽게 원하는 장면을 촬영할 수 있다. 하지만 똑같은 스마트폰으로 촬영한 사진(동영상)이라도 전문가가 촬영한 것과 초보자가 촬영한 것의 결과는 하늘과 땅차이다. 그 이유는 스마트폰에 카메라의 기능 활용, 촬영 자세 및 잡는 방법 그리고 촬영할 때의 테크닉(구도) 등 지극히 기본적인 것에 대한 수준 차이가 나기 때문이다.

카메라의 기능과 테크닉을 완벽하게 구사하지 않아도 촬영 자세, 즉 촬영할 때 스마트폰을 제대로 잡고 있는 것만으로도 안정적이고 만족스런 결과물을 얻을 수 있다. 이번 학습에서는 스마트폰으로 촬영을 하는 유튜버들을 위한 다양한 스마트폰 촬영법에 대해 살펴보기로 한다.

가로로 촬영할 때 잡는 법

먼저 아래 좌측 그림처럼 **오른손 검지와 소지**로 폰을 잡고, **중지와 약지**로 폰 뒷면에 밀착하여 지지한다. 이때 카메라 렌즈를 가리지 않게 주의한다. 그다음 우측 그림처럼 **왼손의 엄지와 검지**로 폰의 위아래를 가볍게 잡아준다. 이 자세로 오른손 엄지손가락을 이용해 셔터 버튼을 눌러 촬영을 하면 된다. 물론 편집을 고려한다면 **선 촬영 후** 이와 같은 자세를 해도 상관없다.

세로로 촬영할 때 잡는 법

흔들이지 않도록 **오른손으로 왼손을 포개어** 잡은 후 오른손 엄지손가락으로 셔터 버튼을 누르면 된다. 이때 촬영이 끝날 때까지는 자세를 유지할 수 있도록 한다.

☑ 방금 설명한 폰 잡는 법은 촬영하는 사람과 주위 환경에 따라 달라질 수 있다. 결국 좋은 화면은 안정된 자세에서 나오는 것이다.

≪ 어떤 촬영 앱(어플)을 사용할 것인가 ≫

스마트폰에서 사용할 수 있는 카메라 앱은 아주 다양하다. ❶구글 Play 스토어에 들어가 ❷촬영 앱이라고 검색해 보면 사진보정 국민 앱이라고 할 정도로 유명한 스노우가 맨 위쪽에 검색될 것이다. 스노우와 같은 앱을 설치하여 촬영할 수도 있지만 일부 기능이 유료화되어있어 경제적 부담을 줄이기 위해 여기에서는 스마트폰 자체에 있는 촬영 앱을 활용하여 촬영하는 방법에 대해 알아본다.

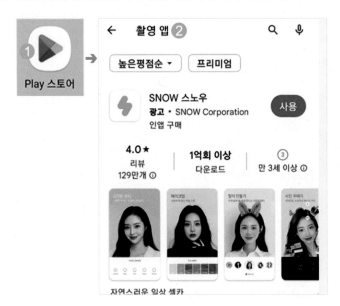

≪ 스마트폰 카메라 설정하기 ≫

원하는 장면을 보다 쉽게 얻기 위해서는 스마트폰 카메라의 기능들을 충분히 익혀두는 것이 필요하다. 그러기 위해서는 자신의 스마트폰에 대한 설정법을 충분히 숙지하고 있어야 한다. 여기에서는 삼성 갤럭시(안드로이드) 폰을 활용할 것이지만, 아이폰이나 그밖의 제품들도 카메라 기능에 대한 차이가 많지 않기 때문에 본 학습을 참고하면서 따라 해본다.

화면비율 설정하기

자신의 스마트폰 화면에 있는 ❶**카메라 모양의 아이콘**을 선택하여 카메라 앱을 열어준다. 그다음 촬영 앱 하단의 ❷**동영상 모드**를 선택한 후 상단에 있는 ❸**화면 비율 설정** 버튼을 누른다. 비율 선택 화면이 나타나면 원하는 비율을 선택한다. 일 반적으로 **16:9** 비율을 사용하기 때문에 세로 영상인 ❹**9:16** 를 선택하면 된다.

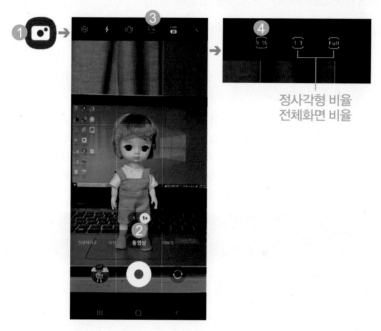

정사각형 비율
전체화면 비율

☑ 아이폰은 바탕화면에 있는 설정을 통해 곧바로 카메라 설정을 할 수 있다.

화면크기 및 프레임 레이트(개수) 설정하기

화면크기는 해상도와 직결된다. 해상도가 높다는 것은 그만큼 화면 크기가 크다 는 것을 의미하기 때문이다. 동영상 촬영 모드에서 상단의 ❶**화면크기 설정** 버튼 을 누른다. 그다음 세 가지 크기 중 ❷**FHD 30**을 선택한다. FHD 30은 유튜브에서 가장 많이 사용되는 1920x1080의 화면 크기와 30프레임 동영상을 촬영할 수 있는 방식이다.

UHD(ultra high definition) 3840x2160, 4k 영상 촬영

FHD(full high definition) 1920x1080, 2K 영상 촬영

HD(high definition) 1280x720, 저용량 영상 촬영

프레임 레이트란?

프레임 레이트는 초당 사용되는 장면의 개수이며, FPS(frames per second)라고도 한다. 여기서 프레임(frame)은 한 장의 정지화상(스틸 이미지)을 뜻하며, 일반적으로 영화는 24fps, TV(비디오)는 30fps, 스포츠 영상일 경우는 60fps도 사용된다. 초당 프레임 수가 높을수록 화면 속 장면이 부드럽게 표현되는데, 일반적으로 스마트폰은 기본 30fps로 촬영되도록 설정되어있다.

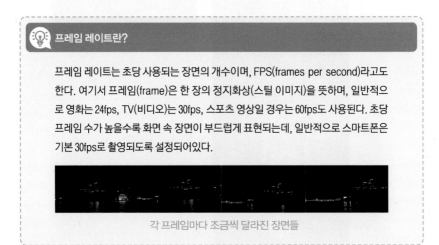

각 프레임마다 조금씩 달라진 장면들

손떨림 보정 설정하기

최근 스마트폰 카메라는 손떨림 기능이 탁월하여 움직이면서 촬영할 때도 문제가 되지 않을 정도이다. 동영상 촬영 모드에서 상단의 **❶설정** 버튼을 누른다. 카메라 설정 창에서 **❷동영상 손떨림 보정** 기능을 우측으로 밀어 켜준다. 이것으로 촬영 시 손떨림을 방지할 수 있게 되었다.

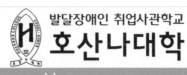

파일 크기 줄이기 스마트폰 저장 공간의 한계를 극복하기 위해 동영상 크기(용량)를 압축하여 줄일 수 있다. 하지만 편집 시 문제가 될 수 있기 때문에 유튜브 동영상에는 권장하지 않는다.

자동 HDR 셀프 카메라(후면 카메라)에서만 사용 가능하다. HDR(high dynamic range)은 다중 노출 기술로 어두운 영역을 보정할 때 사용된다.

수직/수평 안내선 수직과 수평 촬영을 위한 격자를 보여준다.

하이 다이내믹 레인지란?

HDR(high dynamic range)은 다양 노출 기능도 어두운 영역을 보정할 때 사용된다. 사람이 높은 밝음과 어둠이 공존하는 곳에서도 피사체(사물)를 구분하여 볼 수 있지만 카메라는 불가능하다. HDR 기능은 이런 밝고 어두운 영역의 노출차이를 극복하기 위해 어두운 곳은 밝게, 밝은 곳은 어둡게 조정하여 적당한 밝기를 가진 최적의 화면으로 만들어준다. 이것은 일반 촬영 모드와는 다르게 어두운 영역, 중간 밝기 영역, 밝은 영역을 3회에 거친 결과물이다. 그렇기 때문에 빠르게 움직이는 물체를 촬영하는 경우에는 피하는 것이 좋다.

만약 더 강력한 손털림 억제를 원한다면 화면 상단의 **슈퍼스테디** 기능을 켜주면 된다. 이로써 핸드헬드 촬영 시 발생되는 손떨림을 방지할 수 있다. 물론 삼각대나 짐벌처럼 완벽하지는 않지만 그래도 제법 만족스런 결과를 얻을 수 있다.

≪ 아주 특별한 방법으로 촬영하기 ≫

스마트폰의 카메라는 생각보다 다양한 기능을 제공한다. 이번엔 슬로우 모션, 타임랩스, 이모지 등 특별한 촬영법에 대해 알아보자.

슬로우 모션 촬영하기

움직이는 피사체를 촬영할 경우, 피사체를 슬로우 모션으로 촬영할 수 있다. 이러한 장면은 편집할 때에도 가능하지만, 편집을 하지 않고 사용해야 할 경우에 더 유용하다. 설정하기 위해 동영상 버튼 우측의 **더보기** 버튼을 누른다.

더보기 화면을 보면 하단에 슈퍼 슬로우 모션과 슬로우 모션 두 가지 방식이 있다. 이 두 방식은 슬로우 모션의 속도 차이에 대한 것이므로 상황에 맞게 사용하면 된다. 여기에서는 **슈퍼 슬로우 모션**을 선택해 본다.

슈퍼 슬로우 모션 모드로 전환되면 촬영 버튼의 모습은 달라지지만 촬영하는 방법은 동일하다. 슬로우 모션 기능을 통해 다양한 장면을 연출해 보기 바란다.

하이퍼랩스를 활용한 인터벌 촬영하기

하이퍼랩스는 꽃이 개화되는 장면이나 해와 달 그리고 구름처럼 아주 미세하게 움직이는 장면을 촬영할 때 사용되는 기능이며, 일반적으로 인터벌 촬영 타임랩스 촬영이라고 한다. 설정하기 위해 **더보기** 버튼을 누른다.

하이퍼랩스 촬영 모드로 전환되면 역시 버튼의 모습도 달라진다. 하지만 촬영하는 방법은 동일하다.

하이퍼랩스 속도 조절하기

하이퍼랩스 촬영 시 촬영되는 속도 조절이 가능하다. 움직이는 피사체마다 속도가 다르기 때문이다. 설정을 위해 **속도** 버튼을 누른다.

속도 설정 화면이 나타나면 A부터 64x(배속)까지 속도를 선택할 수 있다.

A 촬영 속도를 자동으로 맞춰준다.

4x 피사체의 움직임을 4배의 속도로 촬영, 달리는 사람에 적합하다.

8x 피사체의 움직임을 8배의 속도로 촬영, 달리는 자동차에 적합하다.

16x 피사체의 움직임을 16배의 속도로 촬영, 천천히 걷는 사람에 적합하다.

32x 피사체의 움직임을 32배의 속도로 촬영, 움직이는 구름에 적합하다.

64x 피사체의 움직임을 64배의 속도로 촬영, 일출과 일몰에 적합하다.

아래 그림은 하이퍼랩스를 64배속으로 촬영한 구름의 움직임이다. 하이퍼랩스를 통해 일출이나 일몰, 밤하늘 별의 움직임 등 다양한 장면을 표현해 보자.

☑ 하이퍼랩스 촬영을 할 때는 삼각대를 이용한 고정 촬영을 해야 만족스런 결과를 얻을 수 있다.

수줍은 유튜버들을 위한 이모지(이모티콘)로 촬영하기

유튜버가 되고 싶어도 얼굴이 알려지는 것이 싫거나 부끄러움을 많이 타는 사람 늘은 스마트폰 카메라의 AR 기능을 이용해 보자. 살펴보기 위해 먼저 ❶더보기 화면 상단의 ❷AR 존을 누른다.

그다음 AR 존 화면에서 **AR 이모지 스튜디오**를 선택(터치)한다.

AR 이모지 스튜디오 자신만의 이모지를 만들 수 있다.

AR 이모지 카메라 자신의 얼굴을 이모지로 바꿔 촬영할 수 있다.

AR 이모지 스티커 기본 이모지와 자신이 만든 이모지를 갤러리에 저장하고, 프로필 및 메시지 전송 시 이모지(이모티콘)로 사용할 수 있다.

AR 두들 카메라 렌즈에 나타나는 피사체를 보면서 그림을 그릴 수 있다.

데코픽 촬영 시 눈, 코, 입 등의 소품과 악세서리를 사용하여 촬영할 수 있다.

계속해서 **이 이모지로 시작하기** 화면이 열리면 **화살표 모양**의 버튼을 누른다. 참고로 **촬영하여 만들기**는 카메라로 촬영된 얼굴을 이모지로 만들 때 사용되고, **사진으로 만들기**는 갤러리에 있는 사진으로 이모지를 만들 때 사용된다.

①**외모**(눈, 코, 입, 눈썹, 헤어, 피부 톤 등을 설정)와 ②**스타일**(의상, 양말, 신발 등을 설정) 꾸미기 화면에서 자신이 원하는 외모(필자는 기본 외모를 사용했음)와 ③**스타일**을 선택한다. 모든 설정이 끝나면 상단 ④**다음** 버튼을 누른다.

☑ 만약 이모지 스튜디오 화면이 나타나지 않는다면 하단의 추가하기 버튼을 눌러 스튜디오로 이동할 수 있으며, 맨 아래쪽 갤러리 창을 끌어올려 다양한 이모지를 선택할 수도 있다.

방금 설정한 이모지가 만들어졌다면 **모두 완료** 버튼을 누른다. 이제 만들어진 이모지를 다양하게 활용할 수 있다.

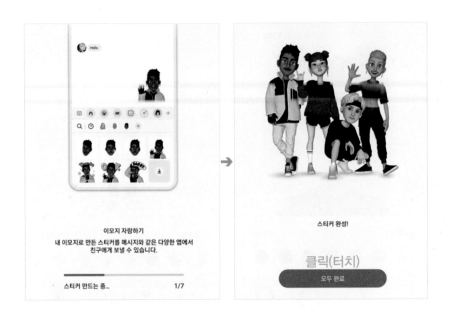

다시 AR 존 화면으로 이동한 후 사용하기 위해 **AR 이모지 카메라**를 선택한다.

촬영 모드로 전환되면 카메라 렌즈에 보이는 자신(모델)의 얼굴이 앞서 만든 이모지로 대체되었을 것이다. 이제 **촬영 버튼을 길게 눌러** 동영상 촬영을 시작해 본다. 살펴본 것처럼 카메라 앞에 서는 것에 익숙하지 않은 유튜버라면 이모지를 활용하는 방법도 재미있을 듯하다.

스톱 모션 촬영하기

스톱 모션(stop motion)은 **클레이 애니메이션(clay animation)**처럼 찰흙이나 지점토 등으로 인형을 만들어 조금씩 변하는 모습을 스틸 이미지 컷으로 촬영하여 애니메이션으로 만들어주는 기법이다. 스톱 모션을 만들기 위해서는 고정 촬영을 위한 장치(삼각대나 그밖에 고정할 수 있는 장비)가 필요하다. 필자는 다음의 그림처럼 스마트폰용 미니 삼각대와 위쪽에 조명을 설치하였다.

미니 삼각대와 조명이 설치된 모습

촬영 준비가 완료되면 이제 생각했던 스토리대로 촬영을 해주면 된다. 이때 촬영 모드는 동영상이 아닌 **스틸 사진**이어야 한다. 먼저 첫 장면에 사용될 캐릭터를 카메라 렌즈에 보이도록 이동한 후 **촬영**한다.

스톱 모션의 첫 장면

이와 같은 방법으로 캐릭터를 조금씩 이동해 가면서 한 컷씩 촬영해 준다. 아래 그림은 카메라 렌즈 앞으로 다가오는 캐릭터를 총 8개의 컷으로 촬영한 모습이다.

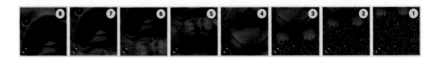

☑ 스틸 컷으로 촬영된 사진은 동영상 편집 툴(앱)에서 애니메이션으로 만들어 줄 수 있다. 이 방법은 **똥클(똥손 클래스)**의 동영상 강좌에서 살펴볼 것이다. 스톱 모션은 특히 아이들이 좋아하기 때문에 유튜브 콘텐츠로도 손색이 없는 주제이다.

합성을 위한 크로마키 촬영하기

크로마키는 특정 단일 색상 배경에서 촬영된 동영상의 배경을 뺀 후 그 자리(영역)에 다른 이미지(장면)로 대체, 즉 합성하는 기법이다. 일반적으로 블루스크린과 그린스크린을 사용하지만 상황에 따라 하얀색, 검정색, 빨간색, 노랑색 등 다양한 배경을 사용할 수 있다.

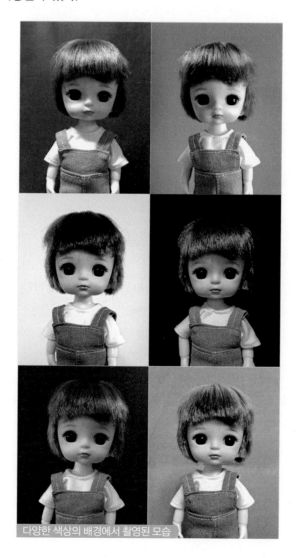

다양한 색상의 배경에서 촬영된 모습

전문 촬영 스튜디오가 아니더라도 집이나 사무실에 배경이 될만한 공간이 있다면 페인트 또는 구겨지지 않은 천을 사용하여 크로마키 촬영을 할 수 있다. 이처럼 크로마키 작업은 어려운 작업이 아니지만 촬영 시 조명이나 배경 그리고 이상과 헤어 등을 각별히 신경을 써야 한다. 잘 못된 촬영은 편집 시 문제가 발생될 수 있기 때문에 다음의 몇 가지는 반드시 지켜야 한다.

크로마키 촬영 시 주의할 것들

조명 크로마키 배경에 그림자가 생기면 크로마키 편집 시 문제가 되기 때문에 조명의 위치와 밝기(조도)를 조절하여 배경에 그림자가 생기지 않도록 해야 한다.

배경 단일 색이어야 하고, 빛이 반사되거나 피사체(모델)의 모습이 비춰지지 않는 무광이어야 한다.

의상 배경과 유사한 색은 피해야 하며, 가능한 한 배경과 보색 대비 의상을 착용해야 한다.

헤어 크로마키 작업 시 잔머리는 배경과 함께 빠지기 때문에 가능한 한 단정한 헤어로 스타일(기상캐스터 참고)을 유지해야 한다.

액세서리 다른 액세서리도 중요하지만 특히 안경은 크로마키 작업에 어려운 부분이 있기 때문에 콘택트 렌즈로 대체하거나 불가피할 경우 안경 렌즈 부분이 크로마키 배경에 비춰지지 않도록 주의하면서 촬영한다.

다음의 두 크로마키 작업 결과물을 보면 위쪽은 배경 색상과 피사체(모델)가 착용한 의상 색상이 비슷하기 때문에 만족스러운 결과물을 얻을 수 없었지만, 아래쪽은 배경과 의상이 보색에 가깝기 때문에 깔끔하게 처리된 것을 알 수 있다. 이렇듯 크로마키 작업에서의 결과물은 **90%** 이상 촬영 시 결정된다.

크로마키 원본

잘못된 크로마키 결과

크로마키 원본

잘된 크로마키 결과

☑ 크로마키 편집은 동영상 편집 편에서 자세히 살펴볼 것이다.

동영상 편집, 이렇게 쉬웠니?

편집은 좋은 장면은 살리고, 불필요한 장면은 제거하는 과정이다. 그밖에 다양한 효과와 자막 등을 가미하여 더욱 다채로운 장면을 연출할 수 있다. 편집은 유튜브 콘텐츠를 업로드하기 바로 전 단계로 가장 시간이 오래 걸리는 작업이기도 하다. 지금부터의 내용은 유튜브 콘텐츠 제작 과정에서 가장 실무적인 내용이므로 잘 따라하길 바라고, 부족한 부분은 똥큰(똥손 클래스) 강좌를 통해 채워가길 바란다.

스마트폰용 편집 앱을 활용한 동영상 편집

▶ 스마트폰 편집 앱 100% 활용하기

처음부터 다소 어려운 PC용 동영상 편집 프로그램을 사용하기 보다는 스마트폰에 익숙한 사용자에게는 비교적 쉽고 간단하게 편집할 수 있는 스마트폰용 동영상 편집 앱을 먼저 경험해 보길 권장한다. 스마트폰용 편집 앱은 대부분의 기능이 직관적이고, 심플하며, 미리 제작된 템플릿을 사용할 수 있기 때문에 처음 시작하는 분들도 쉽게 사용할 수 있다.

≪ 어떤 촬영 앱(어플)을 사용할 것인가 ≫

스마트폰용 동영상 편집 앱은 시간과 장소에 얽매이지 않고 언제 어디서나 사용이 가능하며, 종류 또한 다양한 편이다. 대표적으로 비바 비디오, VLLO(블로), 멸치, 비타, 캡컷, 키네마스터, 인샷 등 매우 다양하다. 이 앱들 대부분은 기본 기능을 무료로 제공하고 고급 효과들은 유료화하고 있다. 여기에서는 동영상 편집 앱 중에 최근 가장 인기를 끌고 있는 **비타(VITA)** 앱을 통해 학습하기로 한다.

≪ 비타를 이용한 동영상 편집 ≫

비타는 다양한 편집 기능 및 효과를 모두 무료(차후 일부 기능은 유료로 바뀔 수도 있음)로 사용할 수 있으며, 안드로이드 폰과 아이폰에서 모두 사용할 수 있기 때문에 최근 가장 큰 상승세를 보이고 있는 편집 앱이다. 지금부터 비타를 이용한 기본 편집 및 효과 적용 그리고 최종 출력(파일 만들기) 작업 과정을 살펴보기로 한다.

01 비타 앱 설치 및 실행하기

스마트폰에서 ❶플레이 스토어(Play 스토어)로 들어가 ❷동영상 편집으로 검색한 후 VITA를 찾아 ❸설치 버튼을 눌러 설치한다. 설치가 끝나면 ❹열기 버튼 을 눌러 실행한다.

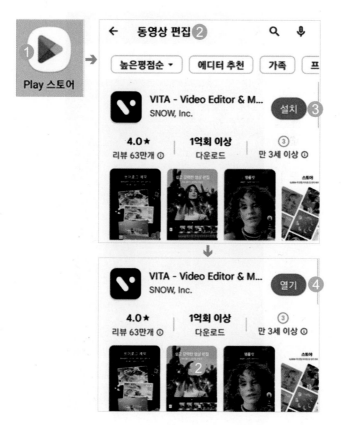

비타가 실행되면 최초로 기기 액세스 허용에 대한 메시지가 뜨는데, 허용하기 위해 **허용** 버튼을 누른다.

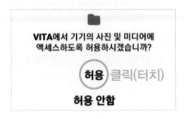

프로젝트 생성 및 편집 소스 가져오기

새로운 프로젝트(작업)을 시작하기 위해 **시작하기** 버튼을 누른다.

편집 작업을 위한 소스(동영상 또는 이미지 파일)를 선택하기 위해 ❶**비디오** 탭으로 이동한 후 자신의 스마트폰으로 촬영한 동영상을 ❷**선택(터치)**한다. 그러면 해당 동영상 소스에 번호가 붙는다. 그다음 우측 하단의 ❸**[→]** 버튼을 누른다.

☑ 편집에 사용되는 작업 소스는 자신의 스마트폰에 있는 것을 사용해도 상관 없으며, 본 도서에서 제공되는 학습자료를 이용해도 된다.

☑ 편집 시 한꺼번에 여러 개의 편집 소스를 선택해서 가져올 수 있지만 지금은 학습의 편의를 위해 하나의 편집 소스만 선택하였다.

☑ 편집은 동영상뿐만 아니라 이미지(사진)도 가능하지만 일반적으로 유튜브 는 동영상 소스를 주로 사용하게 된다. 편집 방법은 동영상과 이미지 모두 동일하다.

스마트폰과 PC에 있는 동영상 공유하기

동영상은 사진보다 용량이 크기 때문에 스마트폰에서 보관 및 관리가 쉽지 않다. 그러므로 스마트폰에서 촬영된 영상은 PC나 구글 드라이브와 같은 클라우드(인터넷) 방식의 저장 공간에 옮겨놓는 것이 좋다.

구글 드라이브를 활용한 업·다운로드

먼저 구글 드라이브와 같은 클라우드를 통한 업·다운로드 방법에 대해 알아보자. 자신의 스마트폰 **갤러리**에 들어가 간 후 업로드 하고자 하는 **동영상 파일을 선택**한다. 선택한 파일의 썸네일이 커지면 하단에 **공유** 버튼을 누른다.

하단의 공유 방식 중 구글 **드라이브**를 선택한다. 드라이브에서 자신의 스마트폰에 있는 동영상을 사용할 수 있도록 **허용**한 후 사용할(자신의) 구글 계정을 선택하면 선택된 동영상이 자동으로 업로드된다. 업로드된 동영상은 스마트폰과 PC를 통해 무료로 15GB(기가바이트)까지 자유롭게 이용할 수 있다.

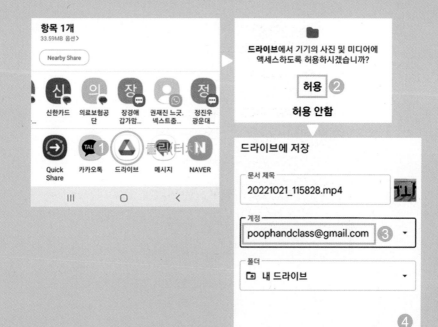

PC를 활용한 공유(복사)

스마트폰 **충전 케이블**을 스마트폰 **충전 단자**와 PC의 **USB** 단자에 **연결**한다. 스마트폰에 휴대전화 데이터에 접근 허용 메시지 창이 열리면 **허용**한다. 그다음 내 PC의 장치 및 드라이브에 생성된 **자신의 스마트폰**을 **더블클릭**하여 들어간다.

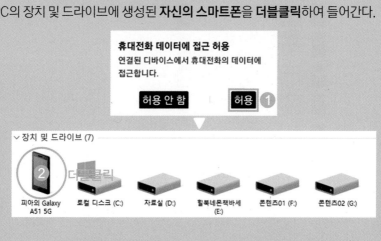

스마트폰 안에 있는 다양한 폴더들 중 **DCIM** 폴더를 찾아 들어간 후 **Camera** 폴더로 들어가면 스마트폰에서 촬영된 동영상 및 이미지 파일들이 있을 것이다. 여기에서 PC로 복사할 파일을 선택하여 원하는 위치(폴더)로 **복사**해 놓으면 된다.

☑ 반대로 PC에 있는 동영상(이미지) 파일을 스마트폰에서 편집하고자 한다면 위의 과정을 반대로 진행하면 된다.

01 편집 점(장면) 찾기 및 컷(트리밍) 편집하기

전체 작업을 할 수 있는 메인 편집 작업 창이 열리면 그림처럼 동영상 편집을 할 수 있는 다양한 기능이 나타난다. 하단의 장면들이 연속되어 보여지는 타임라인에서 **장면(클립)**을 **좌우로 이동(드래그)**해 보면 상단의 큰 화면에는 이동한 방향과 시간에 해당되는 장면이 나타난다. 이와 같은 방법으로 편집할 장면을 찾아주면 된다.

이제 컷 편집을 하기 위해 하단의 ❶**편집** 버튼을 눌러 해당 장면(클립)만 나타나는 편집 창을 열러준다. 그다음 편집하고자 하는 ❷**장면(클립)**을 **좌우로 이동**하여 찾아준 후 ❸**여기부터** 버튼을 눌러 이 지점을 기준으로 이전 장면을 제거한다. 이것으로 첫 번째 장면의 **시작 점**에 대한 **컷(트리밍: trimming) 편집**을 완료하였다.

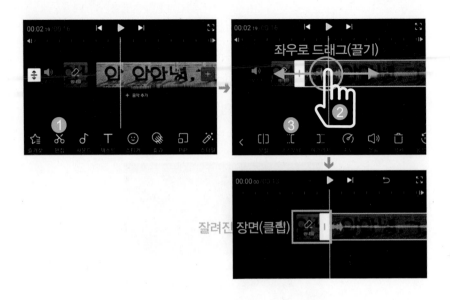

계속해서 **끝 점**에 대한 컷 편집을 하기 위해 마지막 장면으로 사용될 ❶**장면**을 찾아준 후 ❷**여기까지** 버튼을 클릭한다. 이것으로 한 장면(클립)에 대한 시작과 끝 점을 편집하였다.

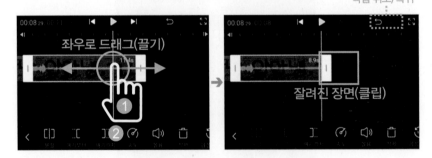

장면(클립) 분할하기

하나의 클립(장면)을 두 개로 분리할 수도 있다. 앞서 편집한 클립의 중간 정도로 ❶**이동**해 준다. 그다음 하단의 ❷**분할** 버튼을 누르면 **현재 지점(타임 바: 하얀색 수직 선)**를 기준으로 클립이 분할되어 2개의 클립이 된 것을 알 수 있다.

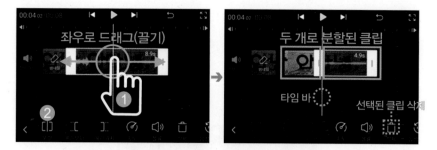

☑ 2개로 분할된 클립은 각자 개별 편집이 가능하며, 불필요한 클립은 휴지통 모양의 삭제 버튼을 눌러 제거할 수도 있다.

💡 편집된 장면 되살리기

편집되어 삭제된 장면은 컷 편집처럼 되살리고자 하는 장면을 찾아준 후 **여기부터** 또는 **여기까지** 버튼을 눌러 장면을 되살릴 수 있으며 또한 편집된 장면(클립)의 시작 점과 끝 점을 끌어서 되살릴 수도 있다. 참고로 방금 작업한 것에 대해서는 **작업 취소 및 복귀(언두/리두)**를 통해 되돌려놓을 수 있다.

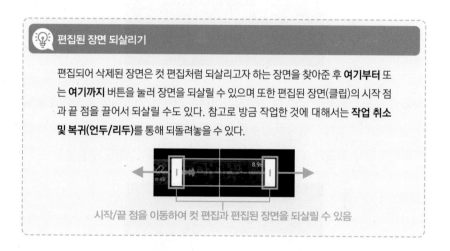

시작/끝 점을 이동하여 컷 편집과 편집된 장면을 되살릴 수 있음

장면 이동하기(자리 바꾸기)

여러 개의 클립 또는 지금처럼 클립을 2개로 분할했을 때 분할된 특정 클립의 위치(순서)를 바꿔줄 수 있다. 분할된 앞 장면을 **선택(터치)한 상태**에서 우측으로 끌어놓으면 앞뒤 두 클립의 위치가 바뀐다. 이와 같은 방법으로 장면을 배치하면 된다.

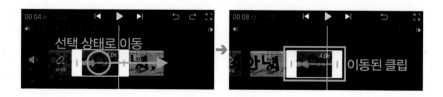

장면의 속도 조절하기(느린 화면/빠른 화면 만들기)

장면의 속도 조절에 대한 학습을 하기 위해 ❶**작업 취소(언두)** 버튼을 몇 번 눌러 앞서 작업한 내용 중 시작 점과 끝 점의 컷 편집 직후 상태로 되돌려 놓은 후 하단의 ❷**속도** 버튼을 누른다.

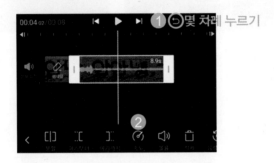

속도 조절 모드로 전환되면 하단의 **슬라이더**를 좌우로 이동하여 속도를 조절할 수 있다. 슬라이더가 우측으로 갈수록 속도가 빨라지며(최대 4배속), 좌측으로 갈수록 느려진다. 속도가 조절된 장면은 조절된 만큼 클립의 길이도 조절된다.

☑ 현재는 하나의 클립이지만 여러 개의 클립 사용을 사용할 때 모든 클립의 속도를 한꺼번에 조절하고자 한다면 **모든 클립에 적용** 버튼을 누르면 된다.

오디오 볼륨 조절하기

동영상 클립의 오디오 혹은 개별로 사용되는 오디오 클립의 볼륨이 낮거나 높을 경우 원하는 만큼 조절할 수 있다. 살펴보기 위해 하단 **볼륨** 버튼을 누른다. 볼륨 조절 모드로 전환되면 하단의 볼륨 조절 슬라이더를 좌우로 이동하여 원하는 크기로 조절할 수 있다.

☑ 비타를 처음 사용할 때에는 각 기능들을 쉽게 이해하고 사용할 수 있도록 그림과 같이 친절한 설명들을 제공해 준다.

음성 변조하기

하단 **효과 바**를 **①이동**하여 **음성 변조** 효과가 보이도록 한 후 **②선택**한다. 음성 변조는 예능, 전자, 스테레오, 에코로 구분되며, 하단의 효과를 선택하여 적용할 수 있다. 확인하기 위해 효과 하나를 **③선택**해 본다. 음성 변조 효과를 제대로 구현하기 위해서는 **사람**의 **목소리**가 담긴 동영상이나 오디오 클립이 필요하다.

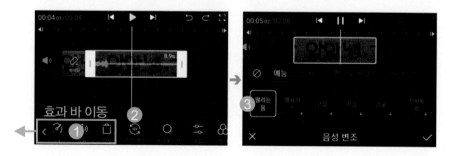

애니메이션 만들기

비타에서는 모션 작업도 쉽게 구현할 수 있다. 하단 ❶**애니메이션** 버튼을 선택하면 프레임 인, 프레임 아웃, 다이내믹 세 가지의 모션을 제공한다. **프레임 인/아웃**은 장면이 시작될 때의 모션 효과를 제공하는데, 살펴보기 위해 ❷**프레임 인**을 선택해 본다. 효과 없음부터 장면이 서서히 나타나는 페이드 인, 확대, 3단 줌인, 축소 등 다양한 효과를 적용할 수 있다. 어떠한 효과들이 있는지 적용하여 확인해 보기 바란다.

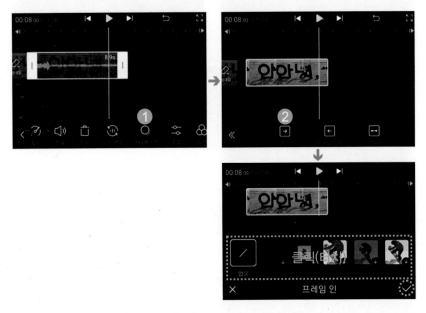

☑ 효과 바에서 제공되는 모든 효과들은 클릭(터치)하여 미리보기를 할 수 있다. 물론 최종 적용은 [V] 버튼을 눌러야 한다.

애니메이션에서는 화려하고 재밌는 다양한 모션 효과들을 제공한다. **다이내믹**이 그러한 효과이다. 선택해 보면 열기, 닫기, 도미노, 4분할 등의 멋진 효과들을 장면에 적용할 수 있다. 어떠한 효과들이 있는지 살펴보기 바란다.

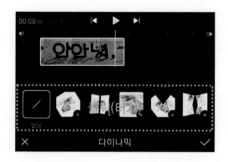

색상, 밝기, 채도 조절하기

조절에서는 장면의 밝기, 대비, 채도, 선명도, 색온도, 흐림 등의 색상, 밝기, 채도에 대한 세부 조정을 할 수 있다. 서로 다른 환경에서 촬영된 장면들을 같은 느낌의 장면으로 조정하거나 반대로 독특한 효과를 표현할 때 유용하다.

필터 사용하기

필터는 색상 톤을 조절하여 필름, 유화, 음식, 풍경, 인물 등에 적합한 결과물을 얻을 수 있게 해주는 다양한 효과들을 제공한다.

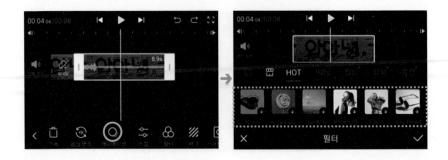

배경 사용하기

❶**배경** 효과는 장면 전체을 흐리게 하는 블러와 장면 뒤쪽에 단일 색상을 만들어 주는 색상 그리고 배경에 이미지를 적용하는 이미지로 구분된다. 배경에 이미지를 적용하기 위해 현재 장면(클립)의 크기를 줄여본다. 그러기 위해 먼저 ❷**이전** 화면으로 이동한다.

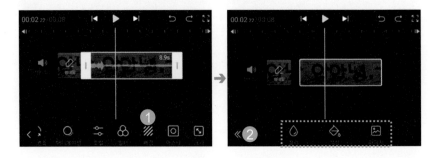

크기 조절 및 배경 적용하기

배경이 나타날 공간을 만들기 위해 먼저 ❶**크기** 효과를 선택한 후 크기 조절 슬라이더를 좌측으로 이동하여 ❷**70%** 정도로 줄여준다. 상단 화면을 통해 조절된 모습을 확인할 수 있다. 설정 후 ❸**적용**한다.

☑️ 화면의 크기 조절은 상단을 엄지와 검지 두 손가락을 터치 & 확대/축소하여 조절할 수도 있으며, 회전도 가능하다.

줄어든 장면 여백에 배경을 적용하기 위해 ❶**배경** 효과 화면으로 이동한 후 ❷**이미지** 효과를 선택(터치)한다.

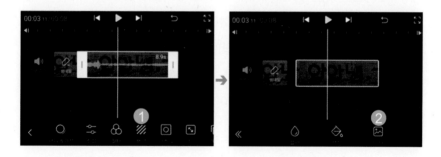

적당한 배경을 찾아 적용한다. 필자는 ❶❷**[자연] – [NT01]** 배경 이미지를 ❸**적용**하였다. 이와 같은 방법으로 화면의 여백에 배경을 적용할 수 있다.

마스크 적용하기

동영상 편집에서 **마스크**는 화면의 **특정 영역**만 **보이고** 나머지 영역은 **투명**하게
처리하는 기능이다. 살펴보기 위해 **①마스크**를 선택한 후 몇 가지의 마스크 모양
중 **②하트**를 선택해 본다. 그러면 상단 화면에 하트 모양의 마스크가 생성되고 마
스크 모양 안쪽에만 장면(편집 중인 클립)이 나타나며 나머지 영역은 투명하게 처
리되어 앞서 적용한 배경 이미지가 나타난다. 적용된 마스크의 크기, 위치, 회전은
하트 우측 하단의 **③회전** 모양을 조정하여 가능하다.

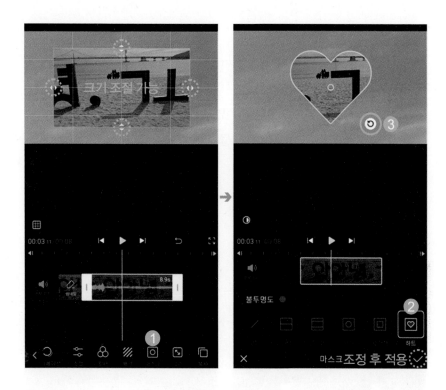

장면(클립) 복사하기

비타에서 **복사**는 **복사+붙여넣기**가 동시에 수행되는 즉, 복제라는 의미이다. **타임바**를 복제를 하기 위한 장면(클립)으로 ❶**이동**한 후 ❷**복사**를 누르면 해당 장면이 바로 뒤쪽에 ❸**복제**된다.

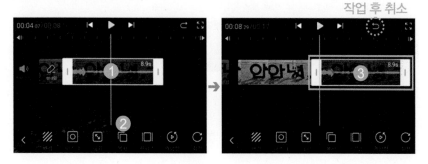

정지 장면 만들기

프리즈를 사용하면 타임 바(타임 커서 또는 타임 헤드)가 위치한 장면부터 일정한 시간동안 정지 화면을 만들 수 있다. 정지 장면으로 사용할 지점으로 **❶타임 바**를 이동한 후 **❷프리즈**를 선택해 본다. 그러면 타임 바가 위치한 장면에 대한 정지 장면(이미지)이 **3초**의 길이만큼 **❸이미지 클립**으로 생성된다.

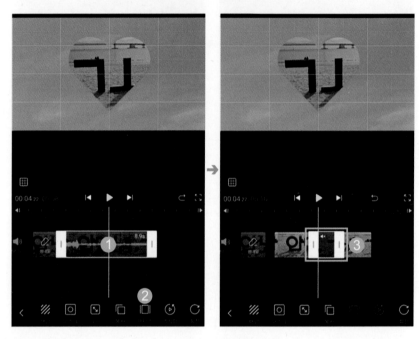

☑ 생성된 정지 이미지 클립은 소리가 없으며, 길이는 클립의 시작/끝 점을 이동하여 원하는 만큼 조절할 수 있다.

☑ 클립(장면)을 선택한다는 것은 해당 클립을 삭제, 이동, 회전, 효과 등의 작업을 수행하기 위한 것이며, 클립이 선택됐다는 것은 양쪽 시작과 끝 지점이 **하얀색으로 강조**되는 것으로 알 수 있다.

세밀한 편집을 하기 위해서는 초 단위가 아닌 프레임 단위로 장면(클립)을 확대해야한다. 스마트폰에서 두 손가락이 화면을 확대/축소를 위해 사용하듯 비타에서도 같은 역할을 한다. 타임라인 영역을 **두 손가락**으로 **벌리면** 타임라인 **시간** 단위가 **확대**된다. 이때 장면(클립)도 같이 늘어나기 때문에 세부 편집이 가능하다. 축소는 반대로 두 손가락을 좁히는 것이다.

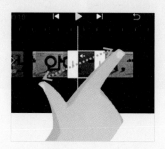

역재생되는 장면 만들기

역방향 기능을 사용하면 반대로 재생되는 장면을 만들 수 있다. 살펴보기 위해 정지 장면 우측 옆에 있는 **①세 번째 클립**으로 **타임 바**를 이동한 후 **②역방향** 효과를 적용한다. 그러면 해당 클립이 역방향으로 바뀐다. 역방향 효과가 적용된 클립은 좌측 하단에 **③효과 표시**가 나타난다.

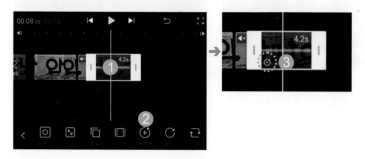

☑ 반복되는 역재생 장면을 만들기 위해서는 클립을 원하는 만큼 분할하거나 복사를 통해 미리 준비해 놓아야 한다.

효과 적용 후 마음에 들지 않아 곧바로 취소할 경우 작업 취소(언두)를 하면 되지만, 작업이 많이 진행된 상태라면 취소하고자 하는 **효과**를 **다시 한번 적용**하거나 효과 적용 후 **효과 설정 화면**에서 **없음** 또는 **해제** 또는 **원본** 등으로 처리하면 된다.

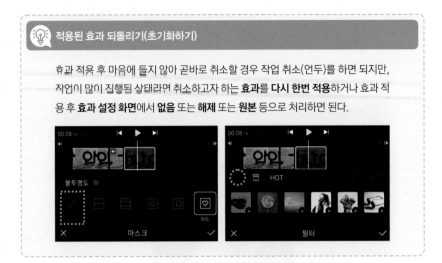

화면 회전하기

회전을 통해 화면을 회전시킬 수 있다. 회전하고자 하는 ❶**클립**에서 ❷**회전** 을 선택한 후 ❸**15°** 단위로 회전 또는 상하좌우 뒤집기를 할 수 있다. 물론 상단 화면에서 두 손가락으로 회전을 할 수도 있다.

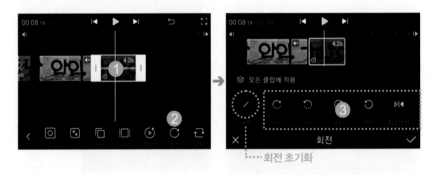

회전 초기화

클립(장면) 바꾸기

교체를 사용하면 현재 사용되는 클립을 다른 클립으로 대체할 수 있다. 클립의 대체는 작업 후 **작업한 내용**은 그대로 **보전**한 상태로 **클립(장면)만** 다른 장면으로 **바**

꿀 때 유용하다. 바꾸고자 하는 클립으로 ❶**타임 바**를 이동한 후 ❷**교체**를 선택해 본다.

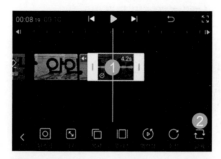

선택(갤러리) 창이 열리면 바꾸고자 하는 동영상 클립을 ❶**선택**한다. 편집 창이 열리면 사용할 장면만 남기고 **컷 편집**(필요 시)을 한 후 ❷**적용** 버튼을 누른다.

대체된 모습을 보면 원본 클립에 적용되었던 역재생, 마스크 효과까지 그대로 보존된 것을 알 수 있다. 이것으로 단일 클립에 대한 편집에 대해 살펴보았다. 이제 **뒤로가기** 버튼을 눌러 **메인 편집** 화면으로 이동한다.

편집할 장면(클립) 추가하기

계속해서 다른 장면을 가져와 편집하기 위해 **[+]** 모양의 가져오기 버튼을 누른다.

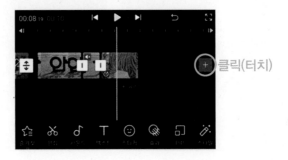

갤러리에서 두 번째 편집에 사용할 ❶클립(장면)을 선택한 후 ❷가져오기 버튼을 누른다. 방금 가져온 클립이 맨 뒤쪽에 자동으로 배치되면 클립을 ❸선택하여 앞서 배운 방법을 통해 불필요한 장면을 제거하고, 원하는 효과를 적용하면 된다.

☑ 편집은 불필요한 장면을 제거하여 자연스럽게 이야기(장면)를 전개하는 것이다. 이제 앞서 학습한 방법을 통해 계속해서 편집을 이어가면 된다.

☑ 메인 편집 화면 하단의 기능과 효과들은 전체 편집을 위해 사용되는 것들이지만 그중 앞선 학습에서 살펴본 것들에 대해서는 해당 학습을 참고하면 된다.

≪ 오디오 편집 ≫

오디오 편집은 클립 하단에 있는 음악 추가 기능과 메인 작업 화면 하단의 사운드를 통해 가능하다. 오디오 편집은 주로 배경음악(BGM)이나 효과음 그리고 내레이션 녹음을 할 때 사용한다.

배경음악 적용하기

배경음악은 메론과 같은 음악 사이트에서 다운로드 받은 **파일(MP3)**이나 카톡과 같은 메신저를 통해 받은 파일 그리고 비타에서 제공되는 음악들을 사용할 수 있다. 여기에서는 비타에서 제공되는 무료 오디오를 사용해 보기로 한다. 클립 하단의 ❶**음악 추가**나 작업 화면 하단의 ❷**사운드**를 선택한 후 사운드에 대한 세 가지 방식이 나타나면 먼저 ❸**타임 바**를 이동하여 음악(사운드)이 적용될 **지점(시작점)**으로 이동한다. 그다음 ❹**음악**을 선택한다.

음악 추가 화면이 열리면 비타에서 제공되는 ❶**음악** 탭에서 적당한 장르를 선택하면 되는데, 필자는 ❷**여행**에 관한 음악을 선택하였다. 그다음 선택된 장르의 음악을 **선택**하여 들어본 후 마음에 드는 음악을 ❸**적용**한다. 참고로 선택한 음악을 ❺**MY**(즐겨찾기 보관함)에 등록하려면 ❹★ 모양의 버튼을 누르면 된다.

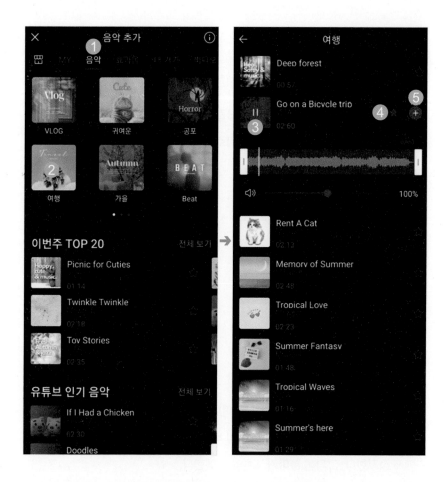

적용된 배경음악의 길이는 현재 사용되는 장면의 마지막 부분에 자동으로 맞춰진다. 만약 **오디오 클립**의 **길이**(컷 편집)를 조절하고자 한다면 동영상 클립처럼 **시작/끝 점**을 이동하면 된다. **재생**하여 영상과 음악을 들어본다.

오디오 페이드 인/아웃 설정하기

음악 클립이 적용되면 선택된 상태가 되는데, 음악과 같은 사운드 클립이 선택되면 오디오 편집 및 효과들을 적용할 수 있는 화면으로 전환된다. 앞서 학습에서 살펴보지 않은 효과 중 **페이드**는 오디오 클립의 시작과 끝을 조용히 시작하고 조용히 끝나도록 하는 효과이다. 각각 **초 단위**로 길이를 설정할 수 있다.

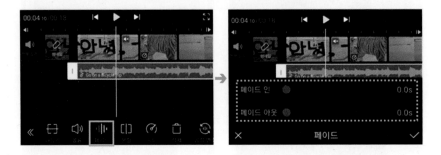

오디오 마커 활용하기

마커는 특정 지점을 표시할 때 사용된다. 비타에서의 마커는 오디오를 기준으로 장면을 *동기화하기 위해 사용된다. 살펴보기 위해 ❶**마커**를 선택하여 마커를 적용할 수 있는 화면으로 이동한 후 ❷**타임 바**를 이동하거나 **재생**하여 특정 소리 구간에서 정지한다. 그다음 ❸**마커** 버튼을 선택한다.

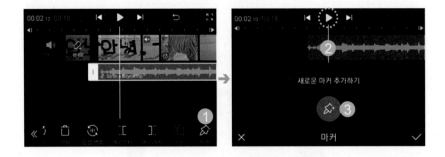

오디오 클립에 노란색 마커가 생성되었다. 같은 방법으로 몇 개의 마커를 추가해

동기화(sync) 동영상 편집에서의 동기화(싱크)는 틀어진 오디오와 장면의 신호를 맞춰주기 위한 작업이다.

본다. 마커를 적용하게 되면 해당 오디오 클립에는 항상 마커가 나타나기 때문에
마커가 있는 지점의 소리가 어떤 소리인지 파악할 수 있다.

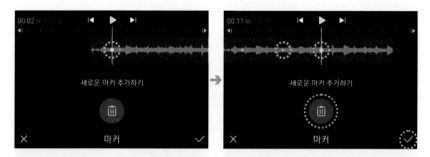

☑ 마커를 제거하기 위해서는 제거하고자 하는 마커가 있은 곳으로 타임 바를
　 이동하면 나타나는 휴지통 모양의 [삭제] 버튼을 누르는 것이다.

효과음 사용하기

효과음에서는 사진을 찍을 때 들리는 찰깍 소리, 유리가 깨질 때의 소리, 관객의
환호성, 테이프 되감는 소리 등의 재밌고 다양한 효과음을 사용할 수 있다. 적용하
는 방법은 배경음악과 동일하다.

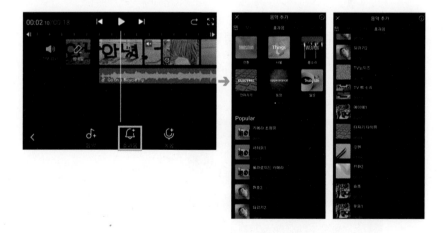

내레이션 녹음하기

❶**녹음**은 **내레이션** 작업에 사용된다. 편집된 내용에 음성 설명이 필요할 때 사용되며, 녹음이 시작될 지점으로 ❷**타임 바**를 이동한 후 ❸**녹음** 버튼을 누르는 것으로 재생과 함께 간단하게 녹음을 할 수 있다.

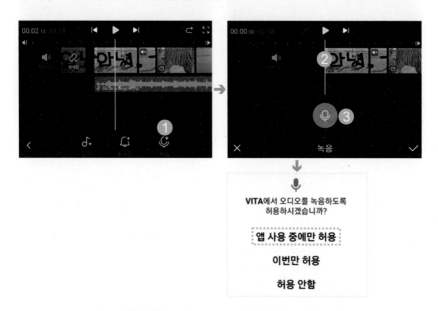

녹음이 끝나면(정지 버튼 누름) 그림처럼 동영상 클립 하단에 내레이션 **오디오 클립**이 자동으로 **생성**된다. 참고로 녹음이 잘못되었을 경우에는 **지우기** 버튼을 눌러 다시 녹음을 재개할 수 있다.

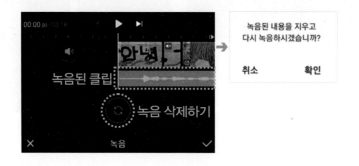

≪ 자막 만들기 ≫

자막은 글자로 표현하는 효과이다. 장면에 부연 설명을 할 때나 그밖에 다양한 정보를 전달하기 위해 사용된다. 비타에서는 기본 자막, 음성인식 자막, 글자인식 보이스, 스티커, 지피 애니메이션을 제공한다.

기본 자막 만들기

기본 자막을 사용하기 먼저 위해 **①텍스트**를 선택한다. 다양한 자막을 사용할 수 있는 화면으로 전환되면 좌측 **첫 번째**에 있는 **②텍스트**를 선택한다.

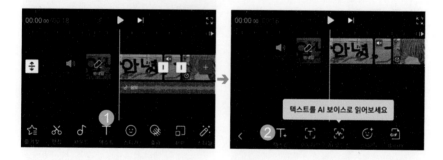

글자 입력 창이 열리면 원하는 **글자를 입력**한 후 **글꼴 → 스타일 → 자막** 순으로 최종 자막 스타일을 결정한다. 그다음 자막의 **위치**와 **크기** 조절 후 **적용**한다. **자막의 수정**은 **상단 화면**에 나타나는 자막을 **선택(터치)**하거나 **편집** 버튼을 눌러 수정 화면으로 전환해 주면 되고, 불필요한 **자막**을 **삭제**하기 위해서는 **휴지통** 모양의 **삭제** 버튼을 사용하면 된다.

입력된 자막

광안리에서의 추억들

글자입력

글꼴선택

스타일 선택

위치와 크기 조절

초기화

적용

자막선택

모션 자막 만들기

자막에 움직임을 줄 수도 있다. ❶**애니메이션**을 선택한 후 자막의 ❷**프레임 인**에서 ❸**슬라이드 3**을 선택해 본다. 지속 시간은 기본(1초)으로 하고 ❹**적용**해 보면 위에서 아래로 내려오는 모션 자막이 표현된다.

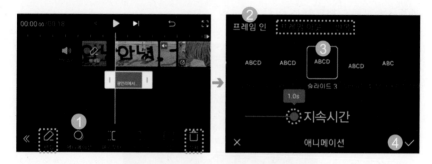

음성인식 자막 만들기

❶**자동자막**의 ❷**CLOVA 자동 자막 생성** 기능을 사용하면 동영상 또는 오디오 클립에서 들리는 사람의 음성을 인식하여 글자로 만들어줄 수 있다.

글자인식 보이스 만들기

AI 보이스를 사용하면 입력된 글자를 음성으로 읽어주는 성우를 채용?할 수 있다. ❶타임 바를 효과가 적용될 지점으로 이동한 후 ❷AI 보이스를 선택한다. 그리고 ❸글자를 입력한 후 글자를 읽을 ❹성우(아바타)를 선택하는 것으로 간편하게 내레이션 효과를 ❺적용할 수 있다.

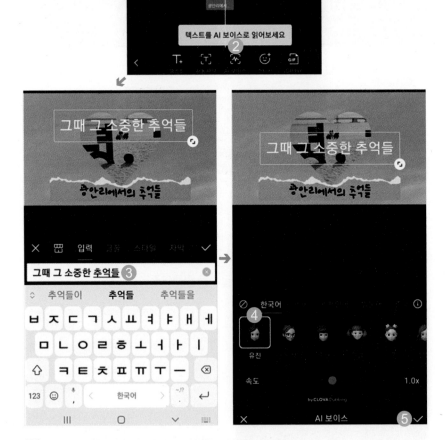

☑ AI 보이스는 입력된 언어와 동일한 언어를 선택해야 한다.

적용된 모습을 보면 타임라인 하단에 자막과 음성 클립이 적용된 것을 알 수 있다. AI 보이스 기능을 통해 다양한 외국어 콘텐츠를 만들어보길 바란다.

스티커 사용하기

스티커는 예쁘고, 귀여운 캐릭터를 화면에 붙일 때 사용된다. 스티커는 **①텍스트** 또는 **②스티커** 버튼을 선택하여 사용할 수 있다. 자막 선택 화면으로 전환되면 **스티커③**를 선택한다.

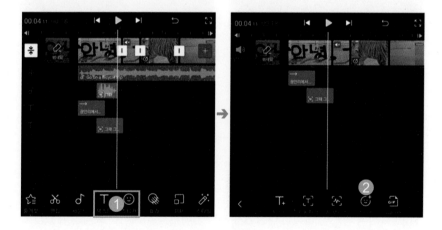

스티커 선택 화면이 열리면 원하는 **①스티커**를 선택한 후 상단 화면에서 적용된 스티커의 **②크기**와 **위치**를 설정한다. 그리고 **③적용**한다. 적용된 모습을 보면 **타임 바④**에 위치했던 지점을 기준으로 뒤쪽에 적용된 것을 알 수 있다.

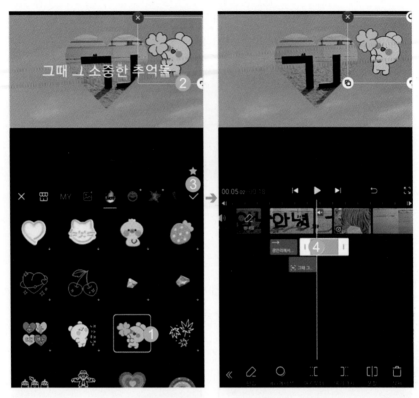

☑ 적용된 스티커도 컷 편집, 분할, 모션 등의 작업을 할 수 있다.

지피 애니메이션 사용하기

지피(GIPHY) 애니메이션은 페이스북, 메신저 등에서 보아왔던 애니메이션 효과
이다. 스티커와 유사하지만 보다 방대한 효과를 이용할 수 있다. 살펴보기 위해 타
임라인 ❶**빈 곳**을 **터치**하여 아무 클립도 **선택되지 않은** 상태에서 ❷**GIPHY**를 선
택한다. 지피 화면이 열리면 다양한 주제와 방대한 애니메이션 효과들이 있는 것
을 알 수 있다. 지피를 **선택**하는 것으로 간단하게 적용된다.

≪ 장면전환 효과 사용하기 ≫

장면전환은 장면과 장면이 바뀔 때 변화를 주는 효과이며, 필터는 장면에 변화를 줄 때 사용된다.

장면전환 효과 적용하기

메인 작업 화면에서 첫 번째 클립(장면)과 두 번째 클립 사이의 ❶**하얀색 사각형**을 **선택(터치)**한다. 하얀색 사각형 영역이 바로 장면전환 영역이다. 장면전환 효과 화면이 열리면 다양한 효과들이 있는데, 일단 아무거나 하나 ❷**선택**한 후 ❸**적용**해 본다.

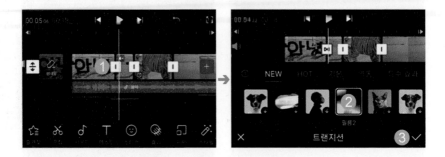

적용된 후에는 자동으로 메인 작업 화면으로 이동되며, 장면과 장면 사이에 **장면전환 효과 아이콘**이 표시된다.

장면전환 효과 지속 시간 설정 및 제거하기

장면전환이 지속되는 시간을 설정하기 위해 다시 클립과 클립 사이의 **사각형**을 **선택**한다.

클릭(터치)

장면전환 효과 화면이 열리면 상단 **지속시간**에서 장면전환 지속 시간을 **최대 1초** 까지 늘려줄 수 있다. 참고로 적용된 효과를 제거하기 위해서는 **없음**을 선택한 후 적용을 하면 된다.

효과제거

≪ 최종 출력하기(동영상 파일 만들기) ≫

지금까지 비타에서 할 수 있는 편집 방법에 대해 살펴보았다. 이제 지금까지 작업한 내용을 최종 결과물로 만들어보자.

비율 설정하기

비율 설정은 현재 작업 중인 프로젝트에 대한 비율 설정이다. 살펴보기 위해 ❶**메인 편집 화면**으로 이동한 후 하단의 ❷**비율**을 선택한다. 비율 선택 화면이 열리면 원하는 비율을 선택한다.

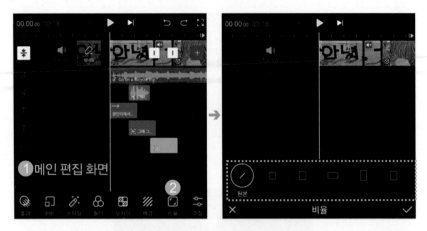

☑ 일반적으로 유튜브 동영상의 비율은 16:9이며, 쇼츠와 같은 영상은 세로비율인 9:16을 사용한다. 때에 따라 정사각형인 1:1 비율이나 그밖에 상황에 맞는 비율을 사용할 수도 있다.

최종 렌더하기(동영상 파일 만들기)

작업이 끝나면 동영상 파일을 만들어야 한다. 이와 같은 작업을 **렌더(render)**라고 한다. 렌더을 하기 위해서는 먼저 상단 **내보내기** 좌측에 있는 ❶**동영상 규격**을 선택해야 한다. 설정 메뉴를 열고 최종 규격으로 설정한다. 앞서 언급했듯 일반적인 **유튜브 동영상** 규격은 ❷1920x1080, **프레임 속도**는 ❸30프레임이다.

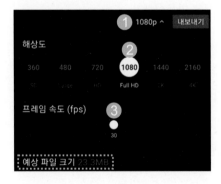

설정이 끝나면 이제 최종 렌더를 위해 ❶**내보내기** 버튼을 선택한다. 파일이 만들

어지면 ❷유튜브 또는 그밖에 SNS로 업로드하면 된다. 살펴본 것처럼 비타에서는 다양한 고급 기능들을 사용할 수 있어 제법 만족스런 결과물을 얻을 수 있다. 지금까지의 과정을 참고하여 자신만의 동영상을 제작해 보자.

PIP 활용하기

PIP(picture in picture)는 화면 위에 작은 화면을 띄우는 기법이다. 비타에서는 PIP를 활용하여 여러 개의 화면은 메인 화면 위에 띄울 수 있으며 또한 크로마키 효과를 통해 합성 작업 그리고 키프레임 애니메이션까지 가능하다.

화면 위에 작은 화면 만들기

PIP 작업을 하기 위해 **앞선 프로젝트**를 사용한다. PIP가 적용될 위치로 **타임 바를 이동**한 후 하단의 **PIP**를 선택한다.

PIP 장면이 적용되면 적당한 **크기**와 **위치**로 이동한다. 이와 같은 방법으로 화면 위에 작은 화면을 표현할 수 있다.

크기와 위치 설정
길이와 위치 조정 가능
《 이전 화면으로 이동

만약 여러 개의 화면을 띄우고 싶다면 **이전 화면**으로 이동한 후 **PIP** 버튼을 눌러
새로운 장면을 추가한 후 그림처럼 **크기**와 **위치**를 설정하면 된다.

크로마키 합성하기

크로마키 합성을 위해 비타 **초기 화면**으로 이동한 후 **새 프로젝트**를 생성한다. **크로마키 배경**으로 사용할 **이미지**를 하나 선택할 후 적용한다. 그리고 적용된 이미지 클립을 **10초** 정도 늘려준다.

크로마키 배경으로 사용할 이미지 클립의 **시작 점**으로 **타임 바**를 이동한 후 PIP를 선택한다. **비디오** 탭에서 준비된 **크로마키 동영상**을 선택하여 적용한다.

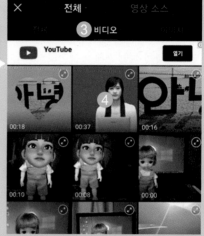

적용된 크로마키 동영상 클립의 **크기**를 그림처럼 화면에 꽉 차도록 키워준다. 그 다음 하단의 **크로마키**를 선택한다.

크로마키 설정 화면이 열리면 다음의 그림처럼 **피커**의 위치를 파란색 크로마키

배경으로 옮겨준다. 그러면 피커로 지정된 배경이 투명하게 빠지고 투명한 영역에 배경 이미지가 나타난다. 진행자의 **외곽선**을 깨끗하게 처리하기 위해 **강도**와 **부드럽게**를 적절하게 설정한다. 살펴본 것처럼 크로마키 작업은 간단하게 표현할 수 있다. 물론 보다 완벽한 크로마키 작업은 PC용 전문 편집 툴을 권장한다.

키프레임 애니메이션 만들기

키프레임을 사용하면 원하는 시간 동안 자유롭게 화면(장면)을 움직(위치, 크기, 회전)일 수 있다. 살펴보기 위해 **크로마키 동영상** 클립을 **선택**한 후 키프레임이 생성될 위치로 **타임 바**를 이동한다. 그다음 **키프레임**을 선택하면 현재 위치에 키프레임이 생성된다. 참고로 이번 학습은 진행자가 인사를 한 후 진행자의 위치를 좌측으로 이동하는 애니메이션 작업이다.

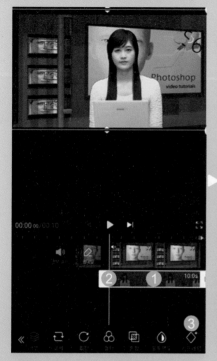

☑ 키프레임(keyframe)은 현재 시간에 대한 장면(클립)의 위치, 크기, 회전 등의 속성 값을 가지고 있는 프레임이다. 시간에 따라 속성값이 다른 키프레임을 생성할 경우 키프레임과 키프레임 사이에 변화가 생기게 되는데, 이것을 키프레임 애니메이션이라고 한다.

☑ 혼합은 PIP로 사용되는 장면(클립)을 배경과 합성(색상, 채도, 밝기 값에 의한 합성)을 할 때 사용되고, 불투명도는 PIP 장면의 투명도를 조절할 때 사용된다.

진행자의 인사가 끝난 직후로 **타임 바**를 이동한 후 **키프레임**을 선택한다. 그러면 현재 시간에 키프레임이 생성되며, 앞서 생성된 키프레임과 방금 생성된 키프레임의 **속성값**이 **동일**하기 때문에 아직은 이 두 키프레임 구간에서는 **아무런 변화**도 생기지 않는다. 계속해서 타임 바를 1~2초 정도 뒤 장면으로 이동한 후 진행자의 위치를 그림처럼 좌측으로 이동한다. 그러면 현재 시간에 키프레임이 자동으로 생성되며, 앞쪽 키프레임과 현재의 키프레임 속성값에 변화가 생겨 이 구간에서는 애니메이션이 만들어진다. 이렇듯 키프레임 애니메이션은 서로 다른 속성값을 가진 키프레임 구간에서 만들어지므로 시간에 따라 다양한 변화를 줄 수 있다.

지금까지 비타에 대한 모든 학습이 끝났다. 살펴본 것처럼 비타는 앱용 무료 편집 프로그램이지만 고급 기능들까지 제공하기 때문에 동영상 편집을 처음 하는 사용자에게 최고의 프로그램이 되어줄 것이다.

PC용 편집 앱을 활용한 동영상 편집

▶ OBS 스튜디오를 활용한 유튜브 방송(강의) 화면 캡처

OBS(open broadcaster software) 스튜디오는 PC 화면을 동영상으로 캡처(녹화)하거나 유튜브, 페이스북, 트위치 등에서 라이브 방송을 할 수 있게 해주는 무료 방송 제작 프로그램이다. 최근 1인 방송 및 라이브 스트리밍이 대중적으로 각광을 받으면서 OBS의 관심 또한 높아지고 있는 추세이다.

≪ OBS 스튜디오 다운로드 및 설치하기 ≫

OBS 스튜디오를 사용하기 위해서는 **obsproject.com**에서 프로그램을 다운로드 받아 설치해야 하며, OBS 스튜디오는 윈도우 및 애플(mac OS) 그리고 리눅스 운영체제에서 모두 사용할 수 있다.

OBS 스튜디오 다운로드 받기

구글(다음 및 네이버도 가능) 검색기를 통해 **OBS 스튜디오** 다운로드 빋기를 찾아 해당 웹사이트로 들간다.

OBS Studio를 다운로드를 받을 수 있는 세 가지 운영체제 중 필자는 윈도우즈용을 사용할 것이므로 ❶**Windows** 버전을 선택한 후 ❷**인스톨러 내려받기**를 선택하여 다운로드받았다. 설치 버전은 자신이 사용하는 운영체제에 맞게 다운로드받으면 된다.

다운로드가 완료되면 브라우저 창에 나타나는 **OBS-Studio.exe** 설치 파일을 **클릭**하거나 다운로드 폴더로 들어가 설치를 진행한다.

☑ OBS 스튜디오 버전은 수시로 업데이트되기 때문에 업데이트된 최신 버전을 받아 설치하면 된다.

OBS 스튜디오 설치하기

OBS 스튜디오 설치 창이 열리면 **Next** 버튼을 눌러 다음 설치 창으로 이동한 후 라이선스 내용을 확인한 후 **Next** 버튼을 눌러 프로그램이 설치될 경로를 선택하는 창으로 이동한다. 프로그램 설치 경로는 특별한 상황이 아니라면 기본 경로인 **C 드라이브**의 **프로그램** 폴더를 그냥 사용하면 된다. 경로를 확인한 후 **Install** 버튼을 눌러 OBS 스튜디오를 설치한다.

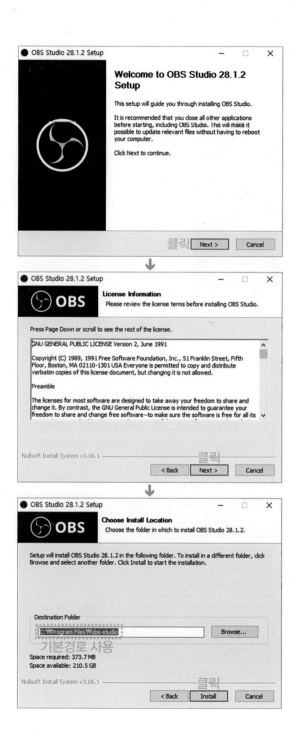

프로그램 설치가 끝나면 곧바로 실행하기 위해 ❶Launch OBS Studio를 체크한
후 ❷Finish 버튼을 누른다.

구성 마법사 설정하기

OBS 스튜디오가 실행되면 먼저 프로그램을 통해 어떤 작업을 할 것인지 선택해
야 한다. 현재는 화면 캡쳐, 즉 녹화만 할 것이기 때문에 ❶**녹화 최적화, 방송은 하
지 않음**을 체크한 후 ❷**다음** 버튼을 누른다.

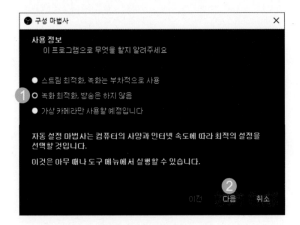

☑ 지금의 설정은 [설정] 메뉴를 통해 다시 설정할 수 있다.

비디오 설정에서는 **화면 규격을 ❶1920x1080(가로x세로)**으로 설정하고, **초당 프레임 수(FPS)**는 ❷30으로 설정한 후 ❸**다음** 버튼을 누른다. 기본 설정이 끝나면 ❹**설정 적용** 버튼을 눌러 프로그램이 활성화되도록 한다.

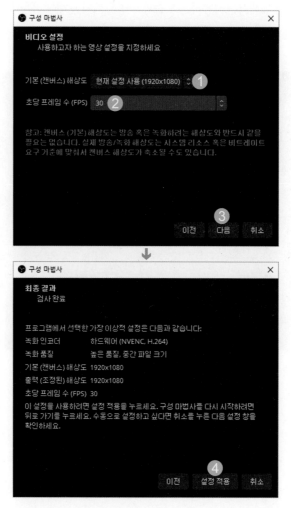

☑ 하나의 프로그램을 이해하는 가장 빠른 방법은 해당 프로그램이 어떻게 작동되는지 살펴보고 사용해 보는 것이다. 이러한 오버뷰(overview)를 하고 나면 프로그램의 각 부분에 대한 세부적인 내용을 배울 때에도 기능들이 어떻게 사용되고, 어느 상황에 사용해야 하는지에 대해 도움이 된다.

≪ PC 화면 캡처하기(방송하기) ≫

워드나 엑셀, 파워포인트 같은 오피스 프로그램, 곰믹스나 프리미어 프로와 같은 동영상 편집 프로그램 등의 사용법을 동영상 강의로 제작한다는 가정하에 학습해 볼 것이다. 그러기 위해서는 사용하는 모습과 설명을 캡처를 해야 하는데, OSB 스튜디오는 PC에 설치된 프로그램을 간편하게 캡처하여 동영상 파일로 만들 수 있다.

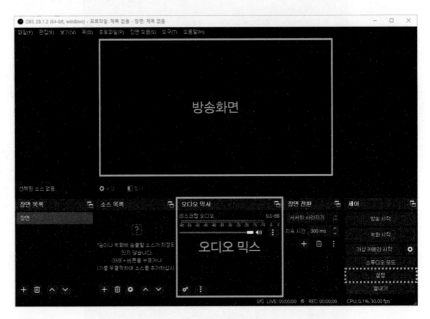

☑ **방송화면**은 캡처 및 라이브 방송 시 나타나는 모니터이며, **오디오 믹서**는 녹음할 때의 오디오 방식과 장치를 보여준다. 현재 활성화되어있는 **데스크탑 오디오**는 PC 상의 모든 소리까지 녹음이 되는 것을 말한다.

녹음을 위한 마이크 장치 활성화하기

현재 필자의 경우 마이크가 활성화되지 않았기 때문에 설정이 필요하다. 마이크를 연결한 후(전원 켜줌) OBS 스튜디오 작업화면 우측 하단의 **설정**를 선택한다.

설정 창의 ❶오디오 항목에서 **마이크/Aux 오디오**를 현재 PC에 연결된 ❷마이크
로 선택한 후 ❸확인한다. 이것으로 마이크를 통한 녹음이 가능하게 되었다.

활성화된 마이크

캡처 소스 추가하기

마이크 장치가 정상적으로 활성화되었기 때문에 이제 화면 캡처를 하기 위해 **[+]**
모양의 ❶추가 버튼을 클릭한 후 메뉴에서 ❷**윈도우 캡처**를 선택한다.

☑️ 추가 메뉴에서는 방송 즉 캡처할 수 있는 다양한 소스를 선택할 수 있다.

소스 만들기/선택 창이 열리면 **새로 만들기** 이름을 캡처할 프로그램인 **❶곰믹스**
라고 **입력**한 후 **❷확인**한다.

☑️ 곰믹스는 PC용 무료 동영상 편집 프로그램으로 **무료 동영상 편집 툴 곰믹스**
를 활용한 편집 편을 참고하여 미리 설치 및 실행해 놓는다.

윈도우 캡쳐 속성 창에서는 윈도우를 통해 캡쳐할 ❶프로그램(곰믹스) 및 인터넷 브라우저 등을 선택한 후 **마우스 커서**까지 캡쳐하기 위해 ❷**커서 캡쳐**를 체크한 다음 ❸**확인**한다.

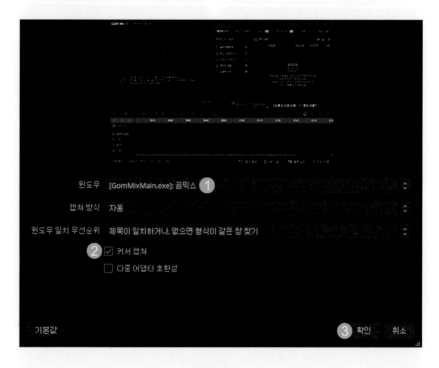

계속해서 마이크를 통해 입력되는 내레이션까지 녹음(캡쳐)하기 위해 다시 한번 ❶**추가** 메뉴를 열고 ❷**오디오 입력 캡쳐**를 선택한다. 그다음 소스 만들기/선택 창이 열리면 이름 수정 없이 ❸**확인**하여 적용한 후 오디오 입력 캡쳐 속성 창이 열리면 장치를 **연결된 마이크**로 ❹**선택**하고 ❺**확인**한다.

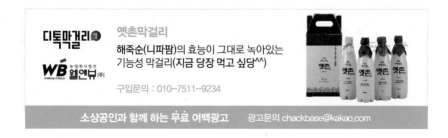

캡처 크기 설정하기

작업 화면 상단에는 캡처되는 모습을 볼 수 있는 모니터가 있는데, 필자는 현재

캡처 크기를 선택한 프로그램(곰믹스) 크기에 맞게 조절한 상태이다. 만약 크기

가 작게 설정되었다면 **빨간색 박스**의 **포인트**들을 이동하여 적당한 크기로 조절

하면 된다. 참고로 윈도우 하단의 **작업 표시줄**을 숨겨놓으면 **풀화면 캡처**가 가능

하다.

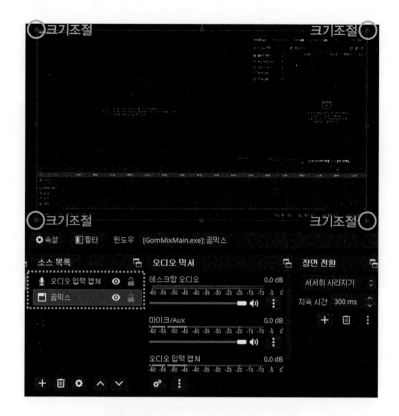

화면 캡처하기

메인 작업 창이 활성화되면 소스 목록에 앞서 추가한 **2개**의 목록이 추가된 것을 알 수 있다. 이 상태에서 녹화를 시작하면 ❶**녹화 시작** 버튼을 클릭하여 녹화를 시작한다. 녹화가 시작되면 캡처되는 **프로그램(곰믹스)**을 ❷**활성화**하여 **방송(강의)**을 시작하면 된다.

곰믹스 사용법 방송(강의)이 끝나면 OBS 스튜디오에서 **녹화 중단** 버튼을 클릭한다. 이것으로 하나의 방송이 캡처되었다. 이와 같은 방법으로 계속해서 다른 방송들을 캡처하면 된다.

마지막으로 방금 녹화된 강의 동영상을 살펴보기 위해 ❶❷[**파일**] – [**녹화본 보이기**] 메뉴를 선택한다. 동영상 폴더가 열리면 그 안에 녹화된 강의 동영상 파일이 저장된 것을 알 수 있다. 이 파일은 이제 곰믹스와 같은 동영상 편집 프로그램을 통해 다양하게 편집할 수 있다.

캡처된 파일

살펴본 것처럼 OBS 스튜디오는 프로그램 교육을 위한 강의 녹화뿐만 아니라 **라이브 방송(라이브 커머스) 및 라이브 강의** 또한 가능하기 때문에 다양한 방송 콘텐츠 제작에 유용하게 사용된다.

▶ PC용 동영상 편집 프로그램 살펴보기

PC용 동영상 편집은 스마트폰보다 전문적인 편집이 가능하다. 만약 많은 분량의 편집 자료를 사용하거나 쾌적한(시력보호 차원 등) 작업환경 그리고 고퀄리티의 결과물을 얻고자 한다면 PC용 동영상 편집 프로그램 권장한다. 다만 PC용 동영상 편집 프로그램은 PC 사양이 어느 정도 뒷받침해 주어야 원활한 작업이 가능하다.

≪ PC용 동영상 편집은 어떤 것들이 있나? ≫

동영상 편집, 반드시 프리미어 프로나 파이널 컷 프로 같은 프로그램을 사용해야 하나? 이 프로그램들은 너무 어렵고 비싸던데… 물론 이 프로그램들은 오랜 시간 동안 높은 인지도와 많은 사용자를 보유하고 있기 때문에 대중성을 고려한다면 프리미어나 파이널 컷 같은 프로그램을 사용해야 할 것이다. 하지만 유튜브용 동영상이라면 구매 비용과 용도, 편의성 등을 고려하여 선택하는 것이 좋다. 다음의 차트는 그동안 필자가 사용해 본 동영상 편집 프로그램들에 대한 장단점을 소개한 것이다. 꼼꼼히 살펴보고 자신에게 맞는 프로그램을 선택하기 바란다.

	장점	단점
프리미어 프로	■ 가장 많은 사용자층 형성 ■ 자사 제품과의 뛰어난 호환성 ■ 지원 플러그인의 다양성 ■ 신속한 최신 기능 탑재 ■ 배울 수 있는 방법의 다양성	■ 무겁고 복잡한 인터페이스 ■ 느린 렌더 타임(작업 속도 느림) ■ 모션 및 합성 작업의 불편함 ■ 불편한 클라우드 방식의 플랫폼 ■ 매달 2~3만 원 사용료 지불
파이널 컷 프로	■ 가장 안정된 맥(OSX) 환경 이용 ■ 에러 시 자동 복구 능력 ■ 지원 플러그인의 다양성 ■ 세부 편집(작업)의 편의성 ■ 전문가에게 적합한 인터페이스	■ 맥(OSX) 전용 프로그램 ■ 유니크한 작업 인터페이스 ■ 모션 및 합성 작업의 불편함 ■ 고가의 맥 PC 가격 ■ 고가의 프로그램 가격
베가스 프로	■ 가벼운 인터페이스 환경 ■ 저사양 PC에서도 구동 가능 ■ 여러 개의 프로젝트 실행 가능 ■ 지원 플러그인의 다양성 ■ 효율적인 기본 편집 기능 ■ 뛰어난 오디오 편집 기능	■ 모션 및 합성 작업의 불편함 ■ 불안정한 한글 자막 입력 ■ 고가의 프로그램 가격 ■ 개인 작업용이라는 인식 ■ 자주 바뀌는 제조사 ■ 윈도즈 전용 프로그램
파워 디렉터	■ 초보자에게 적합한 인터페이스 ■ 쉽게 사용할 수 있는 템플릿 지원 ■ 비교적 저렴한 가격 ■ 스마트 기기의 앱 지원	■ 무거운 인터페이스 ■ 느린 렌더 타임(작업 속도 느림) ■ 템플릿 작업 구조로 인한 창의적인 편집 불가 ■ 홈비디오용으로 전문가에게 부적합
히트필름 익스프레스	■ 무료 버전 지원 ■ 심플하고 가벼운 인터페이스 ■ 저사양 PC에서도 구동 가능 ■ 자동화된 색 보정 기능 지원 ■ 편집, 합성, 모션 작업을 하나의 공간에서 가능한 올인원 환경 ■ 모션 및 합성 작업 시 가장 빠른 실시간 렌더 엔진 지원 ■ VR 편집을 위한 뷰어 및 전용 효과 제공	■ 다른 프로그램에 비해 늦게 출시되어 사용자층이 많지 않음 ■ 배울 수 있는 방법의 다양성 부족 ■ 다른 툴과의 호환성 부족

≪ 동영상 강좌로 배우는 동영상 편집 프로그램들 ≫

그밖에 필자가 사용해 본 것중에는 애프터이펙트, 에디우스, 다빈치리졸브, 샷컷, 필모라 등 앞서 소개하지 않은 프로그램들도 다수 있지만 비교적 사용하기 어렵거나 아직 대중화되지 않았기 때문에 언급하지 않았다. 필자의 경험에서 볼 때 앞서 소개된 프로그램 중 가장 권장할만한 것을 뽑자면 무료지만 전문가 수준의 퀄리티를 얻을 수 있는 **히트필름 익스프레스**이다.

히트필름 익스프레스 인터페이스

필자는 똥손 독자들을 위해 개설한 똥클(똥손 클래스) 유튜브 채널을 통해 동영상으로 학습할 수 있는 다양한 강좌들을 지속적으로 업로드할 것이다. 본 도서와 강좌를 통해 실력을 향상시키길 바란다.

▶ 무료 동영상 편집 툴 곰믹스를 활용한 편집

본 도서에서는 **곰믹스**라는 PC용 동영상 편집 프로그램을 소개할 것이다. 곰믹스는 무료이며, 초보자도 쉽게 사용할 수 있기 때문이다, 앞서 스마트폰 동영상 편집 앱인 비타를 사용해 봤기 때문에 보다 쉽게 사용할 수 있을 것이다.

≪ 동영상 편집을 위한 권장 PC 사양 알아보기 ≫

PC용 동영상 편집 프로그램을 설치하기 전에 자신의 PC 환경(사양)을 살펴볼 필요가 있다. 다음은 동영상 편집에 적합한 하드웨어 및 소프트웨어 운영체제 환경이다. 원활한 작업을 위해 아래의 사양 이상의 컴퓨터 환경 구축을 권장한다.

권장 사양(최소 사양)

맥(Apple Mac) OS 10.14 모하비 / 10.13 High Sierra / OS X 10.12 Sierra 또는 OS X 10.11 Catalina 이상 운영체제

윈도우즈(Windows) Windows 10 64비트 / Windows 11 64 비트 운영체제

프로세서 Intel Core i5 / Core i7권장 또는 AMD Ryzen 7 / Ryzen 9

메모리(RAM) 16GB 이상

그래픽 카드 NVIDIA GeForce 400 시리즈 권장 / AMD Radeon HD 6000 시리즈 / 인텔 HD 그래픽 4000GTX / 비디오 메모리 1GB4K, UHD의 경우 2GB 이상

≪ 곰믹스 다운로드 및 설치하기 ≫

곰믹스는 곰플레이어로 유명한 곰앤컴퍼니에서 제작한 초보자용 동영상 편집 프로그램이다. 다양한 사용자 버전이 제공되지만 여기에서는 무료 버전을 사용할 것이다. 곰믹스를 다운로드받기 위해 **곰믹스**로 **검색**하여 해당 웹사이트로 이동한다.

곰믹스 무료버전 다운로드 받기

곰믹스 웹사이트가 열리면 상단 ❶**영상 편집** 메뉴에서 ❷**무료버전 곰믹스**를 선택
한 후 다운로드 페이지에서 ❸**다운로드** 버튼을 눌러 ❹**다운로드**받는다.

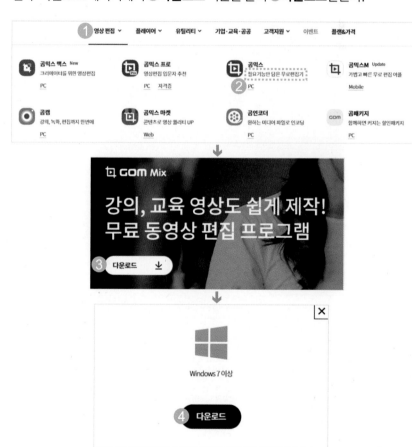

다운로드가 완료되면 브라우저 창에 나타나는 **GOMMIXKORSET.exe** 설치 파일을 **클릭**하거나 다운로드 폴더로 들어가 설치를 진행한다.

곰믹스 설치하기

곰믹스 설치 창이 열리면 **다음** 및 **동의** 버튼을 계속 눌러 설치를 진행한다.

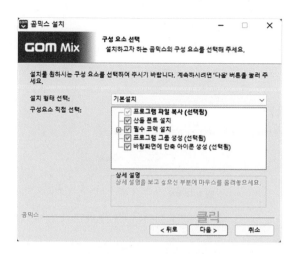

프로그램이 설치되는 **경로(폴더)** 창에서는 특별한 상황이 아니라면 기본 경로를 그대로 사용하고, zum 블라우저가 필요 없다면 **zum**을 ❶**해제**한 후 ❷**다음** 버튼을 누른다.

계속해서 여러 가지의 **코덱** 영상 및 오디오 압축방식 설치 창이 뜨면 **예** 버튼을 눌러 모두 설치한다.

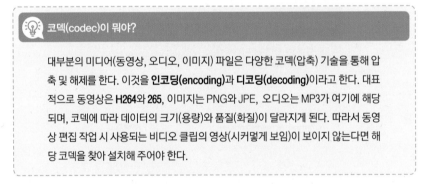

코덱(codec)이 뭐야?

대부분의 미디어(동영상, 오디오, 이미지) 파일은 다양한 코덱(압축) 기술을 통해 압축 및 해제를 한다. 이것을 **인코딩(encoding)**과 **디코딩(decoding)**이라고 한다. 대표적으로 동영상은 **H264**와 **265**, 이미지는 PNG와 JPE, 오디오는 MP3가 여기에 해당되며, 코덱에 따라 데이터의 크기(용량)와 품질(화질)이 달라지게 된다. 따라서 동영상 편집 작업 시 사용되는 비디오 클립의 영상(시커멓게 보임)이 보이지 않는다면 해당 코덱을 찾아 설치해 주어야 한다.

모든 설치가 끝나면 **닫음** 버튼을 눌러 설치 창을 닫는다. 이때 **zum** 브라우저 설치에 대한 옵션이 다시 한번 나타나는데, 역시 필요 없다면 ❶**해제**한 후 ❷**닫는다.** 이것으로 곰믹스 설치가 모두 끝났다.

곰믹스 실행하기

곰믹스를 사용하기 위해 설치된 프로그램을 실행해 보자. 창문 모양의 **①윈도우즈** 버튼을 클릭한 후 **②모든 앱**이 나타나게 한 후 **③곰믹스**를 선택한다.

≪ 작업 인터페이스 살펴보기 ≫

프로그램을 보다 쉽게 학습하기 위해서는 해당 프로그램의 인터페이스 정의와 각 기능의 명칭 그리고 주요 기능의 역할에 대해 숙지하고 있어야 한다. 다음은 곰믹스 인터페이스(전체 작업 창)이다. 여기에서 3가지 주요 작업 패널에 대해서는 반드시 숙지하도록 한다.

뷰어
(viewer)
뷰어는 타임라인을 통해 편집되는 결과를 실시간으로 볼 수 있는 모니터이다. 또한 모니터에서 직접 장면 이동, 크기 조절, 회전 등의 작업을 할 수 있기 때문에 매우 중요한 역할을 한다.

작업 도킹
패널 그룹
편집 작업을 위한 미디어 파일을 가져와 관리하는 미디어 소스, 효과 적용을 위한 이펙트, 적용된 이펙트를 설정하기 위한 컨트롤, 자막 제작을 위한 텍스트 패널이 한 곳에 모여있는 공간이다. 참고로 템플릿, 오버레이 클립은 유료 버전인 Pro에서만 사용할 수 있다.

타임라인 (timeline)	편집 작업을 위해 가져온 미디어(동영상, 이미지, 오디오) 파일이나 자막, 효과 등을 적용하여 실제 편집을 하는 작업 공간이다.

≪ 실전!! 동영상 편집 시작하기 ≫

이제 본격적으로 동영상 편집을 하는 방법에 대해 알아보자. 편집은 좋은 장면은 남기고, 불필요한 장면을 솎아내는 작업이다. 가장 좋은 편집은 시청자가 편안하게 볼 수 있도록 하는 것이므로 이 부분에 초점을 두고 작업을 한다.

제대로 구성된 동영상 편집의 3요소

편집(editing)은 촬영된 장면들을 기획된 **의도(주제)**와 **영상 문법**에 맞게 구성하는 작업이며, 편집의 구성은 일반적으로 영상과 오디오, 자막 등을 **스토리텔링(콘티)**에 맞게 자르고 붙이고 이어나가는 것이다. 여기에서 가장 중요한 것은 각각의 장면들을 리드미컬하고 자연스럽게 연결해야 한다는 것인데, 이와 같은 편집 과정은 **장면의 배치**(arrangement of scene), **장면의 타이밍**(timing of scene), **장면의 변환**(transitional of scene) 세 가지 요소에 의해 결정된다. 따라서 보다 감각적이고 세련된 고퀄리티의 결과물을 얻고자 한다면 이 3가지 요소들을 생각하면서 작업을 해야 할 것이다.

장면의 배치 영상과 오디오의 배치는 서로 대조적인 장면들을 하나의 트랙 또는 그 이상의 트랙에 연결해야 하는데, 연결되는 순서는 시청자들에게 제작된 의도를 쉽게 전달될 수 있도록 하는 것이 중요하다. 잘 배치된 장면은 중간 과정을 보여주지 않아도 그 과정을 예상할 수 있는 마법과 같은 결과를 보여주며, 이런 배치에 따라 하나의 원본 소스들로도 여러 가지의 결과물을 표현할 수 있다.

장면의 타이밍 배치 과정이 제작 의도를 시청자들에게 어떻게 전달할 것인지에 대한 요소라면 장면의 타이밍은 전달되는 과정에서의 각 장면들을 어떤 위치와 시간(속도) 동안 보여줄 것인지에 대한 좀 더 구체화된 작업이다. 이 과정에서는 왜 이 장면이 이 타이밍에서 보여줄 수밖에 없었는지에 대한 동기부여를 보여주어야만 시청자에 반향을 얻을 수 있다.

장면의 전환 장면의 전환은 하나의 장면에서 다른 장면으로 넘어갈 때에 사용되는 효과로 적용되는 전환(트랜지션) 효과에 따라 완전히 다른 느낌을 줄 수 있기 때문에 적절한 효과를 사용할 때만이 시청자의 시선을 사로잡을 수 있다. 장면의 전환에서 가장 많이 사용되는 효과로는 앞뒤 장면이 자연스럽게 교차되면서 전환되는 디졸브(dissolve)가 있으며 그밖에 다이내믹한 움직임으로 시청자의 시선을 끄는 와이프, 페이지 턴, 푸쉬, 슬라이드, 스플릿 등의 효과들이 있다. 물론 이러한 장면 전환 효과들은 장면이 바뀔 때에 시선을 끌 수는 있지만 불필요하게 남용되면 오히려 시청자들에게 불편함을 주기 때문에 단순히 컷만으로 연결된 장면보다 못한 결과를 초래하기도 한다.

동영상 편집을 하기 위해서는 먼저 편집에 사용될 미디어 소스(동영상, 오디오, 이미지)를 가져와야 한다. 본 학습에 사용될 미디어 소스는 **학습자료** 폴더에 준비되어있기 때문에 해당 미디어 소스를 사용하면 되지만, 자신이 촬영한 동영상이나 그밖에 미디어 소스가 있다면 그 소스들을 사용해도 된다.

미디어 소스 가져오기

동영상 파일을 가져와 편집을 하기 위해 먼저 미디어 소스 패널에서 ❶파일 추가 버튼을 클릭한다. 열기 창이 열리면 ❷[학습자료] – [동영상] 폴더로 들어간 후 편집을 위한 ❸2개의 파일을 선택한 다음 ❹열기 버튼을 눌러 가져온다.

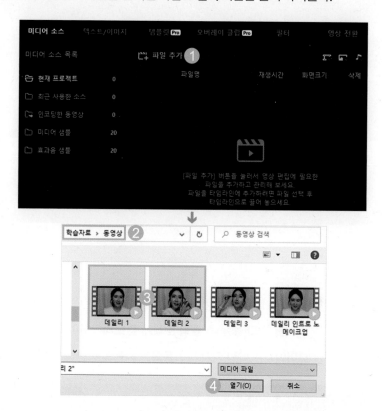

방금 가져온 파일 중 일단 **1개**의 파일을 **클릭 & 드래그(마우스로 끌기)**하여 아래쪽 **타임라인**에 갖다 놓는다. 그러면 다음의 그림처럼 **미디어 소스 트랙**에 적용된다. 지금의 과정은 앞서 학습한 **비타 동영상 편집 앱**과 유사하기 때문에 그때를 기억해 가면서 편집을 하면 훨씬 이해가 빠를 것이다.

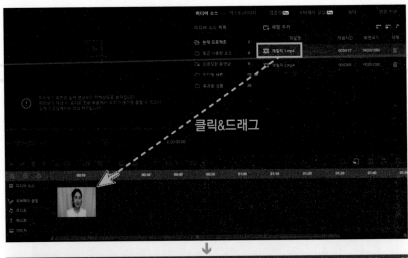

클릭&드래그

미디어 소스 트랙에 적용된 장면(클립)

컷(트리밍) 편집하기

적용된 동영상 클립에서 불필요한 장면을 제거하기 위해 빨간색 **타임 커서(타임 바)** 위에 마우스 커서를 갖다 놓은 후 **클릭 & 좌우로 드래그**하여 **편집 점**을 찾아 준다. 이때 상단 **뷰어**에서는 타임 커서가 이동되는 지점의 장면이 나타난다.

☑ **타임 커서**를 한 프레임씩 정교하게 이동하기 위해서는 좌우 화살표 [←], [→] 키를 한 번씩 누르면 된다.

타임 커서로 찾아놓은 장면이 시작되는 장면의 편집 점으로 지정하기 위해 동영상 클립의 **시작 점**에 마우스 커서를 갖다 놓고 **클릭 & 우측으로 드래그**하여 타임 커서가 있는 곳(장면)까지 갖다 놓는다. 그러면 드래그한 구간의 장면 잘려나간다.

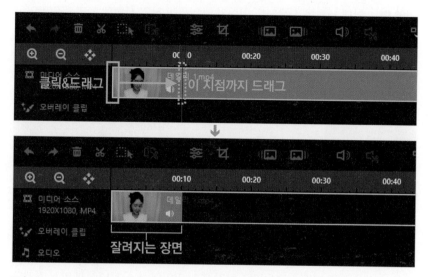

☑ 잘려진 영역은 클립이 이동되어 잘려진 영역을 자동으로 채워준다. 만약 뒤쪽에도 클립이 있다면 그 클립들도 같이 이동된다.

이번엔 동영상 클립의 끝 점을 편집해 보자. 클립의 길이가 길기 때문에 끝 점이 보이지 않는다. 타임라인 하단의 ❶**스크롤 바**를 이동하여 끝 점이 보이도록 한다. 그다음 **마우스 커서**를 클립의 ❷**끝 점**에 갖다 놓은 후 **좌측**으로 이동하여 원하는 편집 점(장면)을 찾아준다. 지금의 과정은 타임 커서를 통해 미리 편집 점을 잡지 않고 직접 편집 점을 잡아줄 수 있는 간편한 방법이다.

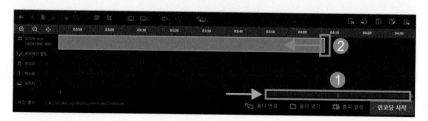

이제 편집된 모든 클립의 모습을 한눈에 확인하기 위해 **축소** 버튼을 몇 번 클릭한다. 그러면 그림처럼 타임라인이 축소되어 모든 클립의 모습을 볼 수 있다. 또한 옆에 있는 확대 버튼을 사용하면 확대가 가능하여 직업 상황에 따라 타임라인을 **확대/축소**할 수 있다.

같은 방법으로 두 번째 장면을 편집하기 위해 미디어 소스 패널에서 앞서 가져온 2개의 클립 중 나머지 **하나를 타임라인(첫 번째 클립 뒤쪽)**에 적용한 후 클립의 **시작 점과 끝 점**을 이동하여 컷 편집을 한다.

☑ 곰믹스처럼 PC용 동영상 편집 프로그램들 대부분은 위와 같은 방법으로 동영상 클립을 타임라인에 가져와 컷 편집을 한다. 오디오와 이미지 클립 또한 같은 방법으로 편집한다.

장면전환 및 필터 적용하기

장면전환은 장면과 장면이 바뀔 때 변화를 주는 효과이며, **필터**는 장면에 변화를 줄 때 사용된다. 먼저 필터를 적용해 보자. 필터 패널로 이동한 후 아무 ❷**필터**나 하나 클릭해 보자. 그러면 현재 ❶**선택(타임 커서)**가 위치한 동영상 클립에 필터가 적용된다. 적용된 모습을 보면 해당 필터에 의해 변화된 것을 알 수 있다. 이렇듯 필터를 사용하면 장면의 색상, 밝기, 채도, 특수효과 등 다양한 변화를 줄 수 있다.

필터를 클립에 **최종적**으로 **적용**하기 위해서는 적용 버튼을 눌러야 하며, 적용 버튼을 누르기 전까지는 **미리보기** 형태로 표현된다. 반대로 적용된 클립을 해제하기 위해서는 취소 버튼을 클릭하면 된다.

이번엔 장면전환 효과를 적용해 보자. 먼저 ❶**타임 커서**를 두 번째 클립에 갖다 놓은 후 ❷**영상 전환** 패널에서 원하는 ❸**장면전환** 효과를 선택한다. 그다음 ❹**적용** 버튼을 누르면 첫 번째 장면과 두 번째 장면 사이에 해당 장면전환 효과가 적용된다.

오디오 적용하기

오디오의 적용도 동영상과 마찬가지이다. 간단하게 살펴보기 위해 다시 ❶**미디어 소스** 패널로 이동한 후 ❷**파일 추가** 버튼을 눌러 준비된 **[학습자료]** – **[오디오]** 폴더에 있는 ❸**오디오(직쏘퍼즐)** 파일을 가져온다. 그다음 **오디오 클립을 끌어서** 타임라인 ❹**오디오 트랙**에 갖다 적용한다. 오디오 클립은 오디오 트랙에만 적용되기 때문에 적용할 때의 위치를 오디오 트랙으로 해주어야 한다.

오디오 트랙에 **적용**된 **오디오 클립**의 **위치**는 기본적으로 **타임 커서**가 위치한 지점을 시작 점으로 적용된다. 그러므로 지금은 적절한 위치로 재배치해야 한다.

오디오 클립을 이동하는 방법은 아주 간단하다. 이동하고자 하는 오디오 **클립의 안쪽** 부분을 클릭한 후 원하는 위치로 이동하면 된다.

자막 만들기

오디오 편집까지 끝났다면 이제 자막을 만들어 보자. 자막을 만들기 위해 ❶**텍스트/이미지** 패널로 이동한 후 ❷**텍스트 추가** 버튼을 클릭한다.

텍스트 입력 창이 열리면 원하는 **글자**를 ❶입력해 본다. 입력된 글자는 상단에서 글꼴, 색상, 크기 등을 설정할 수 있으며, 자막이 나타나고 사라지는 ❷**효과**를 적용할 수 있다. 여기에서는 ❸**나타내기 효과**를 **서서히 커지면서 나타나기** 그리고 ❹**사라지기 효과**를 ❺**왼쪽으로 사라지기**로 선택해 본다.

이제 자막이 적용될 영역을 설정해 보자. **텍스트 입력** 환경에서는 타임라인의 **타임 커서가 2개**로 분리되는데, 분리된 2개를 조정하여 그림처럼 **자막이 적용될 영역(구간)**을 지정한다.

이제 지정된 영역에 적용하기 위해 텍스트 입력 창에서 **적용** 버튼을 클릭한다. 그러면 그림처럼 앞서 지정된 영역(구간)에 자막이 적용된다.

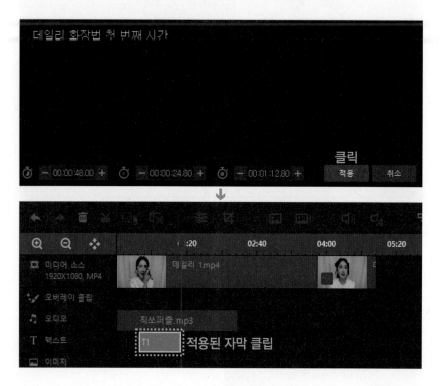

최종 출력하기(동영상 파일 만들기)

자막까지 만들어졌다면 이제 지금까지 작업한 내용의 결과물을 만들어보자. 물론 실제 작업이라면 더 많은 장면과 오디오, 자막 등이 사용될 것이다. 하지만 지금은 학습 과정이므로 지금까지의 작업만 파일로 만들어본다. 먼저 최종 결과물의 규격을 설정하기 위해 타임라인 하단의 **출력 설정** 버튼을 클릭한다.

출력 설정 창이 열리면 나머지는 기본 값을 사용하고 영상 규격에 대해서만 설정하기 위해 ❶**영상** 탭으로 이동한 후 화면 크기를 2K, 즉 ❷**1920x1080**으로 설정한다. 설정된 규격은 유튜브 기본 규격이기 때문에 특별한 상황이 아니라면 이 규격을 권장한다. 설정이 끝나면 ❸**확인** 버튼을 클릭한다.

☑ 유튜브 영상 규격은 일반적으로 **1920x1080**을 사용하지만 유료 채널 서비스를 이용하면 **4K**, 즉 3840x2160까지 업로드 가능하다.

출력할 파일 규격이 설정됐다면 파일이 저장될 경로 설정을 위해 ❶**폴더 변경** 버튼을 클릭하여 원하는 경로를 지정한 후 최종 렌더를 하기 위해 ❷**인코딩 시작** 버튼을 누른다.

인코딩 창이 열리면 ❶**파일 이름** 설정에서 적당한 파일명을 입력한 후 ❷**인코딩 시작** 버튼을 클릭한다. 그러면 인코딩, 즉 **렌더**가 시작된다. 렌더 과정이 끝나면 작업 내용이 동영상 파일로 만들어진다.

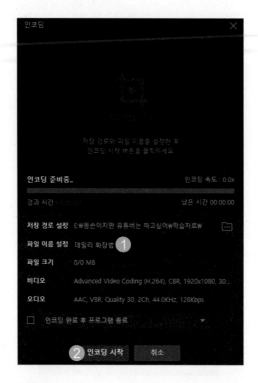

인코딩 작업이 완료되었습니다.라는 글자가 뜨면 파일이 완성된 것이다. **폴더 열기** 및 **재생 하기**를 통해 파일이 만들어진 폴더를 열거나 직접 재생을 할 수 있다. 살펴본 것처럼 곰믹스는 아주 간편하게 동영상 편집을 할 수 있다. 이제 앞서 학습한 스마트폰용 비타나 지금 학습한 PC용 곰믹스 혹은 동영상 강좌로 학습할 다양한 프로그램을 통해 자신만의 멋진 동영상 편집을 해보자.

저작권 없는 미디어에 대하여...

유튜브 콘텐츠 제작에 있어 동영상에 사용된 미디어(동영상, 이미지, 음원)에 포함된 저작권 문제는 반드시 고려해야 할 사항이다. 생각지도 않은 피해(채널 정지 및 소송)를 당하지 않기 위해서는 반드시 저작권에 문제가 없는 작업 소스를 사용해야 한다. 영화나 책 소개 관련 동영상에 사용된 자료도 저작권이 있지만 작품 홍보에 도움이되기 때문에 저작권자가 문제 삼지 않을 뿐이다. 참고로 이런 유튜브 동영상은 수익이 발생되었을 때에도 저작권자에게 많은 배분이 주어진다.

▶️ 저작권 문제 해결하기

저작권 문제에서 벗어나는 방법은 명확하다. 저작권 없는 글꼴, 저작권 없는 배경음악 및 효과음, 저작권 없는 사진 및 동영상을 자신이 촬영하고 만든 음원으로 사용하는 것이다. 또한 저작권이 있는 소스를 사용할 경우에는 저작권자에게 사용허락(지불)을 받거나 불확실할 경우에는 출처를 명시해야 한다.

동영상이 생활화된 시대, 저작권에 관한 문제는 동영상 콘텐츠를 제작하는 사람들의 공통적 문제이다. 이제 다음에 소개하는 곳을 활용하여 저작권 문제를 해결하기 바란다. 참고로 유튜브에서도 **YouTube 오디오 라이브러리**에서 저작권 문제가 없는 음원들을 제공하고 있다.

유튜브에서 저작권 보호를 받는 저작물 유형

- TV프로그램, 영화, 온라인 동영상 등의 시청각 작품
- 음원 및 음악 작품(저작권이 있는 음원 사용 시 수익이 없을 수도 있음)
- 강연, 기사, 도서, 음악 작품 등의 저술 작품
- 그림, 포스터, 광고 등의 시각 작품
- 비디오 게임 및 컴퓨터 스프트웨어(수익이 줄어들 수도 있음)
- 연극, 뮤지컬 등의 공연 작품

유튜브에서 저작권 위반 경고를 받았을 경우 어떻게 해야 하나

유튜브에서 저작권 위반 경고를 받았다면 이는 저작권자가 사용자에게 자신의 저작권 게시 권한을 부여하지 않았다는 사실을 유튜브에 공식적으로 신고한 것이다. 이러한 법적 요청을 받게 되면 유튜브는 저작권법에 의해 동영상의 게시를 중단한다. 저작권 위반 경고는 일종의 주의하라는 의미인데, 이러한 경고는 수익 창출에도 영향을 미칠 수 있으며, **경고를 3번** 받게 되면 계정은 물론 계정과 연결된 모든 채널이 강제 철거된다. 또한 이후에도 해당 계정에서 새로운 채널을 만들 수 없기 때문에 각별히 주의해야 한다.

유튜브 음원 사용 시 권장사항

- 저작권 없는 음원 사용하기
- 음원을 완전히 다르게 편곡해서 사용하기
- 노래 나오는 부분만 무음으로 사용하기
- 3초 이내로 사용하기
- 음악저작권협회에 문의하기

저작권 없는 음원을 제공하는 웹사이트 알아두기

최근엔 유튜브에서도 저작권 문제가 없는 음원을 제공하는 채널이 늘어나고 있는데, 다음 몇몇의 채널을 이용하여 음원의 저작권 문제를 해결해 보자. 큐알 코드를 촬영(스마트폰의 모든 카메라 가능)하여 웹사이트로 들어간다.

NCS   VLOG   브금 저장소   데이드림 사운드

그밖에 ROYALTY FREE MUSIC과 **유튜브 스튜디오(오디오 보관함)** 등도 살펴
보기 바란다.

저작권 없는 동영상을 제공하는 웹사이트 알아두기

고화질 동영상이나 CG로 제작된 동영상을 저작권 없이 사용할 수 있는 웹사이트
도 증가하고 있다. 다음의 몇몇 웹사이트를 활용해 본다.

| VELOSOFY | VIDEVO | MAZWAI | SHUTTERSTOCK |

저작권 없는 이미지를 제공하는 웹사이트 알아두기

무료 이미지 소스를 제공하는 웹사이트는 가장 일반화되어있다. 다음의 저작권
없는 무료 이미지들을 제공하는 웹사이트들을 활용해 본다.

| PIXABAY | UNSPLASH | BURST | FREEPIK |

저작권 없는 글꼴(폰트)을 제공하는 웹사이트 소개 및 설치하기

자막으로 사용되는 글꼴 또한 저작권이 있기 때문에 주의하여 사용해야 한다. **학
습자료 폴더**의 **무료글꼴 폴더**에는 필자가 즐겨 사용하는 무료 글꼴들을 받을 수
있는 웹사이트 바로가기 파일들이 있다. 다양한 무료 글꼴들을 다운로드 받아 설
치하기 바란다. 여기에서는 네이버 글꼴을 통해 확인해 보자.

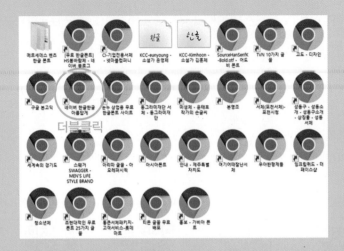

네이버의 나눔체는 무료 글꼴 중 가장 많이 알려져 있다. 설치하기 위해 **나눔 글꼴 전체 내려받기** 버튼을 클릭한다. 참고로 글꼴 설치법은 모두 동일하다.

다운로드가 완료되면 브라우저 창에 나타나는 **nanum-all.zip** 파일을 **클릭**하거나 다운로드 폴더로 들어가 압축 파일을 열어준다. 압축풀기 프로그램이 열리면 압축풀기를 해준다.

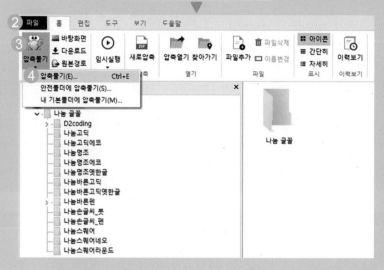

☑ 압축을 풀기 위해서는 알집, 윈집 등과 같은 압축 프로그램이 설치되어있어야 한다. 여기에서는 알집을 사용하였다.

압축이 풀린 **다운로드**에서 그림처럼 **나눔고딕** 폴더까지 들어간 후 압축된 하나의 글꼴을 **더블클릭**하여 열어준다.

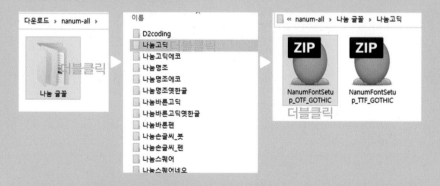

이번엔 글꼴이 설치되는 장소를 열어주기 위해 **윈도우즈 검색기**에서 **제어판**을 찾아 실행한다.

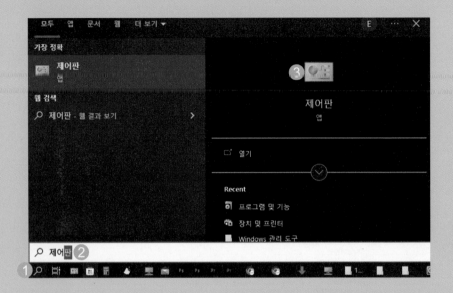

제어판 우측 상단의 **보기 기준** 메뉴에서 **작은 아이콘**을 선택하여 전체 모습이 나타나도록 한 후 **글꼴** 폴더를 열어준다.

이제 앞서 열어놓은 압축 풀기 창에서 그림처럼 글꼴을 **모두 선택**한 후 드래그하여 **제어판 글꼴** 폴더에 끌어놓는다. 이것으로 동영상 편집이나 워드 등의 모든 프로그램에서 해당 글꼴을 사용할 수 있게 되었다. 필요한 글꼴이 있다면 이와 같은 방법으로 제어판의 글꼴 폴더에 넣어주면 된다.

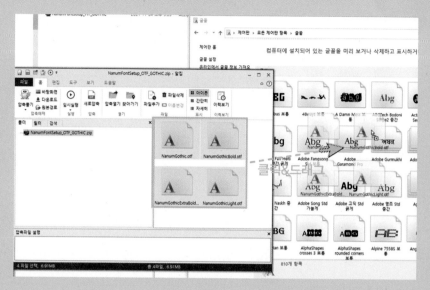

☑ 무료 글꼴 중에서는 제어판에 복사해 놓는 것이 아닌 다른 설치 방식도 있다. 다른 설치 방식은 프로그램을 설치하듯 설치하면 제어판 글꼴 폴더에 자동으로 설치된다.

PART
04

채널 관리와 굿 마케팅

해피엔딩을 위한 춤추는 유튜브 알고리즘을 분석하라!!

지금까지 유튜브 채널을 개설부터 콘텐츠 기획, 촬영, 편집까지 살펴보았다. 이번 학습에서는 자신의 콘텐츠를 많은 사람들이 보고 채널을 구독할 수 있도록 하는 방법과 유튜브 채널을 통해 수익을 창출할 수 있는 방법에 대해 살펴볼 것이다.

동영상 업로드 및 관리

채널에 아이콘과 채널(배너) 아트를 모두 적용하고, 업로드할 동영상 콘텐츠가 제작되었다면 이제 제작된 동영상을 자신의 채널에 어떤 방법(전략)으로 업로드하고 관리해야 하는지에 대한 방법에 대해 살펴보기로 한다.

동영상 업로드, 너무 쉬운 거 아냐?

▶ 가장 간단한 혹은 가장 일반적인 방법의 동영상 업로드

동영상을 업로드하기 위해 업로드할 자신의 유튜브 채널을 열어준다. 몇 가지의 동영상 업로드 방법 중 상황에 맞게 적절한 방법을 사용하면 된다.

가장 간단한 방법으로 업로드하기

먼저 가장 간단하게 동영상을 업로드하는 방법에 대해 살펴보기 위해 **채널의 홈** 탭 하단의 **동영상 업로드** 버튼을 클릭한다.

중요한 건 시청률이 높은 요일과 시간을 분석하여 규칙적으로 업로드해야 한다는 것과 떡상할 수 있는 원샷원킬 동영상 그리고 수십 가지의 여분의 동영상을 미리 제작해 놓아야 한다는 것이다.

동영상 업로드 창이 열리면 **파일 선택** 버튼을 클릭해서 업로드할 동영상이 있는 위치(폴더)로 들어 간 후 열기를 하면 되며 또 다른 방법은 폴더를 열어놓은 상태에서 **직접 드래그(끌어서)**하여 업로드 창에 갖다 놓는 것이다. 일딘 **여기에서는 업로드는 하지 않고 창을 닫는다.**

가장 일반적인 방법으로 업로드하기

가장 일반적인 동영상 업로드 방법은 채널 화면 **우측 상단**의 비디오 카메라 모양의 ❶❷**[만들기] – [동영상 업로드]** 메뉴를 선택하는 것이다.

동영상 업로드 창이 열리면 파일 선택 버튼 또는 직접 끌어다 업로드하면 된다. 여기에서는 **[학습자료] – [편집완료]** 폴더에 있는 **3개**의 파일을 모두 선택한 후 끌어다 놓았다. 실제로는 자신의 동영상을 사용하도록 한다.

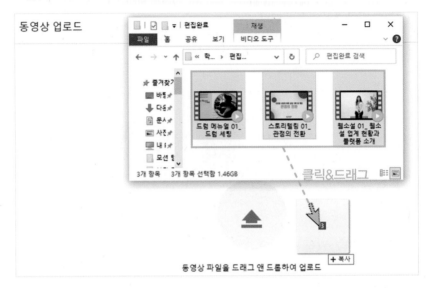

동영상 파일을 드래그 앤 드롭하여 업로드

☑ 채널을 개설한 후 **최초로** 동영상을 업로드하게 되면 **유튜브 알고리즘은 가장 많은 노출(홍보)**을 해준다. 그러므로 **첫 번째로 업로드**되는 콘텐츠는 많은 사람들에게 **이목**을 끌 수 있는 것으로 선정한다.

동영상이 업로드되는 과정에서는 **업로드 취소**가 가능하다. 업로드된 후에는 업로드된 동영상에 대한 분석(저작권 및 속성)이 이루어진다.

업로드가 완료되면 **업로드 완료** 창을 ❶**닫고** 세부 설정을 위해 일단 ❷**맨 위쪽 동영상**을 **선택**한다. 참고로 학습을 위해 업로드한 동영상은 **학습 후 삭제**한다.

채널 콘텐츠

동영상 실시간 스트리밍

≡ 필터

□	동영상		공개 상태	제한사항	날짜 ↓	조회수	댓글	좋아요(싫어요 ...
□		웹소설 01 웹소설 업계 현황과 플랫폼 ... ↑ 37% 업로드 중	□ 초안					업로드 취소 초안 수정

☑ 정상적으로 업로드되면 아래쪽에 완료되었다는 표시가 나타나지만 아직까지는 볼 수 없는 **비공개 상태**이다.

✓ 검사가 완료되었습니다. 발견된 문제가 없습니다.

≪ 세부정보 설정하기 ≫

세부정보 설정 창에서는 제목, 설명, 태그, 썸네일, 시청자층, 라이선스(저작권) 등에 대한 기본 정보를 설정할 수 있다.

동영상 제목 및 설명 입력하기

업로드된 동영상의 제목과 내용 설명을 입력한다. 시청자들에게 관심을 끌 수 있는 문구는 권장하지만 지나친 *어그로는 피하는 것이 좋다.

어그로 관심을 끌고 분란을 일으키기 위하여 인터넷 게시판 등에 자극적인 내용의 글을 올리거나 악의적인 행동을 하는 것으로 일종의 노이즈 마케팅과 유사하다.

미리보기 이미지, 즉 업로드된 동영상의 **썸네일**로 사용할 이미지 선택은 매우 중요하다. 현재는 구글(유튜브)이 분석해서 자동으로 만들어주지만 자신이 직접 만들어주는 것을 권장한다.

☑ 썸네일은 책의 표지와 같다. 그러므로 장면 중 가장 시선을 끌 수 있는 장면을 선택해야 한다. 이 부분은 다음 학습에서 자세히 살펴볼 것이다.

시청자층 설정하기

썸네일 아래쪽 재생목록은 아직 없기 때문에 일단 넘어가고, 시청자층에 대한 설정은 **아니요, 아동용이 아닙니다**로 체크하여 모든 사용자가 볼 수 있도록 해준다.

> **시청자층**
>
> 이 동영상이 아동용이 아니라고 설정됨   크리에이터가 설정함
>
> 모든 크리에이터는 위치에 상관없이 아동 온라인 개인정보 보호법(COPPA) 및 기타 법률을 준수해야 할 법적인 의무가 있습니다. 아동용 동영상인지 여부는 크리에이터가 지정해야 합니다. 아동용 콘텐츠란 무엇인가요?
>
> ⓘ 아동용 동영상에서는 개인 맞춤 광고 및 알림 등의 기능을 사용할 수 없습니다. 크리에이터가 아동용으로 설정한 동영상은 다른 아동용 동영상과 함께 추천될 가능성이 높습니다. 자세히 알아보기
>
> ○ 예, 아동용입니다
> ◉ 아니요, 아동용이 아닙니다
>
> ∧ 연령 제한(고급)
>
> 동영상을 성인만 시청할 수 있도록 제한하고 싶으신가요?
>
> 연령 제한 동영상은 YouTube의 특정 영역에 표시되지 않습니다. 이러한 동영상은 광고 수익 창출이 제한되거나 배제될 수 있습니다. 자세히 알아보기
>
> ○ 예, 동영상 시청자를 만 18세 이상으로 제한하겠습니다
> ◉ 아니요, 동영상 시청자를 만 18세 이상으로 제한하지 않겠습니다

☑ 아동용 콘텐츠는 반드시 **아동용**으로 설정해야 불이익을 당하지 않는다.

유료 프로모션 및 자동기능 설정하기

하위 설정을 위해 **자세히 보기**를 눌러 펼쳐놓는다. 업로드된 동영상에 유료 광고성 내용이 포함되어 있다면 유료 프로모션에서 **농영상에 간접 광고, 스폰서십, 보증 광고와 같은 유료 프로모션이 포함되어 있음**을 체크해야 불이익을 당하지 않게 된다. 물론 유료 광고성 내용이 없다면 무시해도 된다.

자동 챕터와 자동 위치 허용을 체크해 놓으면 해당 기능을 활용할 수 있다.

☑️ 유료 광고성 내용이 포함에 대한 옵션을 체크해도 유튜브(구글)에서는 해당 동영상에 기재된 광고로 인한 수익에는 관여하지 않는다.

태그 추가하기

동영상을 찾기 위한 **태그**는 동영상과 관련이 있는 단어를 **3~10** 이내로 입력하는 것이 좋다. 한 단어를 입력한 후 **쉼표(,)**를 붙이고 계속해서 다른 단어를 입력한다.

 해시(#) 태그와 태그

단어 앞에 **#(샵)** 표시가 붙은 태그를 **해시태그**라 하고, **태그**는 단순히 태그의 의미를 갖는다. 유튜브에서의 태그는 방금 입력한 태그 입력 필드에서 입력한다. 태그는 검색 시 해당 태그와 공통된 검색어일 경우 검색되도록 해주는 **키워드**이다. 반면 해시태그는 **링크**를 통해 해당 해시태그와 연결된 자료를 찾아주기 위한 목적으로 사용된다. 해시태그는 **동영상 내용 설명** 입력 필드에서 아래 그림처럼 입력하면 된다. 여기서 중요한 것은 이 두 가지 방식의 태그를 통해 업로드한 동영상을 많은 사람들이 찾아 볼 수 있게 해준다는 것이다. 참고로 해시태그는 **(,)**표 없이 띄어쓰기로 키워드를 이어나간다.

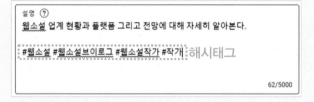

언어 선택 및 동영상 정보 설정하기

언어 및 자막은 업로드된 동영상의 표준 언어를 선택하면 되며, 일반적으로 **자막 면제 인증서**는 없기 때문에 없음을 사용한다.

녹화 날짜 및 위치에서는 촬영된 날짜와 위치 정보를 지정할 수 있다. 이 또한 동영상 홍보에 도움이 되기 때문에 정확한 정보를 지정하길 권장한다.

라이선스 및 쇼츠 샘플링 설정하기

라이선스는 저작권에 대한 것으로 **표준 YouTube 라이선스**는 유튜브에서만 사용되는 라이선스 방식이며, **크리에이티브 커먼즈-저작자 표시**는 자신이 허락에 의해서만 라이선스를 허락하는 방식이다. **자유로운 배포, 공유, 홍보**를 위해 **표준 유튜브 라이선스**를 권장한다.

업로드된 동영상을 다른 사람들이 **사용(링크)**할 수 있도록 한다면 **퍼가기 허용 체크**, 구독자들에게 **알림 전송**을 하려면 **구독 피드에 게시하고...**를 체크한다.

Shotrs 동영상 샘플링을 허용하게 되면 다른 사용자가 자신의 영상 일부를 **쇼츠**로 사용할 수 있다. 이 역시 **홍보** 및 **수익**에 영향을 받기 때문에 사용하는 것을 권장한다.

카테고리 및 댓글 설정하기

카테고리에서는 업로드된 동영상 장르를 선택하면 되는데, 가급적 **광고 수익률 (쇼핑, 뷰티, 엔디 등)**을 높이기 위한 선택을 권장한다.

댓글 및 평가에서는 **부적절할 수 있는 댓글은 검토를 위해 보류**로 설정하여 부적절한 댓글을 검토한 후 결정하도록 하는 것을 권장하며, 검토 기준을 높이고자 한다면 **검토 기준 높이기**를 체크한다. 만약 댓글을 아무도 달지 못하도록 한다면 **댓글 사용 안함**을 하면 되지만 홍보 차원에서라도 댓글을 사용하는 것이 좋다.

정렬 기준은 인기순과 최신순 중 원하는 것으로 선택하면 되며, **동영상에 좋아요 및 싫어요 표시**를 사용하고자 한다면 이 옵션을 **체크**한 후 **다음** 버튼을 눌러 다음 설정 창으로 이동한다.

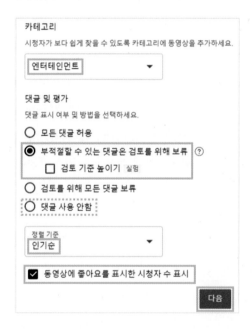

≪ 동영상 요소 설정하기 ≫

동영상 요소 창에서는 별도의 자막을 추가할 수 있는 자막 추가와 최종 화면 추가 그리고 재생 중 관련 동영상을 링크할 수 있는 카드 추가를 설정할 수 있다.

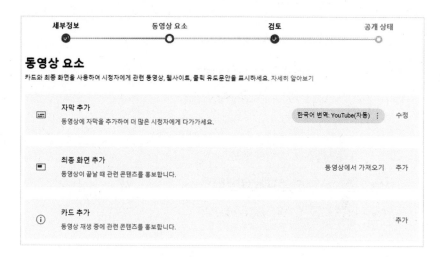

자막 추가(삭제)하기

자막 추가에서는 앞서 선택한 언어에 대한 자동 자막을 삭제하거나 추가할 수 있다. 먼저 자동으로 번역된 자막을 삭제하기 위해서는 해당 ❶**언어(한국어) 번역 : YouTube(자동)**을 선택한 후 ❷**삭제**를 할 수 있다. 삭제된 자막은 다시 해당 동영상을 업로드하기 전에는 복구할 수 없기 때문에 주의해야 한다.

방금 자막을 삭제했기 때문에 이번엔 다른 동영상으로 살펴보기로 한다. 일단 **동영상 요소** 창을 닫는다.

채널 콘텐츠 창이 활성화되면 업로드된 동영상 중 **❶두 번째 동영상**을 **선택**한다. **세부정보** 창이 열리면 앞서 살펴본 것처럼 입력(설정)하는데, 여기에서는 일단 자막에 대해 살펴보기 위해 **❷시청자층**과 **❸동영상 언어**만 설정하고 **❹다음** 버튼을 누른다.

다시 **동영상 요소** 창이 열리면 자막 추가의 **수정**을 선택한다. 자막 수정 창이 열리면 **동영상 편집 프로그램**과 유사하다는 것을 알 수 있다. 여기에서 음성을 번역한 자막의 잘 못된 부분을 수정하거나 별도의 자막 추가 그리고 타임라인에서 자막이 나타나는 길이를 조절할 수 있다.

+ 자막 현재 장면에 새로운 자막을 추가할 수 있다.

텍스트로 편집 시간 단위가 아닌 텍스트 형태로 자막을 수정할 수 있다.

자막 줄 삭제 휴지통 모양의 자막 줄 삭제를 통해 해당 줄 자막을 삭제할 수 있다.

초안 저장 수정된 자막을 저장할 수 있다. 저장 시간이 오래 걸린다.

완료 자막을 완전히 수정 완료했을 때 사용한다.

단축키 자막 수정 작업을 할 때의 단축키를 확인할 수 있다.

자막 수정 창은 동영상 편집 프로그램과 유사한 인터페이스를 가졌기 때문에 앞서 동영상 편집을 제대로 학습했다면 어렵지 않게 사용할 수 있을 것이다. 만약 **외국어 자막**을 사용하고자 한다면 **구글 번역기**를 이용해도 효과를 볼 수 있으니 잘 활용하길 바란다.

최종 화면 추가하기

최종 화면은 아래 그림에서 표시된 것처럼 동영상 재생이 끝난 후 **마지막 부분**에 나타나게 하는 영상을 말한다. 이 기능을 통해 자신의 채널에 있는 동영상을 계속 볼 수 있도록 유도할 수 있다.

최종 화면 추가는 두 가지 방식을 사용할 수 있는데, 먼저 **동영상에서 가져오기**는 업로드된 **다른 동영상**을 **최종 화면**으로 사용(추가)할 수 있다. 하지만 이 방식은 사용할 동영상에 최종 화면이 추가되어있어야 한다. 다음 학습을 참고하여 최종 화면을 추가할 수 있다. 살펴보기 위해 **추가**를 선택한다.

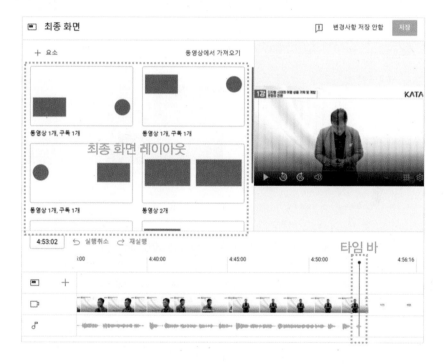

최종 화면 추가
동영상이 끝날 때 관련 콘텐츠를 홍보합니다.   동영상에서 가져오기 추가 선택

☑ 최종 화면에 추가될 수 있는 동영상 길이는 최소 25초 이상 되어야 한다.

최종 화면 창도 자막 수정 창과 유사한 것을 알 수 있다. 좌측 **최종 화면 레이아웃** 샘플들은 즐겨 사용되는 최종 화면들을 미리 만들어놓은 것으로 선택하여 원하는 형태의 최종 화면으로 구성할 수 있으며, 아래쪽 **타임라인**에서는 **타임 바**를 이동하여 최종 화면이 나타나는 시점(장면)을 확인할 수 있다.

잠시 살펴보기 위해 동영상 ❶**1개, 구독 1개** 최종 화면 레이아웃을 선택해 본다. 최종 화면에 나타날 동영상과 구독 요소가 나타나면 먼저 **좌측의 동영상 요소**를 ❷**최근 업로드된 동영상**으로 선택하고, 우측 화면에서 ❸**동영상 요소를 선택**하여 **크기와 위치**를 조절한 후 최종 화면에 나타날 ❹**시간**을 설정한다. 그러면 타임라인의 **동영상 영역**이 설정된 시간대로 이동되는 것을 알 수 있다.

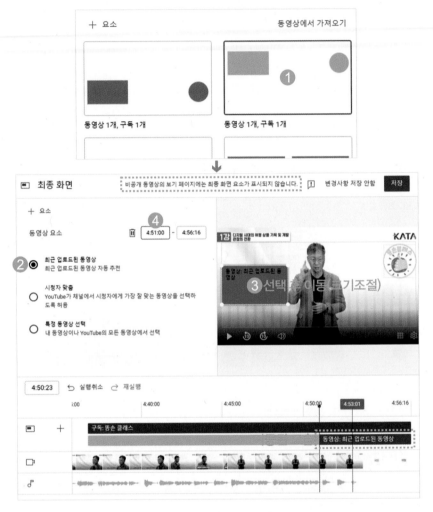

☑ 동영상 요소가 나타나는 시간은 최소 5초 이상 되어야 하며, 비공개된 동영
  상은 최종 화면에 나타나지 않기 때문에 공개로 전환해 놓아야 한다.

이번엔 구독 요소 설정을 위해 ❶**구독** 버튼을 선택한 후 원하는 위치로 이동한다.
그다음 **타임라인**에서 앞서 설정한 동영상 요소가 나타나는 ❷**시간**에 맞게 조정한
다. 설정이 끝나면 **저장** 버튼을 누르면 된다. 이와 같은 방법을 통해 업로드된 동

영상의 재생이 끝날 무렵에 나타나는 최종 화면 요소들을 만들어줄 수 있다.

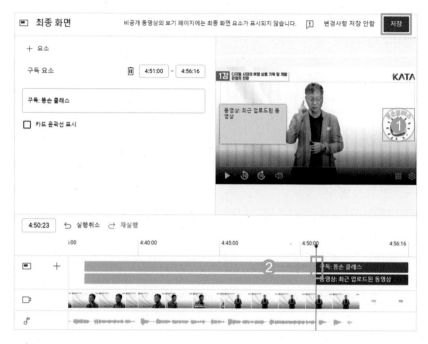

☑ **구독 요소**는 일반적으로 **구독하기** 버튼으로 사용된다. 자신의 채널을 구독해 달라는 목적으로 사용하면 된다.

이번에는 최종 화면에 사용되는 동영상을 하나 더 추가해 보자. 추가하는 방법은 좌측 상단의 **+요소**에서 선택하거나 화면에서 **❶+ 모양**이 나타났을 때 **클릭**하여 나타나는 **메뉴**를 통해 선택할 수 있다. 여기에서는 **❷동영상**을 추가해 본다.

동영상 최근 업로드된 동영상이나 유튜브가 자동으로 선택해 주는 시청자 맞춤 동영상 그리고 자신의 채널 또는 유튜브의 모든 동영상에서 선택할 수 있는 3가지 방식을 제공한다.

재생목록 자신의 채널에 생성된 재생목록에서 동영상을 선택(추가)할 수 있다.

구독 자신의 채널을 구독할 수 있는 버튼을 생성할 수 있다.

채널 자신의 채널에 업로드된 동영상을 선택(추가)할 수 있다.

링크 유튜브의 모든 동영상 중 주소를 복사하여 추가하는 방식이다. 자신의 동영상과 연관되는 동영상을 보여주거나 타 채널 홍보에 적합하다.

동영상이 화면에 추가되면 적당한 **위치와 크기**를 설정한 후 ❶**특정 동영상 선택**을 한다. 특정 동영상 선택 창에서 자신의 채널에 업로드된 동영상을 선택할 수도 있지만 이번엔 다른 사람이 운영하는 채널의 영상을 띄어보기 위해 ❷**다른 채널의 동영상 검색**을 선택해 본다.

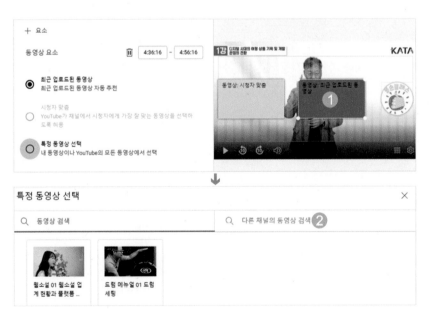

사용할 동영상이 있는 **채널명**을 ❶**입력**하면 해당 채널의 콘텐츠(동영상)가 나타나는데, 여기에서 링크할 동영상 ❷**하나**를 **선택**한다. 그러면 새로 추가된 동영상 요소에 링크된 영상이 나타난다. 추가된 동영상의 ❸**길이**도 다른 요소들과 똑같이 조절한다.

☑ 최종 화면을 사용하면 자신이 운영하는 채널의 동영상을 효율적으로 홍보할 수 있기 때문에 반드시 활용하길 권장한다.

카드 추가하기

카드는 재생 중 장면과 관련있는 동영상이나 채널을 화면 상단에 나타내 클릭하도록 보어줄 때 사용된다. 상품 구입 뷰노나 특성 채널 홍보에 적합하다.

카드 추가 및 설정을 위해 카드 **추가**를 한다. 카드 추가 창이 열리면 이번에는 특정 채널을 연결하기 위해 **채널**을 선택한다.

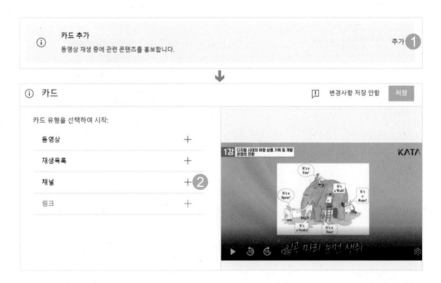

해당 동영상과 관련있는 채널을 ❶**검색(스토리텔링)** 하여 채널을 찾아준 후 ❷**선**

택한다. 카드가 추가되면 ❸**맞춤 메시지**에 채널 설명, ❹**티저 텍스트**에 카드에 나타날 티저 문구를 입력한 후 카드가 나타날 ❺**시간**을 설정한다. 이것으로 간단하게 카드를 추가해 보았다.

☑ 이처럼 카드를 통해 다양한 홍보 방법을 찾을 수 있다. 참고로 하나의 동영상에 카드는 현재 5개(이후 늘어날 수 있음)까지 가능하다.

동영상 공개 및 게시하기

카드 추가까지 끝났다면 이제 업로드된 동영상을 공개로 설정한 후 게시해 보자.

동영상 요소 창에서 **나음**, 검토 창에서 **다음** 버튼을 누른다.

이제 모든 사람들이 볼 수 있도록 ❶**공개**로 해주고 ❷**게시** 버튼을 누른다.

게시된 동영상은 페이스북이나 트위터, 카카오톡, 인스타그램 등에 링크할 수 있으며, 동영상 링크를 복사(Ctlr+C) 및 붙여넣기(Ctrl+V)하여 다른 SNS나 웹사이트에 게시(링크)할 수도 있다. 자신의 동영상을 홍보하기 위해서는 반드시 필요한 부분이기 때문에 기억해 두자. 이제 **닫기** 버튼을 누르고 나온다.

☑ 공개 상태 및 자막, 최종 화면, 카드 등은 **동영상 세부정보** 창에서 얼마든지 수정이 가능하다.

업로드 시 저작권 침해 신고가 떴을 때

유튜브의 최첨단 기술 중 업로드 시 동영상을 분석하는 기술은 혀를 내두를 정도이다. 특히 동영상 속에 사용되는 장면(이미지)이나 오디오(음악)는 거의 완벽에 가까울 정도로 분석하여 저작권에 저촉되는 내용이 조금이라도 포함되어있으면 가차 없이 저작권 침해 신고 동영상으로 분리한다. 저작권 침해 신고로 처리되었을 때에는 해당 동영상을 삭제하고 문제가 없는 영상으로 대체하면 되지만, 유튜브 자체에서 저작권 침해에 해당되는 구간만 편집할 수도 있다. 살펴보기 위해 저작권 침해 신고가 들어온 동영상에서 **저작권 침해 신고** 메시지를 클릭하면 나타나는 **세부정보 보기**를 선택해 보았다.

저작권 세부정보 창이 열리면 **옵션** 메뉴를 클릭하여 나타나는 메뉴에서 **구간 자르기** 또는 **곡 바꾸기, 노래 음소거** 등을 통해 해결할 수 있다. 필자는 현재의 동영상에서 BTS 뮤직 비디오가 나오는 구간을 제거하기 위해 **구간 자르기**를 했더니 문제의 구간이 완벽하게 편집되어 더 이상 저작권 침해 신고가 뜨지 않았다. 만약 이와 같은 상황이 발생된다면 상황에 맞게 저작권 침해 신고를 해결하길 바란다.

☑ 이의 제기를 통해 동영상에 사용된 저작권 침해에 대해 이의 제기를 할 수 있는데, 가령 저작권이 해결된 상태이거나 그밖에 사용하는데 문제가 없음을 전달하여 해결할 수 있도록 도와준다.

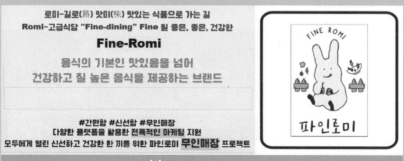

▶ 재생목록 만들기

하나의 채널에 여러 가지 주제로 콘텐츠를 보여주어야 한다면 섹션과 재생목록을
만들어 관리하는 것을 권장한다. 먼저 재생목록에 대해 살펴본다.

동영상 관리로 들어가기

재생목록을 만들어주기 위해 먼저 유튜브 화면에서 **❶채널 아이콘**을 클릭한 후
❷YouTube 스튜디오 메뉴를 **선택**하여 스튜디오로 들어간다.

업로드된 동영상 모두 공개로 설정하기

스튜디오에 들어오면 **❶콘텐츠** 항목으로 들어가 앞서 업로드한 3개의 동영상 중
공개하지 않은 **2개**를 이전 강좌를 참고하여 모두 **❷공개**로 전환한다.

재생목록 만들기

동영상을 모두 공개로 설정했다면 재생목록을 만들기 위해 ❶**재생목록** 항목을 선택한다. 현재는 재생목록이 없기 때문에 새 재생목록을 만들기 위해 우측 상단의 ❷**새 재생목록**을 선택한다.

첫 번째 재생목록은 업로드된 3개의 동영상 중 스토리텔링 강좌에 맞게 ❶**스토리텔링**이란 이름으로 입력하고 ❷**공개**로 한 후 ❸**만들기**한다.

채널 재생목록에 스토리텔링이란 이름의 재생목록이 생성되었다. 이제 스토리텔링 재생목록에 맞는 동영상을 적용해 보자. ❶**재생목록**을 선택하여 해당 재생목록 창을 열어준 후 ❷**옵션** 메뉴에서 ❸**동영상 추가**한다.

☑ : 옵션 메뉴에서는 다른 관리자와 공동 작업을 할 수 있도록 해주는 공동작업과 재생목록 설정 및 재생목록을 삭제할 수 있는 메뉴를 제공한다.

재생목록에 동영상 추가 창이 열리면 자신의 유튜브 채널에 있는 동영상을 재생목록에 추가하기 위해 ❶**내 YouTube 동영상** 탭으로 이동한 후 ❷**스토리텔링** 동영상을 선택한다. 그다음 ❸**동영상 추가**를 한다.

동영상 검색 자신의 채널과 상관없는 유튜브에 있는 동영상을 검색하여 자신의 재생목록에 추가할 때 사용한다. 연관된 동영상이나 인기있는 동영상을 재생목록에 추가하여 홍보 효과를 얻을 수 있다.

URL 자신의 채널과 상관없는 인터넷 상에 있는 동영상 주소를 입력하여 자신의 재생목록에 추가할 때 사용한다.

좌측 항목을 보면 새로 추가된 **재생목록(스토리텔링)**이 보이고, 우측 재생목록에는 방금 추가한 동영상이 등록된 것을 알 수 있다. 이와 같은 방법으로 해당 주제에 맞는 동영상을 재생목록으로 등록해 주면 된다.

필자는 같은 방법으로 **드럼 매뉴얼**과 **웹 소설**이란 이름의 재생목록을 2개 더 만들어 준 후 관련 동영상도 하나씩 등록해 주었다.

Studio 화면에서의 재생목록

메인 화면에서의 재생목록

재생목록 삭제하기

불필요한 재생목록과 동영상을 삭제하고자 한다면 해당 재생목록에서 가능하다. 먼저 재생목록에 등록된 동영상을 삭제하는 방법은 삭제하고자 하는 동영상 **우측의 옵션** 메뉴에서 해당 재생목록 **[동영상 제목]에서 삭제**를 선택하면 되며, 재생목록 자체를 삭제하고자 한다면 **좌측** 재생목록의 **옵션** 메뉴에서 **재생목록 삭제**를 하면 된다.

▶ 섹션 만들기

유튜브 채널의 메인 화면에서 주제별로 구분해서 보여지는 것을 섹션이라고 한다. 다양한 주제의 콘텐츠를 제작한다면 섹션은 매우 효율적으로 사용될 것이다. 참로 고 섹션을 활용하기 위해서는 먼저 재생목록이 생성되어야 한다.

섹션에 재생목록 추가하기

섹션 추가를 위해 **YouTube 스튜디오**로 들어간 후 좌측 항목에서 ❶**맞춤설정**을 선택한 다음 추천 섹션 우측의 ❷**+ 섹션 추가** 메뉴의 ❸**단일 재생목록**을 선택한다.

단일 재생목록 하나의 섹션에 하나의 재생목록만 추가할 수 있다.

생성된 재생목록 모든 재생목록을 한꺼번에 섹션에 추가할 수 있다.

여러 재생목록 여러 개의 재생목록을 선택하여 섹션에 추가할 수 있다.

재생목록 선택 창이 열리면 ❶**내 재생목록**에서 현재 섹션에 추가할 **재생목록**을 ❷**선택**한다. 그러면 자동으로 섹션에 추가된다. 참고로 불필요한 섹션을 삭제하기 위해서는 삭제하고자 하는 섹션 **우측**의 모양 **옵션** 메뉴에서 **섹션 삭제**를 선택하면 된다.

이제 추가된 섹션을 메인 화면에 게시하기 위해 **우측 상단**의 ❸**게시**를 선택한다. 이렇게 추가된 재생목록은 유튜브 메인 화면의 섹션에 나타나기 때문에 주제별 연관성있는 콘텐츠를 구분하여 볼 수 있다.

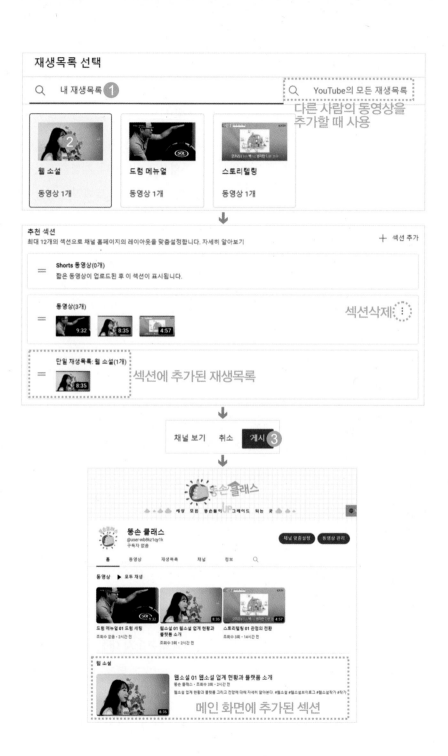

재생목록 선택

🔍 내 재생목록 **1**

🔍 YouTube의 모든 재생목록

다른 사람의 동영상을
추가할 때 사용

2
웹 소설
동영상 1개

드럼 메뉴얼
동영상 1개

스토리텔링
동영상 1개

↓

추천 섹션
최대 12개의 섹션으로 채널 홈페이지의 레이아웃을 맞춤설정합니다. 자세히 알아보기   ＋ 섹션 추가

☰ **Shorts 동영상(0개)**
짧은 동영상이 업로드된 후 이 섹션이 표시됩니다.

☰ **동영상(3개)**
9:32 8:35 4:57   섹션삭제 ⋮

☰ **단일 재생목록: 웹 소설(1개)**
8:35   섹션에 추가된 재생목록

↓

채널 보기   취소   **게시 3**

↓

똥손클래스
세상 모든 똥손들이 UP그레이드 되는 곳

똥손 클래스
@user-wb8kz1qy1k
구독자 없음   채널 맞춤설정   동영상 관리

홈   동영상   재생목록   채널   정보   🔍

동영상 ▶ 모두 재생

드럼 메뉴얼 01 드럼 세팅
조회수 없음 · 2시간 전

웹소설 01 웹소설 업계 현황과
플랫폼 소개
조회수 3회 · 2시간 전

스토리텔링 01 관점의 전환
조회수 3회 · 14시간 전

웹 소설

웹소설 01 웹소설 업계 현황과 플랫폼 소개
똥손 클래스 · 조회수 3회 · 2시간 전
웹소설 업계 현황과 플랫폼을 그리고 전망에 대해 자세히 알아본다 #웹소설 #웹소설이로그 #웹소설작가 #작가

메인 화면에 추가된 섹션

▶ 비구독자를 위한 트레일러 동영상 추가하기

트레일러 영상은 예고편 정도로 이해하면 된다. 하지만 유튜브에서는 예고편 보다는 구독자를 유치하기 위한 가장 핫한 **원샷원킬 동영상**을 의미한다. 채널을 성장시키기 위해서는 많은 사람들의 시선을 사로잡을 수 있는 몇 가지 트레일러 영상이 반드시 필요하다.

채널 맞춤으로 들어가기

트레일러 동영상을 만들기 위해서는 먼저 채널 맞춤으로 들어가야 한다. 유튜브 화면에서 ❶**채널 아이콘**을 클릭한 후 ❷**YouTube 스튜디오** 메뉴를 **선택**하여 스튜디오로 들어간다.

트레일러 동영상 추가하기

스튜디오 화면이 열리면 좌측 항목에서 ❶**맞춤설정**을 선택하여 채널 맞춤설정을 열어준다. **레이아웃 탭**을 보면 주목 받는 동영상에 **비구독자 대상 채널 트레일러**와 **재방문 구독자 대상 추천 동영상**이 있는 것을 알 수 있다. 트레일러를 추가하기 위해 ❷**추가** 버튼을 선택한다.

특정 동영상 선택 창에서 ❶트레일러로 사용할 동영상을 적용한 후 ❷게시 버튼을 누르면 간단하게 메인 화면에 등록된다. 트레일러 동영상은 **구독자를 끌어모으기 위한 중요한 마케팅 요소**이기 때문에 콘텐츠 제작 시 각별히 신경을 써서 준비하도록 한다.

▶ 재방문 구독자를 위한 추천 동영상 추가하기

추천 동영상은 구독자가 되어 다시 방문했을 때 상단에 나타나는 영상이다. 그러므로 비구독자에게는 보여지지 않는다. 추천 동영상은 구독자를 자신의 채널에 계속 머물게 하기 위한 중요한 역할을 한다.

채널 맞춤으로 들어가기

추천 동영상을 만들기 위해 채널 맞춤으로 들어가 보자. 이번에는 **채널 메인 화면**에 있는 **채널 맞춤설정** 버튼을 선택하여 곧바로 들어간다.

☑ 유튜브 채널의 기능들은 구글 정책에 따라 약간의 변화가 생길 수 있다. 만약 본 도서에서 설명한 기능들이 실제 유튜브 화면과 다르다면 주변에서 기능들을 찾아보기 바란다.

추천 동영상 추가하기

추천 동영상 추가를 위해 재방문 구독자 대상 추천 동영상을 **추가**한다.

특정 동영상 선택 창에서 원하는 **❶추천 동영상**을 선택한다. 그다음 **❷게시** 버튼을 눌러 채널 메인 화면 상단에 등록한다. 참고로 추천 동영상에서는 다른 유튜브 채널의 동영상을 사용할 수 있어 **채널 홍보 목적**으로도 유용하다.

지금까지 트레일러와 추천 동영상을 추가하는 방법에 대해 알아보았다. 살펴본 것처럼 두 기능은 채널을 홍보하기 위한 유용한 기능이기 때문에 잘 활용하여 구독자를 늘려보기 바란다.

초간단 유튜브 쇼츠 동영상 업로드

▶ 60초 매직, 쇼츠 동영상에 대하여

쇼츠 혹은 숏폼 영상은 **60초 미만**의 짧은 영상을 말하며, 영상의 비율은 반드시 **9:16 세로 비율**로 제작되어야 한다. 쇼츠 영상은 틱톡에서 유행되어 유튜브까지 확산되었으며, **잘 키운 쇼츠는 수입에도 영향**을 준다. 특히 **구독자 천명, 4천 시간 시청**을 충족하지 않아도 수익(보너스 형태)을 낼 수 있는 이점을 가지고 있다.

쇼츠 영상은 스마트폰과 PC에서 서로 다른 방식으로 업로드되며, 스마트폰에서는 실시간으로 촬영하여 곧바로 업로드할 수 있다. 반면 PC에서는 편집이 자유롭기 때문에 일반 동영상의 특정 부분만 쇼츠로 편집하여 업로드할 수 있다.

0.1초만에 클릭하게 만드는 쇼츠 동영상 5가지 법칙

1. 확실한 타깃층을 잡고 기획하자.

2. 궁금증 유발을 위해 의도적으로 연출하자.

3. 최근 가장 핫한 주제로 접근하자.

4. 핵심 장면은 마지막(60초일 경우 50초 이후)에 보여주자.

5. 쇼츠 시청자가 자신의 채널로 유입될 수 있는 장면을 사용하자.

스마트폰을 활용한 쇼츠 동영상 업로드하기

스마트폰에서의 쇼츠는 실시간으로 이뤄진다. 즉 촬영하여 곧바로 업로드할 수 있다는 것이다. 살펴보기 위해 스마트폰에서 자신의 **❶유튜브 채널**로 들어간다. **로그인**이 되었다면 화면 하단에 **+** 모양의 **동영상 추가** 버튼이 있을 것이다. 이 버튼을 **❷터치**한다.

메뉴가 나타나면 **❸Shorts 동영상 만들기** 메뉴를 선택한다. 그다음 **❹앱 사용 중에만 허용**하고, **❺액세스 허용**을 한다.

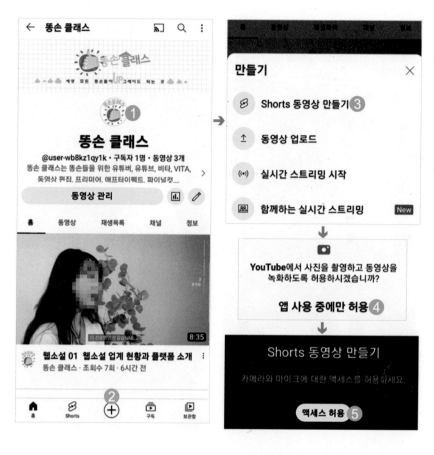

화면 하단에 **빨간색 녹화** 버튼이 활성화되면 **촬영 버튼**을 눌러 촬영을 시작한다. 현재 쇼츠 동영상 촬영의 기본 시간은 **15초**이다. 15초가 되면 자동으로 촬영이 정지된다. 참고로 촬영 전에 **사운드 추가**를 하여 **배경음악**을 적용할 수 있으며, 화면 우측 **도구 바**에서 배속, 타이머(촬영 시간을 **최대 60초**까지 설정가능), 녹색화면 (다른 영상을 배경으로 사용할 수 있음), 보정, 필터, 글자(자막) 등을 설정할 수 있다. 이 기능들은 앞선 학습에서 살펴본 스마트폰 동영상 편집 앱과 유사하다

촬영이 끝나면 **다음** 버튼을 누른다.

세부정보 추가 화면이 열리면 PC에서 업로드할 때처럼 정보를 ❶❷❸**입력 및 설정**한 후 하단의 ❹**Shorts 동영상 업로드** 버튼을 눌러 업로드한다. 이것으로 간단하게 스마트폰을 활용하여 쇼츠 영상을 촬영하고 업로드하는 방법에 대해 살펴보았다.

벌써, 구독자가 생겼다 ~~^^

새로 추가된 쇼츠 동영상(PC화면)

PC를 활용한 쇼츠 동영상 업로드하기

PC에서의 쇼츠 동영상은 주로 촬영된 영상을 편집하여 사용하거나 편집된 기존 영상의 일부만 잘라서 사용한다. 이렇듯 편집을 거치게 되면 더욱 강력한 쇼츠 영상을 만들 수 있다. 여기에서는 쇼츠를 위해 촬영된 **9:16 동영상**을 활용해 보자. 유튜브 채널 화면 상단 ❶**만들기**에서 ❷**동영상 업로드**를 선택한다.

동영상 업로드 창이 열리면 **[학습자료] – [동영상]** 폴더에서 **쇼츠** 동영상 파일을 가져온다.

세부정보 창이 열리면 제목이나 설명 입력 필드에 적당한 제목과 설명을 입력한다. 여기에서 중요한 것은 지금의 동영상이 **쇼츠 영상으로 인식**되도록 해야 한다는 것이다. ❶**제목** 혹은 ❷**설명** 입력 필드에 **#(샵)**과 영문으로 **shorts**를 입력(**#shorts**)하면 해당 동영상은 쇼츠 영상으로 인식된다. 여기서 주의할 점은 쇼츠 동영상의 길이가 **60초**가 넘으면 안된다는 것이다.

#shorts 입력 후 그밖에 설정은 앞서 학습한 것처럼 설정하면 되고, 최종 공개 상태를 **공개**로 해주고 **게시**한다. 이것으로 PC에서의 쇼츠 동영상을 업로드하는 방법에 대해 살펴보았다. 쇼츠 영상은 지속적으로 성장하는 콘텐츠 분야이기 때문에 수익 창출 및 채널 성장을 위해 관심을 기울여야 할 것이다.

똥손 클래스

@user-wb8kz1qy1k

구독자 1명

홈　　동영상　　**SHORTS**　　재생목록　　채널　　정보　　🔍

웹소설 01 웹소설 업계 현황과 플랫폼 소개

조회수 8회 · 8시간 전

웹소설 업계 현황과 플랫폼 그리고 전망에 대해 자세히 알아본다.

#웹소설 #웹소설브이로그 #웹소설작가 #작가

⚡ Shorts

대박!! 10초만에 V라인 턱선 만들기

조회수 없음

테스트 쇼츠

조회수 22회

┈┈ PC에서 등록된 쇼츠 영상

☑️ 이후부터의 학습은 많은 사람들이 자신의 콘텐츠를 클릭하고 구독할 수 있도록 하는 썸네일, 제목, 태그, 알고리즘 등의 마케팅 방법이다. 채널 성장을 위해 중요한 내용이므로 반드시 숙지하고 실천하도록 한다.

틱톡 동영상에 대하여...

유튜브만큼 전 세계적으로 주목받고 있는 것이 바로 틱톡이다. 유튜브 쇼츠 동영상이 나오기도 전까지만 해도 틱톡은 숏폼 동영상의 대명사로 불렸다. 하지만 틱톡은 여전히 MZ세대들을 필두로 세계인구의 1/8이 시청하는 대표적인 미디어 플랫폼으로 각광받고 있다.

앞서 학습한 유튜브의 쇼츠와 틱톡은 운영하는 방식은 다르지만 짧은 동영상으로 시청자를 사로잡는 것은 동일하다. 하지만 최근 틱톡은 최대 10분까지 동영상을 업로드할 수 있도록 하여 본격적인 유튜브와의 경쟁을 예고하고 있다.

스마트폰(모바일 기기)에서의 틱톡

PC에서의 틱톡

틱톡의 수상한? 수익구조

틱톡의 수익구조는 유튜브와 달리 **크리에이터 펀드**를 통해 크리에이터 펀드 지급을 배분받는 방식이다. 일반적으로 틱톡에서의 조회수 1,000회당 2~5%의 수익이 발생되는데, 이를 계산에 보면 **100만 조회수당 25달러(원화 3만 원)** 정도의 수익을 받는 것이다. 또한 틱톡의 라이브 방송에서 **틱톡 코인**으로 후원을 받을 수 있는데 이는 구독자(팔로워)가 1,000명이 넘었을 때나 가능하다. 참고로 틱톡 코인은 만 19세 미만은 구매할 수 없다. 이러다 보니 틱톡의 수익구조는 시청 시간과 광고가 늘어날수록 수익도 증가하는 유튜브와 비교되어 수익구조 시스템 조정이 필요하다는 소리가 점점 높아지고 있다.

유튜버는 되고 틱톡커는 안되는 것

직업으로 유튜버가 되겠다는 사람들은 증가하고 있다. 하지만 틱톡커란 직업은 아직 정립되지 않고 있는게 현실이다. 이것은 수익구조에 대한 문제가 개선되지 않는 한 해결되지 않을 것이다. 최근 600만 명의 팔로워를 보유한 틱톡커 **행크 그린**은 자신의 유튜브에 틱톡의 수익구조를 비판하는 동영상을 게재하였으며, 다른 틱톡커들도 동조하는 분위기다. 전 세계적으로 많은 사용자가 있는 틱톡이 더욱 성장하기 위해서는 크리에이터가 지금보다 더 활발하게 창작 활동을 할 수 있도록 수익구조 개선을 조속해 단행해야 할 것이다.

그래도 틱톡을 해야 하나?

앞서 언급한 것처럼 틱톡은 유튜브에 비해 창작자들에 대한 예우가 현저히 떨어진다. 그래도 틱톡을 해야 하나? 당연한 건 아니지만 그래도 가능하면 하는 것을 권장한다. 물론 틱톡이 유튜브보다 비중이 높아서는 안될 것이다. 어차피 만드는 유튜브 쇼츠 동영상이라면 만든 동영상을 다양한 플랫폼에 노출하여 반사 이익을 얻을 수도 있고, 나아가 자신의 유튜브 채널 마케팅에도 도움이 되기 때문이다. 그러므로 자신의 유튜브 채널 성장을 위해서라도 틱톡과 같은 미디어 플랫폼은 충분한 활용 가치가 있는 것이다.

동영상 완전히 삭제하기

다양한 이유로 업로드한 동영상을 삭제해야 할 경우가 있다. 이럴 땐 채널 스튜디오의 **콘텐츠** 항목을 활용하면 된다. 채널 콘텐츠의 **동영상** 탭에서 삭제하고자 하는 동영상 목록의 **옵션** 메뉴에서 **완전삭제**를 통해 삭제할 수 있다.

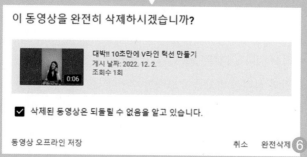

🖥 클릭을 유도하는 썸네일 제작

구독자가 필요한 이유 중의 하나는 자신의 콘텐츠를 아무도 거들떠 보지 않는 디지털 쓰레기로 전락되지 않게 하기 위함이고, 둘은 자신이 만든 콘텐츠로 수익을 창출하기 위함이다. 이러한 목적을 달성하기 위해서는 가장 먼저 시청자들에게 관심을 끌 수 있는 콘텐츠를 제작하는 것이 겠지만 이에 못지않게 중요한 것은 자신의 동영상을 클릭할 있도록 해주는 감각적인 썸네일(표지) 디자인과 호기심을 자극하는 서브젝트(제목)이다.

1억 뷰를 유도하는 제목의 비밀

▶ 누가 함부로 제목을 짓는가(클릭을 유도하는 제목 짓기)

제목에 낚기지 말라는 말이 있다. 이 말은 곧, 많은 사람들이 **제목에 낚기고 있다**는 뜻이기도 하다. 힘들게 만들어놓은 동영상이 대중들에게 외면을 받는 이유는 크게 두 가지이다. 첫 번째는 동영상이 정말 재미 없을 때이고, 두 번째는 제목(썸네일)에서 클릭하고 싶은 충동을 느끼게 하지 못했기 때문이다. 다른 동영상보다 특별하지 않다면 제목이라도 그럴싸하게 짓자. 그러면 많은 사람들에게 관심을 끌 수 있는 기회라도 찾아온다.

≪ 1억 클릭을 부르는 제목의 형식 ≫

제목에도 형식이 있다. 이것은 단순히 읽기 좋게 혹은 보기 좋게 하는 것 이상으로 사람들의 **감정과 심리**를 파고들어 클릭할 수밖에 없도록 만드는 것을 의미한다. 그리고 보면 동영상보다 제목을 짓는 것이 더 어려운 일이 아닐까? 지금부터 클릭을 유도하는 잘 짜여진 형식의 생동감있는 제목을 짓는 방법에 대해 알아보자.

제목의 세 가지 형식

잘나가는 제목을 만들기 위한 제목의 기본은 제목의 핵심이 되는 단어들을 사용하여 문장을 만들어놓는 것이다. 다음은 BTS도 SES도 아닌 **네이버**에서 사용하는 노출이 잘되는 제목 형식 STS이다.

S(simple) : 무조건 간단할 것(세 글자의 힘) 긴 제목은 불필요한 지방과 같다. 불필요한 지방은 빼야 건강에도, 비주얼에도 좋다. 다음의 콘텐츠 제목을 통해 불필요한 긴 제목이 어떻게 간결하게 정리되는지 살펴보자.

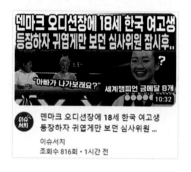

덴마크 오디션장에서 18세 한국 여고생 등장하자 귀엽게만 보던 심사위원 잠시 후...

18세 한국 여고생 등장에 덴마크 오디션장 심사위원 잠시 후...

18세 한국 소녀 덴마크 심사위원들을 충격에 빠뜨려...

위의 첫 번째 제목은 실제로 사용하고 있는 아주 긴 제목이다. 이 긴 제목은 **여고생**과 **심사위원**이 **주체**가 되는 **이중주어** 성격을 띄고 있다. 또한 **덴마크 오디션장**이라는 특별한 장소에 대한 주어도 포함되었다. 당연히 한 문장(제목)에 3가지 주어를 사용할 수밖에 없었기에 이렇게 긴 제목을 사용했을 것이다. 하지만 이렇게 긴 제목을 스마트폰처럼 작은 화면에서 본다면 어떨까? 너무 작아 읽기 어려울 것이다. 그렇기 때문에 보다 간결하게 수정하는 것이 필요하다.

이번엔 두 번째로 좀 더 간결하게 정리한 제목이다. 문장의 주어 중 **18세 한국 여고생**를 앞으로 이동하여 18세 한국 여고생을 더욱 부각시켰고, **귀엽다**는 단어는 뺐다. 이유는 **썸네일** 속 소녀의 모습으로 충분히 대신할 수 있기 때문이다. 하지만 조금 더 정리가 필요할 듯하다.

마지막 세 번째 제목은 **여고생을 소녀**로 바꾸고, 심사의원이란 단어가 있기 때문에 **오디션장**과 **등장**이란 용언을 빼며, **잠시 후...**를 **충격으로...**로 바꾸었다. 여고생을 소녀로 바꾼 이유는 18세라는 나이가 공개되었기 때문에 굳이 소녀보다 긴 단어인 여고생이 필요가 없었고, 마지막 잠시 후...를 충격으로...로 바꾼 이유는 보다 강렬한 궁금증을 유발시키기 위함이다.

이렇듯 긴 제목은 전체 문장에서 사용한 여러 단어들을 앞뒤로 바꿔가면서 동일한 의미를 가진 짧은 단어와 대체하는 능력을 키운다면 훨씬 더 좋은 제목을 만들 수 있다.

T(teasing) : 결정적인 것을 숨길 것(호기심 자극) 독자들의 애간장을 태우게 하여 동영상을 보게 만드는 기법이다. 바쁜 현대인들은 과정보다 결과를 중시하고 자신이 보고 싶은 것만 보려고 하기 때문에 제목에서 모든 걸 다 주지 말아야 한다. 이번에도 하나의 제목을 통해 분석해 보자.

달리면 늙는대

↓

노화를 늦추기 위한 최적의 달리기 시간

↓

노화를 멈추는 최적의 런닝 시간

실제 원제목은 **달리면 늙는대**이다. 아주 간결한 제목이다. 처음 살펴본 S에 부합되는 최적의 제목일 수 있다. 하지만 이 제목에서는 약간?의 오해를 불러일으킬 수 있는데, 달리면 정말 늙는다는 것을 제목으로 믿게 될 수 있다는 것이다. 달리면 좋은 점과 좋지 않은 점이 있다는 내용의 이 동영상을 본 필자로서 이 제목은 오해를 불러올 수 있기 때문에 다음과 같이 수정해 보았다.

처음엔 **노화를 늦추기 위한 최적의 달리기 시간**으로 수정했다가 조금 더 간결하게 **노화를 멈추는 최적의 런닝 시간**으로 수정해 보았다.

하나의 예를 더 들어보자. 아래의 동영상 제목은 **다산 정약용**을 소개하는 채널의 한 동영상 제목이다. **반드시 나라를 망치고야 말 것이니!**란 제목 하나로 다산 선생의 철학을 너무나 잘 알 수 있게 한다. 하지만 이 제목으로 클릭을 유도하기엔 너무 정직하고 단순하다. 또한 제목에 사용된 **글꼴과 색깔**도 수정이 필요할 듯하다. 이 부분은 썸네일 제작 편에서 살펴볼 것이다.

반드시 나라를 망치고야 말 것
이니!

조회수 2.3천회 · 6개월 전

반드시 나라를 망치고 말 것이니!
↓
다산은 알고 있었다. 대통령 하나가 나라를 망친다는 것을...
↓
다산의 예언, 지금은 탄핵할 시간

수정된 제목 중 첫 번째 **다산은 알고 있었다. 대통령 하나가 나라를 망친다는 것을...**이란 제목은 마치 다산이 현재의 문제를 수백 년 전에 예언하고 있었던 것처럼 느껴지게 하여 호기심을 자극한다. 하지만 너무 긴 제목이기에 의미를 함축하여 **다산의 예언, 지금은 탄핵할 시간**으로 수정하였다. 물론 수정된 제목들이 누군가에게는 불편함을 유발(이 또한 어그로 마케팅)시킬 수 있겠지만, 다산의 사상을 추앙하는 사람들에게는 환희를 느끼게 해 줄 것이다. 이렇듯 관심을 끌기 위한 제목을 짓기 위해서는 때론 **파격적인 시도(용기)**가 필요한다.

S(short) : 최대의 글자 수는 지킬 것(나머지는 설명으로) 반드시 지켜야 하는 것은 아니지만 가급적 제목은 한눈에 들어오는 **8~12자**를 권장하며, 최대 **16자**를 넘기지 않는 것이 좋다. 긴 제목을 사용하면 화면에 따라 아주 작게 보이기도 하지만 긴 제목에 의한 **피로감(가독성, 난독성)**과 썸네일 배경 이미지의 모습을 전혀 볼 수 없게 만들 수 있기 때문이다. 어쩔 수 없이 긴 제목을 붙여야 할 경우라면 차라리 부제목이나 설명을 활용하는 것이 효과적이다.

中 한국 이런 장면 너무 부럽네요...경기 막판 손흥민 특이한 몸동작 본 중국 해설자, 한국이 16강까지 진출하자 진심으로 부러움 폭발한 中언론반응

16강을 이끈 손흥민의 마지막 동작에 부러운 중국반응

위의 실제 제목은 누가 보아도 복잡한 느낌이 든다. 물론 이렇게 긴 제목을 붙인 이유는 알고 있다. 그러나 많은 것을 보여주고자 하는 긴 제목보다는 간결하게 요약하여 해당 동영상을 보게끔 유도하는 것이 더 중요하며, 보다 세부적인 것은 **내용설명**을 통해 전달하는 것이 좋다. **지식과 정보**를 주기 위한 채널에서는 더욱 이와 같은 STS 형식의 제목에 신경을 써야 한다. 마지막 **세 번째 빈칸**은 **여러분이 직접 작성**해 보길 바란다.

　살펴본 것처럼 좋은 제목을 짓는 것은 결코 만만한 작업이 아니다. 그렇다고 제목을 대충 지어서는 안된다. 좋은 제목을 얻기 위한 시간이 걸리고, 글 쓰는 재주가 없다는 이유로 포기할 수도 있을 것이다. 하지만 이건 모두 자기 합리화일 뿐 어렵게 시작한 채널을 성공시키기 위해 이 정도의 관심과 노력은 당연한 것이다.

재미를 전달하기 위한 제목 3계명

1. 웃기려면 웃기지 말아야 할 것 먼저 의도적으로 제목에서 다 웃겨버리면 동영상(콘텐츠)을 봐야하는 의미가 퇴색된다.

2. 담담하게 보여줄 것 지나치게 강조하여 보여주기 보다는 그냥 자연스럽게 볼 수 있도록 해야 독자(시청자)들이 더 공감한다.

3. 유행어나 사투리를 구사할 것 누구나 알고 있는 유행어를 차용하여 친근감을 주는 것도 좋은 방법의 하나이다.

▶ 주제별 동영상 제목 분석하기

좋은 제목을 짓기 위해 시간을 투자해서 글쓰기 공부를 하면 좋겠지만, 전문 작가가 되기위한 것이 아니라면 굳이 그렇게까지 할 필요는 없다. 지금 우리에게 가장 필요한 것은 당장 좋은 제목을 지을 수 있는 능력을 가지는 것이다. 그렇다면 다음의 썸네일들은 잠자고 있던 당신의 창의력을 깨워줄 것이다.

≪ 0.1초 만에 클릭하게 만드는 센스 넘치는 제목들 ≫

당신은 무언가에 낚여본 적이 있는가? 영화 또는 드라마의 예고편에, 필요없지만 싸다는 광고에, 편의점에 나열된 1+1 상품에 그리고 내용과 전혀 상관없는 유튜브 제목 등에서 완벽하게 낚여본 적이 있을 것이다. 이제 우리는 그동안 우리가 낚였던 것을 고스란히 누군가에게 되돌려주어야 한다. 다음 썸네일들의 **제목과 설명** 그리고 **기간 대비 조회수** 등을 보며 제목의 장단점에 대해 연구해 보기 바란다.

지식 및 정보 관련

명의가 알려주는
신장이 망가지는 이유
13:11

한 번 나빠지면 되돌릴 수 없는 신장!
신장을 망치는 나쁜 음식과 습관은 ...
EBS 컬렉션 - 사이언스
조회수 279만회 · 1년 전

양변기 물이 왜!!
이것밖에 안차지??
초간단 수리 방법!
10초도 안걸려~~~
7:54

변기물이 왜 안차는거야!! 한번만 보면
누구나 다 고칠수 있습니다!! [양변기 수...
내가해TV
조회수 203만회 · 3년 전

휴대폰에서
글씨를 누르면
'이런게' 나오는줄
모르셨죠!!?
9:13

휴대폰에서 글씨를 누르면 '이런게' 나
오는줄 모르셨죠!!?
마줌마TMI TV
조회수 256만회 · 1년 전

바람이 분다
Feat.
12:02

"충전 대포송풍기" 어디까지 써보셨나
요? 6만원대 대포송풍기? 제설작업 ...
공구브라더스(09brothers)
조회수 30만회 · 11개월 전

highest**성·이성·연애 관련**

커피 한잔해요!
26:54

한국남자들이 일본여자를 좋아하는
이유 일본 JP 2부
박진우[JINU]
조회수 93만회 · 3주 전

여자가 좋아하는
남자패션 (겨울)
코트!!
8:07

[리얼인터뷰] 여자가 좋아하는 남자 겨
울코디? | 겨울패션 | 아우터
백티비 Made in 100
조회수 2만회 · 2주 전

자기 위로
LIKE
1:49

자신을 위로하는 방법
LIKE 라이크 ✓
조회수 146만회 · 8일 전

넘지 않아도
홍콩 보내는
10초 비법!
결혼의 맛tv
7:34

삽입없이 이렇게 해주면 최고를 느껴
요.! 그녀가 완전 감동받아 홍콩가는...
결혼의 맛tv
조회수 18만회 · 3일 전

클릭을 유도하는 썸네일 제작 ···· 395

만찢녀 비쥬얼 헤라!!
샤이닝 모델 shining model
조회수 4.1천회 · 1시간 전

[ENG SUB] 유채런/Yu Chae Ryeon/모델 겸 배우
Beautiful Woman 뷰티풀 우먼
조회수 76만회 · 1년 전

예능·연예·가십 관련

[재벌집 막내아들] 원작 소설, 웹툰 '결말'까지 10분만에 몰아보기 (1회~326…
쩜쩜리뷰,드라마&웹툰 리뷰
조회수 139만회 · 2주 전

처음 본 미녀가 감자칩을 먹여준다면..?♥
런앤런 RunandRun ✔
조회수 161만회 · 5개월 전

이승기 사태에 이서진 윤여정이 침묵을 지키는 이유! 이선희의 이해되지 …
청정구역 ✔
조회수 29만회 · 1일 전

나훈아 믿을 수 없는 고백.. / 근황, 재산..
스타핫이슈
조회수 33만회 · 2주 전

이휘재 최근 충격 만행! 박성웅의 경고!
청정구역 ✔
조회수 151만회 · 11개월 전

[몰카] 세계 탑 클래스 피아니스트가 한국 입시생으로 위장해 몰래 연주…
또모TOWMOO
조회수 448만회 · 11일 전

BBC 이강인 특집 방송에서 포착한 스카우터의 충격 정체..ㄷㄷ 어디서 왔...

광화문브리핑
조회수 7만회 · 6시간 전

한국 가나전 중계하면 BBC해설가가 갑자기 울먹거리며 호소한 이유 | 부...

클릭이슈
조회수 53만회 · 3일 전

히딩크 감독이 고국을 포기하고 한국행을 택한 이유

달빛부부 ✔
조회수 112만회 · 7일 전

 대만 연예인 한국 재래시장에 양은냄비 사러가서 있었던 일

데일리서치
조회수 5만회 · 2개월 전

한국 떠난 독일엄마가 현재 겪고있는 후유증.. (독일 현지 영상)

어썸 코리아 Awesome KOREA ✔
조회수 30만회 · 2일 전

국제미녀대회에 참가한 한국과 일본, 전통의상 비교 사진에 난리난 상황 ...

인사이트 코리아
조회수 1.8만회 · 1시간 전

홍콩&중국반응 | 홍콩언론과 인터뷰에서 신나서 10분동안 한국 칭찬만 하는 탕...

중국어로 [路]
조회수 81만회 · 4개월 전

듣고도 믿기 힘든 탈북미녀가 기쁨조 끌려가서 겪은 일과 옷부터 벗기는 이유

잼뱅TV
조회수 113만회 · 2일 전

한국에 시집온후 5년만에 모국으로 여행
을 떠난 영국여성이 남아있는 일정을 포...
스페셜류브
조회수 27만회 · 7일 전

귀화하지 않았다면 큰일 날 뻔한 일리야
의 이야기
파비앙 Fabien Yoon ✅
조회수 39만회 · 6일 전

'한국 VS 가나' 재경기 가능성 열렸다!! 피
파, 빈살만 요청에 앤서니 테일러 퇴출 ...
이슈상회
조회수 22만회 · 11시간 전

[오늘 이 뉴스] "빚은 이걸로 갚았다".. 한
국 유니폼에 주민등록증?...
MBCNEWS
조회수 43만회 · 3시간 전

'가나전' 역대급 오심꾼 앤서니 테일러
벤투퇴장의 숨겨진 반전 英매체 충...
리얼리즘 ✅
조회수 85만회 · 2일 전

[직캠영상] 중계화면에 잡히지 않은...
실점, 득점, 역전..벤투 감독 표정 모음
엠빅뉴스
조회수 139만회 · 7시간 전

스페인 엔리케 감독 기자회견中 예상못한
충격발언에 16강 진출한 일본이 대반전...
리얼리즘 ✅
조회수 4만회 · 1시간 전

[송승환의 원더풀라이프] 희극인 고영수
2화 (한국 축구대표팀의 문제점은...!)
송승환의 원더풀 라이프
조회수 4.1천회 · 2시간 전

그냥 5가지 반복하세요
KBS 국민영수증 김경필 멘토
월급 250만원 저라면 이렇게 1억 만듭니다 16:59

월급 250만원으로 부자되는 5가지 방법 "제발 하루라도 빨리 시작하세요"
부티플 · 부의 배수를 높여라
조회수 40만회 · 3개월 전

21명의 1조 부자가 목숨걸고 지키는 5가지 습관 8:09

초대형 1조 부자 21명의 습관 5가지
책갈피
조회수 122만회 · 1년 전

STUDIAN
매일 새벽 4시에 일어나 하루 10시간씩 책을 읽었더니 생긴 일
고명환 코미디언 풀영상 51:28

매일 새벽 4시에 일어나 하루 10시간씩 책 읽었더니 생긴 일 (고명환 코미…
스터디언 ✓
조회수 66만회 · 3주 전

브레인코치
하루를 이렇게 시작하면 그날은 반드시 망합니다 7:17

성공한 엘리트 중 상위 10%는 '이것'이 달랐다
작심만일 : 성공 마인드 동반자 ✓
조회수 408만회 · 1년 전

부자들은 다 실천하는 부자를 만드는 습관 12:38

딱 두 가지 습관이면 부자됩니다.
북토크
조회수 1.4만회 · 4일 전

가난한 사람들은 선택하지만 부자들은 절대 선택하지않는 6가지 10:15

가난한 사람들의 6가지 습관 [부자, 부자되는법, 돈버는방법]
책갈피 ✓
조회수 236만회 · 3년 전

오은영의 버킷리스트
직장동료와 #인간관계 편 친할 필요 없는 이유는? 7:23

사회생활, 대인관계 '이것'만 알아도 인생이 바뀝니다[오은영의 버킷리스…
오은영의 버킷리스트
조회수 108만회 · 2개월 전

충격적인 지리학적 사실 9:32

많은 사람들이 믿기 힘든 지구의 지리학적 사실 Top 10
지식스쿨 ✓
조회수 88만회 · 1개월 전

바나나는 씨가 없는데 어떻게 재배할
까? | 바나나에 숨겨진 놀라운 사실...

 과학드림 [Science Dream] ✔
조회수 614만회 · 3년 전

할 일을 미루는 당신이 꼭 봐야 할 영
상 | 게으름, 무기력, 동기부여, 습관...

사오TV ✔
조회수 87만회 · 1년 전

[레슨] K-라캄파넬라를 들려준 천재 초
딩 피아노 실력에 놀란 러시아 월클...

또모TOWMOO
조회수 944만회 · 1년 전

영어실력 가장 싸고 빠르게 늘리는 현
실 방법 ft.서울대 영교과 교수님 | 원...

바로영어 with세진쌤
조회수 212만회 · 2년 전

말의 고수가 죽어도 지키는 6가지 대
화법!! (10초만에 호감 얻는 대화 기...

 책갈피 ✔
조회수 112만회 · 2년 전

 와이즈맨] 왜 영국은 월드컵⚽에 네 나
라로 쪼개서 출전할까?🏴 / YTN

YTN ✔
조회수 260만회 · 1년 전

교양(예능) 및 과학 관련

명왕성은 더 이상 행성이 아니다! 명왕
성은 도대체 왜 행성 지위를 박탈당...

 리뷰엉이: Owl's Review
조회수 196만회 · 7개월 전

[송승환의 원더풀라이프] 가수 윤형주
2화 (도저히 존경 할 수 없는 영남이...

송승환의 원더풀 라이프
조회수 36만회 · 4개월 전

교양은 돈이 안된다고?(교양 채널 분석 한 번에 끝내기)

앞서 다양한 주제(장르)의 썸네일을 살펴보았다. 살펴본 것처럼 제목 스타일, 글꼴, 색상, 사용하는 이미지 등이 지극히 개인적이라는 것을 알 수 있다. 여기에서 주목해야 할 것은 대부분 많은 조회수를 가지고 있다는 것이다. 이제 살펴본 썸네일 중 가장 조회수가 낮다는 장르, **교양**에 대해 좀 더 살펴보기로 하자. **송승환의 원더풀라이프** 채널을 통해 이 채널 동영상들의 조회수는 왜 많은 편차가 나는지, 가장 많은 조회수의 동영상은 어떤 것인지 그리고 왜 조회수가 높은지 분석해 보기로 한다.

송승환의 원더풀 라이프는 시작한지 2년이 조금 지났으며, 현재 **11.3만 명**의 구독자를 가지고 있다. 유명 연예인이며, 지식인이라는 장점을 가지고 있기 때문에 분명 일반 사람들보다 어드밴티지를 가지고 시작한 것은 사실이다. 그렇지만 진행자의 사회적 이미지와 교양(예능형 교양)을 주제로 한 것은 나름 핸디캡이 있었을 것이다. 그것은 이 채널의 출연진에 따라 조회수가 극명한 차이가 있다는 것으로 반증할 수 있다.

현재 가장 많이 본 동영상은 가수 트윈폴리오(윤형주, 김세환)가 출연했을 때와 배우 강남길과 임예진이 출연했을 때이다. 이 채널의 평균 조회수가 평균 2~3만회 정도인 것으로 볼 때 대단히 높은 수치이다. 그렇면 왜 이 몇몇 동영상들은 다른 동영상에 비해 높은 조회수를 보인 것일까? 답은 다음과 같다.

[송승환의 원더풀라이프] 가수 김세환6화 (영남이형 왜 그...
조회수 48만회 · 9개월 전

[송승환의 원더풀라이프] 배우 강남길, 임예진1화 (송승환...
조회수 42만회 · 1년 전

[송승환의 원더풀라이프] 가수 윤형주 2화 (도저히 존경 할 ...
조회수 36만회 · 4개월 전

[송승환의 원더풀라이프] 가수 김세환 5화 (아티스트 창식...
조회수 33만회 · 9개월 전

1. 대중들에게 관심도가 높은 출연진

2. 재밌거나 자극적인 제목

3. 현재 가장 이슈가 되는 주제

이 채널에서 가장 조회수가 높은 동영상은 크게 위의 3가지 때문이라는 분석을 할 수 있다. 교양에서도 그만큼 재미와 가십거리를 중요시한다는 뜻이다. 이번엔 월드컵 시즌이기 때문에 월드컵 특수를 받은 동영상을 살펴보자. 개그맨 고영수가 오래만에 출연한 동영상이다. 아마 월드컵에서 한국과 포루트갈 경기가 시작되기 직전에 업로드되었던 것 같은데, 업로드된 후 2시간 만에 3천회, 몇 분 후 4백 회 이상 늘었으며, 하루가 지난 후에도 여전히 높은 조회수가 지속되고 있다.

이 동영상의 제목을 보자. 개그맨 고영수와 축구가 어떤 관계가 있는지, 물론 동영상을 보면 고영수가 축구 이야기를 하지만 지금의 월드컵과는 무관한 과거의 이야기이다. 그런데 왜 굳이 현시점에서 제목을 **축구대표팀의 문제점**으로 했을까? 이 부분은 여러분도 잘 알 수 있는 대목이다. 이렇듯 현재의 이슈 및 유행되는 것을 제목으로 사용했을 경우에 더욱 관심도가 높아진다는 것이다.

클릭을 유발하는 제목을 짓기 위한 7가지 기술

1. 타깃을 명확하게 잡아 공감대를 끌어내자

2. 공포나 불안을 자극하는 단어를 사용하자(죽음, 폭력, 하지마라)

3. 호기심을 자극하는 단어를 사용하자(...으로 끝내기, ?로 끝내기)

4. 가성비 좋은 단어를 사용하자(무료, 뽕, 핵가성비, 공짜, 핫, 속보)

5. 비교급 자극 단어를 사용하자(최악, 최고, 독점, 기네스북)

6. 민족성(국뽕) 자극 단어를 사용하자(일본, 중국, 외국)

7. 심통을 자극하는 단어를 사용하자(진상, 꼴불견)

1억 뷰를 유도하는 썸네일의 비밀

▶ **누가 함부로 썸네일을 만드는가(클릭을 유도하는 썸네일 만들기)**

유튜브가 서점이라면 동영상은 책이고, 썸네일은 표지이다. 서점에 신열된 수많은 책들이 독자들에게 간택받기 위해 표지 디자인에도 공을 드리는 것처럼 자신의 유튜브 동영상이 많은 사람들에게 선택받기 위해서는 제목 못지않게 썸네일에도 각별히 신경을 써야 한다. 이제부터 썸네일을 만들기 위해 무엇이 필요하고 어떻게 만들 수 있는지에 대해 살펴보자.

≪ **1억 클릭을 부르는 썸네일의 형식** ≫

잘나가는 동영상들의 썸네일을 보면 분명 그렇지 못한 동영상에 비해 썸네일 또한 감각적으로 디자인되었다는 것을 알 수 있을 것이다. 다음은 썸네일 제작 시 필요한 5대 규칙들이다. 이 규칙들을 참고하여 대중들의 시선을 사로잡는 멋진 썸네일을 만들어보자.

썸네일 디자인 5대 규칙

1. 주제와 타깃 주제에 맞는 글꼴과 색상을 사용하여 시선을 끌도록 한다.
시사 관련 : 두껍고 분명한 글꼴, 강렬한 색상
교양 관련 : 깔끔하고 가독성 높은 글꼴, 차분한 색상
뷰티 관련 : 화려한 글꼴, 손글씨, 파스텔톤 색상
브이로그 관련 : 전체적으로 감성적인 색감

2. 시선 좌우상하로 읽는 규칙을 참고하여 핵심 내용은 좌측 배열한다.

3. 강약 주요 단어는 크게 또는 테두리로 강조하여 시선을 끌도록 한다.

4. 보색 대비 글자와 배경의 보색 대비를 통해 글자(제목)가 눈에 띄도록 한다.

5. 배경 글꼴 및 제목에 맞는 적절한 배경 이미지로 시선을 끌도록 한다.

얼굴 넣기 : 신뢰감과 호기심을 끌기 위한 관련 인물(얼굴) 넣기
비율 유지 : 사람의 얼굴이나 사물의 비율을 원형 그대로 유지하기
지속 기간 : 오래된 배경 이미지는 시류에 맞게 교체하기
클립 아트 : 이모지 사용 개수는 줄이고, 테두리 삼가하기

보색 대비(complementary contrast)

≪ 3분 완성, 초간단 썸네일 만들기 ≫

제목이 결정되었다면 썸네일 제작에 필요한 시간은 몇 분이면 충분하다. 지금부터 앞선 학습에서 사용해 보았던 미리캔버스와 픽슬러를 통해 간편하게 썸네일 배경 이미지와 제목 글자을 만들어보자.

시선을 사로잡는 장면 포착하기(캡처하기)

썸네일 배경 이미지를 통해 궁금증을 유발할 수 있다. 다음의 썸네일들은 동영상의 한 장면을 썸네일 배경으로 사용하여 **클릭을 유도(감성, 향수, 사건, 친근감, 호기심 등을 자극)**한 대표적인 썸네일이다.

이제 편집한 동영상 속 장면이나 편집되기 전의 동영상 속 장면을 캡처해 보자. 여기에서는 **[학습자료] – [편집완료]** 폴더에 있는 3개의 동영상 중 웹소설 관련 동영상을 사용해 볼 것이다. **웹소설 01** 파일을 **더블클릭**하여 실행한다.

동영상이 재생(가능하면 풀화면으로 재생)되면 썸네일 배경 이미지로 사용할 장면에서 멈춘다. 그다음 키보드의 **프린트 스크린(PrtSc)** 키를 누른다. 그러면 현재 PC 화면에 보이는 모든 것이 캡처된다.

배경 이미지 편집하기

인터넷 브라우저를 열고, 이미지 편집을 위한 **픽슬러**를 실행한 후 ❶**신규 생성**을 한다. 신규 생성 창이 열리면 썸네일 표준 규격인 ❷**1280x720** 규격으로 ❸**생성**한다.

픽슬러가 실행되면 앞서 캡처한 화면을 **Ctlr+V** 키를 눌러 붙여넣기 한다. 그다음
❶**크기**와 ❷**위치**를 조절하여 최종적으로 사용할 이미지만 나타나도록 한다.

파일을 저장하기 위해 ❶❷**[파일] – [저장]** 메뉴를 선택한 후 이미지 저장 창에서 이미지 타입을 ❸**PNG**로 선택한 후 자신이 원하는 위치에 ❹❺**다른 이름으로 저장**한다. 필자는 [학습자료] – [이미지] 폴더에 저장하였다.

썸네일 디자인하기

썸네일을 만들기 위해 **미리캔버스**를 열고 **로그인**한다. 그다음 상단 ❶**디자인 만들기** 메뉴에서 ❷❸**[유튜브 / 팟빵] – [썸네일]** 메뉴를 선택한 후 템플릿에서 적당한 썸네일 ❹**템플릿**을 **선택**하여 적용한다.

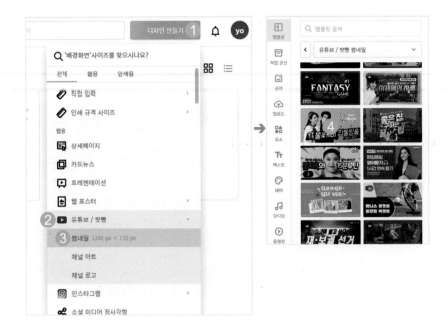

적용된 템플릿의 배경을 삭제하기 위해 배경 위에서 ❶❷**[우측 마우스 버튼]** – **[삭제]**를 선택한다.

앞서 픽슬러에서 편집한 배경 이미지를 가져오기 위해 우측의 ❶**업로드** 항목에서 ❷**업로드** 버튼을 클릭한다. 업로드 창이 열리면 ❸**[학습자료]** – **[이미지]** 폴더에 있는 ❹**썸네일 배경**을 **열어**준다.

배경 이미지가 업로드되면 **선택(클릭)**하여 작업 영역(캔버스)에 적용한다.

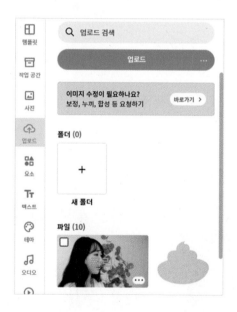

작업 영역에 적용된 이미지 위에서 ❶❷**[우측 마우스 버튼] – [배경으로 만들기]** 메뉴를 선택한다. 그러면 **작업 영역(썸네일 크기)**에 맞게 조절된 상태의 배경으로 적용된다.

📋 복사	Ctrl+C
📋 붙여넣기	Ctrl+V
🗑 삭제	DEL
📑 맨 앞으로 가져오기	Ctrl+Shift+]
📑 앞으로 가져오기	Ctrl+]
📑 뒤로 보내기	Ctrl+[
📑 맨 뒤로 보내기	Ctrl+Shift+[
🔒 잠금	Ctrl + L
🟫 배경으로 만들기	

배경이 완성되면 이제 **제목, 글자 크기, 색상, 위치, 삭제** 등의 작업을 거쳐 그림처럼 썸네일을 완성한다.

제목 작업이 끝나면 최종적으로 파일을 만들어준다. 먼저 현재 작업을 **반복 사용**할 수 있도록 ❶**저장** 버튼을 눌러 템플릿에 적용해 놓은 후 ❷❸❹❺**[다운로드]** − **[웹용]** − **[PNG]** − **[고해상도 다운로드]** 비튼을 눌러 이미시로 저장한다.

☑ 다운로드된 파일(다운로드 폴더로 들어감)은 복사(Ctlr+C)한 후 적당한 위치(폴더)에 붙여놓기(Ctrl+V)해 놓는다.

썸네일로 사용하기

방금 만든 썸네일을 동영상의 썸네일로 사용하기 위해 **자신의 유튜브 채널**로 들어간 후 ❶**콘텐츠 항목**에서 ❷**해당 동영상**을 선택하여 스튜디오로 들어간다. 그다음 ❸**세부정보 항목**에서 비어있는 ❹**첫 번째 미리보기 이미지 업로드**를 선택한다.

업로드 창에서 앞서 만들어놓은 ❶**썸네일 이미지**를 ❷**열어**준다. 필자는 [학습자료] – [이미지] 폴더에 **썸네일 완성**이란 이름으로 복사해 놓은 것을 사용하였다.

최종적으로 적용하기 위해 **저장** 버튼을 누른다. 참고로 필자는 홍보 효과를 위해 제목을 직업과 진로에 관심이 많은 타깃층들에게 시선을 끌 수 있는 자극적인 제목으로 바꿔보았다.

백만 구독자를 부르는 마케팅 비법

아무리 좋은 콘텐츠라도 알려지지 않으면 우물안 개구리보다 처량한 신세가 되지만 반대로 그저그런 콘텐츠도 소문이 퍼지기 시작하면 기하급수적으로 확산되어 지긋지긋한 마이너 리그를 청산할 수 있는 기회를 얻게 된다. 이렇듯 유튜브 콘텐츠를 나만의 리그에 머물러있지 않도록 하기 위해서는 적절한 홍보, 즉 마케팅을 해야 한다. 그렇다고 물색없이 하는 무작정 마케팅은 시간만 낭비할 뿐이다. 어쩌면 이번 학습이 본 도서에서 가장 중요한 것을 알려주는 순간이 될지 모르니 초집중하여 지금까지 준비해 놓은 거사를 완벽하게 치를 수 있도록 하자.

유튜브 마케팅, 이거 하나만 알면 끝

▶ 돈되는 동영상, 유튜브 알고리즘은 모두 알고 있다

유튜브 채널을 만들고, 처음으로 동영상을 업로드했을 때를 유튜브 알고리즘은 초미의 관심거리로 인지한다. 유튜브(알고리즘)에게도 정말 최고로 긴장되고 설레이는 순간이다. 이 때는 자신의 채널에 구독자가 단 한 명이어도 상관없다. 왜? 유튜브 알고리즘이 수천 배 이상의 구독자 역할을 해주기 때문이다. 유튜브 알고리즘은 선천적으로 타고난 장사꾼이다. 지금은 더욱 진화되어 돈 냄새 하나만큼은 지구 최강이다. 그렇기 때문에 구독자가 없다고 기죽지 말고, 대중들에게 관심을 끌 수 있는 콘텐츠 제작에 공을 들이자.

≪ 춤추는 유튜브 알고리즘 ≫

유튜브 알고리즘은 좋은 콘텐츠, 즉 대중들이 좋아하는 콘텐츠를 찾아 최고의 수익을 낼 수 있는 기회를 제공한다. 이 돈 냄새 잘 맡는 녀석에게 일 잘하라고 맛있는 먹이를 던져준다면 더 열심히 돈을 벌어다 줄 것이다. 이것이 바로 춤추는 유튜브 알고리즘(algorism)의 비밀이다.

아무 것도 하지않은 내 채널에 도대체 무슨 일이?

앞서 필자는 채널을 만들고 몇 편의 동영상을 업로드했었다. 구독자가 단 한 명도 없었기 때문에 유튜브 알고리즘은 일단 주제(제목)에 관심이 있는 불특정 다수에게 노출이 되도록 했을 것이다. 그후 오늘이 3일째가 되는 날이다. 똥클(똥손 클래스) 채널에 들어가 보았다. 어떤 변화가 생겼는가? 필자가 만든 채널에는 제법 기분 좋은 변화가 감지되었다. **2명의 구독자(한 달 후 81명이 됨)**가 생긴 것이다.

　물론 동영상에서도 구독해 달라는 어떤 요청도 없었다. 그런데 고맙게도 2명이 구독해 준 것이다. 또한 3개의 동영상 중 첫 **웹소설** 관련 동영상의 조회수가 **180회**라는 말도 안 되는 수치가 나타난 것이다. 2명이라는 구독자 그리고 테스트(학습)를 위해 업로드한 무의미?한 동영상에게 이러한 관심을 보였다는 것은 충분한 가능성을 느끼게 해 주는 대목이다. **이것이 바로 유튜브 알고리즘이다.**

알고리즘은 무엇을 기준으로 상위에 노출시키나

자신의 동영상을 유튜브 메인 화면에 노출시키기 위해서는 유튜브 알고리즘의 메커니즘을 알 필요가 있다. 단순히 동영상을 업로드했다고 그것으로 모두 끝나는 게 아니기 때문이다. 그러므로 업로드된 동영상이 많이 노출될 수 있도록 방법을 연구해야 한다. 다음의 **5가지 메커니즘**은 유튜브 알고리즘의 **핵심 요소**이다.

1. 썸네일 노출 후 클릭률은 얼마나 되나
2. 시청 지속시간은 얼마나 되나
3. 동영상을 본 사람 중에 몇 명이 좋아요를 눌렀나
4. 동영상을 본 사람 중에 몇 명이 구독자가 되었나
5. 동영상을 본 사람 중에 연속해서 자신의 다른 동영상을 봤나

그밖에 동영상을 본 사람의 성별, 나이, 사는 곳 등 다양한 정보를 파악하여 알고리즘에 적용한다. 그러므로 알고리즘 구조를 잘 파악하여 이에 부합되는 동영상을 만들어야 할 것이다.

구독 전환율 높이기

자신의 동영상을 본 후 채널을 구독할 수 있는 확률을 높이는 것도 중요하다. 유튜브 수익률에 가장 영향을 주는 것이 시청 시간이지만 구독자가 1,000명이 안 될 경우에는 자격(수익 창출을 위한 애드센스)이 주어지지 않기 때문이다. 다음의 구독자로 전환되는 이유를 잘 파악하여 구독자 증가를 위한 노력을 한다.

1. 동영상이 기대에 부응했을 때(다음 동영상이 기대가 될 때)
2. 동영상을 보고 감동을 받았을 때
3. 동영상을 보고 인사이트(통찰)를 얻었을 때
4. 동영상에서 유익한 정보를 얻었을 때
5. 동영상에 엄청난 재미를 느꼈을 때
6. 다른 채널에서 볼 수 없는 유니크한 동영상이 있을 때
7. 채널이 꾸준히 유지되고 지속적인 업로드가 될 거라는 확신이 들 때

구독률(시청 지속시간)을 높이기 위한 동영상의 조건

구독자를 증가시키기 위해 가장 중요한 것은 당연히 구독할 수 밖에 없는 좋은 동영상을 만드는 것이다. 치명적일 정도는 아니더라도 계속 봐야하는 이유를 느끼게만 해 준다면 *어뷰징 없이도 구독자는 늘어나게 되어있다. 자신을 믿고 기다리자. 다음은 구독률을 높이기 위한 동영상의 조건들이다. 참고하여 콘텐츠 제작에 반영하기 바란다.

1. 동영상 도입부에 해당 영상을 반드시 봐야할 중요성을 강조할 것(백색 어그로)
2. 동영상의 하이라이트 부분을 도입부에 삽입할 것
3. 화질, 효과, 출연자의 비주얼(헤어, 옷차림) 등에 신경 쓸 것
4. 이야기 사이의 공백을 줄일 것(질질 끌지 않고 이야기하기)
5. 쓸데없는 이야기(사설, 재미 없는 농담 등)는 하지 말 것
6. 부연 설명은 필요한 것만 아주 짧게 할 것
7. 한편의 동영상에는 반드시 기억에 남을 장면(이야기)을 담을 것
8. 한편의 동영상 길이(런타임)는 10분 이상 넘기지 말 것(특별한 경우 제외)

> **10초의 법칙, 동영상 10초만 보면 다 안다.**
>
> 경험을 하다 보면 본능적으로 알 수 있는 것들이 있다. 사람을 많이 만나다 보면 몇 마디의 대화로 그 사람에 대한 성향 정도는 파악할 수 있고, 영화도 10분 정도만 보아도 대충 그 영화의 별점이 매겨질 것이다. 유튜브 동영상도 마찬가지다. 유튜브 동영상은 10초 정도만 보아도 이후의 내용 및 수준을 어느 정도 짐작할 수 있다. 이것은 굳이 전문가가 아니더라도 알 수 있기 때문에 동영상이 시작되고 10초 이내의 장면만이라도 최선을 다해 다음 내용이 궁금하도록 만들어야 한다.

알고리즘에서 답을 찾다

알고리즘은 무엇인가? 요즘 아주 많이 듣는 용어일 것이다. 알고리즘은 수학자인

어뷰징(abusing) 클릭 또는 구독자 수를 조작하기 위해 불법(프로그램 등 이용)으로 이익을 취하는 행위이다. 적발 시 채널이 정지되기 때문에 이와 같은 방법은 절대 금물이다.

알고리즈미(al-khowarizmi)와...어쩌구저쩌구... 아... 머리 아프다. 차치하고 이것 하나만 기억하자. 알고리즘은 어떤 한 사람 또는 모든 사람들이 공통적으로 좋아하거나 싫어하는 것을 찾아주고, 관리해 주는 컴퓨터 기술(프로그래밍)이라고 말이다. **알고리즘은 매우 세심하고 변덕스러우며 까칠한 성격의 소유자이다.** 그래서 우리는 이 알고리즘을 절대 화나게 해서는 안되며, 솜사탕처럼 부드럽고, 달콤하게 다루어야 한다. 중요한 건 알고리즘을 기쁘게 해주면 알고리즘은 우리에게 수십, 수백배의 기쁨을 선사해 준다는 것이다.

알고리즘에 대해 보다 자세히 살펴보기 위해 먼저 자신의 유튜브 계정으로 로그인한다. 유튜브 메인 화면에 어떤 동영상들이 뜨는가? 당연히 여러분은 필자와 다른 동영상들이 뜰 것이다. 알고리즘 때문이다. 알고리즘은 그동안 자신이 보았던 동영상과 관련된 주제의 동영상들을 화면 상단에 배치해 놓는다.

유튜브 알고리즘은 모두에게 평등하다

유튜브 화면을 아래로 스크롤해 본다. 그러면 어떻게 될까? 유튜브 화면은 이제 그동안 자신이 보았던 것과는 다른 장르(주제)의 콘텐츠가 나타나기 시작한다. 왜 그럴까? 그 이유는 상위에 있는 콘텐츠에 흥미를 못 느끼는 이용자에게 유튜브 알고리즘은 그동안의 콘텐츠와 다른 장르의 콘텐츠를 조금씩 제시해 줌으로써 계속 머물 수 있도록 하기 위한 수단이다. 알고리즘의 치밀하고, 은밀한 계략에 우리는 농락당하고 있는 것이다. 이것은 상위 화면의 동영상 사이에 다른 주제의 동영상을 간헐적으로 끼어놓는 것과도 관계가 있다. 이렇듯 **유튜브 알고리즘**은 모든 콘텐츠에 **공정한 기회**를 준다. 그러므로 **좋은 콘텐츠**를 만든다면 **누구나 기회**를 얻을 수 있다는 결론에 도달한다.

클릭하는 순간 마법이 시작된다

유튜브 화면을 스크롤하다가 호기심이 생기는 동영상을 보았을 때 클릭을 하면 어떤 일이 벌어질까? 살펴보기 위해 스크롤을 해보았다. 관심 분야가 아니라도 중간중간에 별별 동영상이 끼어있을 것이다. 필자에게는 요즘 장안의 화제인 **꽈추형** 관련 동영상이 하나 떴다. 그래서 클릭해 보았다.

클릭한 동영상을 처음부터 끝까지 보았다. 이것이 중요하다. 차후 언급을 하겠지만 클릭한 동영상을 얼마 동안 보느냐에 따라 알고리즘의 반응이 달라지기 때문이다. 동영상이 끝난 후 플레이어 화면에는 최종 화면과 해당 채널의 다음 재생목록의 썸네일이 나타날 것이다. 계속 다음 동영상을 볼 것이라면 그대로 놔두면 되겠지만 정지할 것이라면 플레이어 하단 **컨트롤 바**에서 **자동재생 사용 설정**을 클릭하여 **자동재생을 해제**한다.

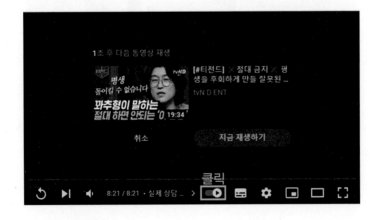

그러면 재생목록이 없어지고, 유튜브 알고리즘이 추천하는 동영상들이 나타난다. 여기에 나타난 동영상들이 어떻게 나타나는지는 마케팅에 아주 중요한 부분이기 때문에 차후 자세히 살펴볼 것이다. 일단 여기에서는 상단의 유튜브 로고를 클릭해서 초기 화면으로 돌아간다.

유튜브 초기 화면이 나타나면 앞서 재생한 동영상과 유사한 동영상이 나타난다. 이와 같은 과정을 몇 번 더 반복해 보면 화면에는 더 많은 관련 동영상이 나타날 것이다. 이렇듯 알고리즘은 사용자가 즐겨보는 동영상을 보다 간편하게 선택할 수 있도록 도와준다.

유튜브 알고리즘 초기화하기

위 제목이 맞는 제목일까? 사실 유튜브 알고리즘을 초기화할 수는 없다. 물론 구글에서는 가능하겠지만.., 여기에서 초기화란 아무 조건 없는 환경을 만들어주는 것, 즉 로그아웃으로 전환하는 것을 말한다. 로그아웃된 상태에서의 유튜브 화면은 지극히 객관화된 대중들의 관심 포인트를 분석할 수 있다. 이것으로 자신이 아닌 다른 사람들에게 관심을 받는 주제를 카테고리별로 파악할 수 있고, 어떤 동영상들이 인기를 얻고 있는지 알 수 있기 때문에 어떤 주제로 채널을 만들고 콘텐츠를 제작할 것인지 또 마케팅은 어떻게 할 것인지 등에 대한 방향을 찾을 수 있다.

인기 급상승 중인 콘텐츠 분석하기

자신의 콘텐츠를 어떻게 마케팅할 것인가에 대한 방향은 인기 급상승 섹션의 동영상들을 분석하는 것으로도 가능하다. 이 섹션의 동영상들은 평소엔 특별한 반응이 없다가도 특정 계기로 인해 시선을 끌게 된 것들이다. 월드컵이나 올림픽 시즌 일 때의 관련 콘텐츠, 오징어 게임처럼 세계가 주목한 영화나 드라마 관련 콘텐츠, TV에서 출연한 배우와 관련된 콘텐츠 그밖에 특종 사건, 사고, 정치, 시사 관련 콘텐츠 등은 시류에 민감한 것들이기 때문에 적절한 타이밍에 제작해서 업로드한다면 마케팅 효과를 톡톡히 볼 수 있다. 만약 짧은 시간 내에 인기 급상승 관련 주제에 부합하는 동영상 제작이 어렵다면 제목이나 썸네일을 바꿔주는 것만으로도 효과를 볼 수 있다.

▶ 아무도 알려주지 않는 유튜브 최고의 마케팅 비법

업로드된 몇 개의 동영상이 기대 이상으로 선전했다고 자만해서는 절대 금물이다. 유튜브 알고리즘은 검증의 연속이다. 어느 한 사람이 업로드한 동영상에 올인하지 않고 쉴 새 없이 새로운 콘텐츠를 찾아 다니기 때문이다. 이것이 바로 **영악한 유튜 브 알고리즘의 실체**이다. 한두 번은 내가 너를 위한 자리를 마련해 줄 테니 이후엔 네가 알아서 잘 하라는 메시지인 것임을 깨닫고, 신속하게 셀프 마케팅에 도립해야 한다는 것을 명심하자.

≪ 네가 그렇게 잘나가? 그럼 나 좀 도와줄래? ≫

무엇이든 혼자서 하기 보다는 여러 사람들과 협업했을 때 시너지가 생기고 더 좋은 결과를 얻을 수 있다. 아무리 좋은 채널이라도 단시간에 성장하기 쉽지 않다는 것을 알기에 도움을 받을 수 있는 기회가 있다면 잡아야 한다. 이것은 구차한 것도, 자존심 상하는 것도 아닌 생존을 위한 필수이다. 지금부터 잘나가는 동영상과 영향력 있는 채널을 통해 자신의 채널 성장과 떡상하는 동영상을 만들기 위한 방법에 대해 살펴볼 것이다. 다만 이 방법은 쉽지만 지루한 시간 여행이 될 수 있음을 기억하기 바란다.

재생목록을 활용한 마케팅

자신의 채널을 성공시키기 위해서는 무엇인들 못 하랴. 이런 각오로 꾸준히 운영하다 보면 성공은 어느새 자신의 곁으로 다가와 있을 것이다. 먼저 잘나가는 다른 채널의 동영상을 자신의 채널에 재생목록으로 활용하는 마케팅에 대해 알아보자.

현재 가장 핫한 동영상, 조회수가 높으며, 꾸준한 사랑을 받는 동영상을 자신이 운영하는 유튜브 채널의 재생목록으로 등록해 놓자. 그러면 해당 동영상의 재생이 끝난 후 자신의 재생목록에 등록된 다음 동영상이 뜨게 된다. 여기서 중요한 것은 뒤에 뜨는 동영상이 이전 동영상과 유사성이 있는지, 유사성이 없다라도 클릭을 하고 싶은 충동을 가질만한 동영상인가이다.

　살펴보기 위해 기존 재생목록이나 새로운 재생목록을 만든 후 사용한다. 재생목록 생성 및 추가에 대해서는 앞서 살펴본 내용을 참고하기 바라며, 필자는 기존의 웹 소설 재생목록을 활용할 것이다. 해당 ❶**재생목록**으로 들어간 후 ❷**옵션** 메뉴에서 ❸**동영상 추가**를 선택한다.

다른 인터넷 브라우저를 열어준 후 유튜브로 들어가 재생목록으로 추가할 동영상을 찾아 **주소를 복사(Ctrl+C)**한다. 필자는 최근 가장 핫한 **재벌집 막내아들**의 리뷰를 활용하였다.

다시 ❶재생목록 창으로 이동한 후 재생목록으로 복사한 ❷동영상 주소를 붙여넣기(Ctrl+V)한다. 해당 동영상이 검색되면 ❸선택한 후 ❹동영상 추가 버튼을 눌러 능록한다.

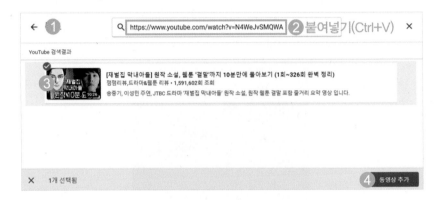

이제 자신의 유튜브 채널 메인 화면으로 이동해 보면 방금 등록한 동영상이 재생목록에 등록된 것을 알 수 있다. 살펴본 것처럼 다른 유튜브 채널의 동영상 중 자신의 채널에 영향을 줄 수 있는 동영상을 재생목록에 등록함으로써 누군가가 해당 동영상을 검색하거나 클릭했을 때 자신의 채널과 동영상도 덩달아 홍보가 될 수 있다는 것을 알 수 있다.

참고로 다음의 썸네일을 보면 누군가가 만들어놓은 동영상을 그대로 베껴서 또 하나의 동영상으로 가공하여 사용하고 있는 것을 알 수 있는데, 유튜브 동영상을

보면 이러한 마케팅 기법으로 자신의 채널을 홍보하는 경우도 늘어나고 있다. 하지만 우리는 창작을 통해 원하는 성과를 거둘 수 있도록 하자.

구독과 추천 채널을 활용한 마케팅(협업)

이번에 살펴볼 마케팅은 셀프가 아닌 협업을 통한 일종의 품앗이 마케팅이다. 이 마케팅은 지인이 운영하는 유튜브 채널과 자신의 채널을 서로 공유하는 것으로 지인 중에 인플루언서가 있다면 더욱 효과를 얻을 수 있다. 사용 방법은 **맞춤설정** 항목의 **[섹션 추가]** + **[추천 채널]**을 통해 지인의 채널명을 검색하여 등록하는 것이다. 이전 학습 편을 참고한다.

확인을 하기 위해 자신의 유튜브 채널 메인 화면으로 가보면 하단에 **추천 항목**에 등록된 것을 알 수 있다. 이와 같은 방법으로 잘나가는 **지인찬스**를 활용해 보자. 참고로 섹션 추가에시의 **구독**도 자신과 지인의 채널에 추가하여 상호 홍보 효과를 얻을 수 있다.

≪ 최고의 결과를 얻을 수 있는 알고리즘 마케팅 ≫

어쩌면 이번에 소개하는 마케팅이 처음 시작하는 유튜버에게 가장 큰 효과를 가져올 수 있는 방법이 될 수 있다. 물론 아무리 좋아도 항상 리스크도 있는 법, 지금부터 소개하는 방법은 쉽지만 긴 시간 싸움을 해야 하는 지루한 작업이 될 수 있으며, 상황에 따라 변화를 주거나 끊임없는 관계를 가져야지만 결과를 얻을 수 있는 것들이다. 하지만 그 효과는 앞서 살펴본 마케팅보다 훨씬 만족스런 결과를 얻을 수 있을 것이다.

엔딩 화면에 나타나는 추천 동영상 마케팅

동영상 재생이 끝나면 최종적으로 나타나는 화면에 재생된 동영상과 연관성이 있는 동영상들의 썸네일이 니다나는 것을 보았을 것이다. 시청자는 마지막에 나타나는 이 썸네일들을 통해 다른 동영상을 이어서 볼 가능성이 높다. 그렇다면 마지막 화면에 자신의 동영상이 나타나도록 하면 어떨까? 물어보나 마나한 일이다. 최고의 마케팅이기 때문이다. 그렇다면 엔딩 화면에 동영상(썸네일)이 어떻게 나타나게 할 수 있는지 알아보기로 하자.

엔딩 화면에 나타난 썸네일들

추천 동영상은 자신 또는 다른 사람들이 특정 동영상을 시청하거나 시청한 후 이어서 어떤 동영상을 보았는지에 따라 유튜브 알고리즘이 그에 맞는 조건의 동영상을 추천하는 것이다. 이렇게 추천된 동영상은 엔딩 화면에 나타나거나 유튜브 메인 화면에 나타난다. 이 방법은 수많은 시청자들에 의해 결정되지만 셀프로도 불가능한 것은 아니다. 잠시 살펴보기 위해 하나의 동영상(홍보하기 위한 동영상)을 재생한다.

정상적인 속도로 시청하는 것보다 동영상 ❶재생 속도를 ❷1.5배속 정도 빠르게 하여 시간을 단축해 보자. 여기에서 중요한 것은 처음부터 끝까지 재생을 해야 알고리즘에 영향을 줄 수 있다는 것이다.

재생이 끝나면 이번에 다른 유튜브 채널의 동영상을 찾아 재생한다. 동일한 동영
상으로 지금의 과정을 계속 **반복**한다. 조회수가 많은 동영상일수록 결과가 늦어
지지만 그래도 마케팅 효과(다른 사람에게 노출된 수 있음)는 얻을 수 있다.

☑ 실제 작업에서는 다른 채널의 동영상은 자신의 동영상과 유사한 주제의 동
   영상을 활용하는 것이 노출 확률과 클릭할 확률을 높일 수 있다.

☑ 지금의 과정은 여러 대의 PC를 활용하면 더 빠른 결과를 얻을 수 있다. 참고
   로 동영상 재생 중에는 다른 작업을 해도 상관없다.

샵(#)과 태그로 노출시켜라!(키워드 마케팅)

샵과 태그를 사용하면 관련 키워드로 검색한 다른 사람들에게 자신의 동영상을 쉽게 찾을 수 있게 해준다. 물론 자신의 동영상이 유니크하다면 모를까 다른 채널 사용자(유튜버)도 유사한 키워드를 사용했을 것이다. 그렇다고 샵과 태그를 사용하지 않는다면 다른 사람들이 찾아 볼 수 있는 기회마저 걷어 차는 것이므로 반드시 샵과 태그를 활용하길 바란다.

■ 권장 샵(#) 3개 이하

■ 권장 태그 15개 이하

위 샵과 태그 권장 개수는 반드시 그렇게 하라는 것은 아니고, 그 이상하더라도 크게 효과를 보지 못한다는 의미로 이해하면 될 것이다. 그러므로 가장 효과적으로 사용될 수 있는 적당한 개수의 키워드를 사용하자. 살펴보기 위해 채널 스튜디오의 ❶**콘텐츠** 항목으로 들어간다. 필자는 앞서 업로드한 4개의 동영상 중 가장 조회수가 높은 ❷**웹소설** 관련 동영상을 선택하였다.

최고의 마케팅은 대중들이 관심을 끌 수 있는 내용의 동영상과 제목과 설명이다. 설명에서 샵(#)을 가장 핵심적인 키워드 ❶3개로 정리하여 ❷저장하였다.

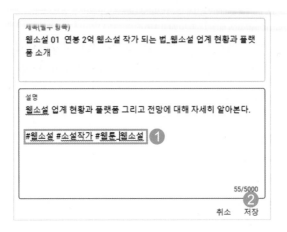

☑ 유튜브 알고리즘은 생각보다 영리하다. 지금처럼 키워드 개수를 줄여도 알고리즘은 검색하는 사람들의 생각을 완벽하게 파악하여 원하는 결과를 보여주기 때문이다. 이것을 SEO(search engine optimization), 즉 **검색 엔진 최적화**라고 한다. 이외도 **추천 동영상 알고리즘**을 통해 시청자의 입맛에 맞는 동영상을 완벽하게 찾아준다.

☑ 샵(#)을 사용하는 해시태그는 프로그래밍 구조로 되어있기 때문에 **하나의 해시태그**에서 사용되는 단어를 띄어쓰기하면 안되며, 단어와 단어의 연결은 _(언더바)를 붙여 쓰면 된다.

☑ 해시태그는 유튜브뿐만 아니라 네이버의 블로그, 카페, 다음의 브런치, 카카오 스토리 그밖에 페이스북, 인스타그램, 트위터 등의 모든 SNS에서도 사용할 수 있는 것이므로 아주 유용한 마케팅 기법될 것이다.

이번엔 태그에 대해 알아보자. 앞서 동영상 업로드 시 설정을 할 때 대략적으로 생각하는 것을 태그로 사용했다면 이제 보다 구체적이고 **핵심적인 관련 키워드**로 입력하였다. 태그는 샵과 다르게 유튜브에서만 검색 가능하기 때문에 잘나가는 다른 동영상의 **태그를 벤치마킹**하여 사용하는 것도 중요하며, 제목과 다른 관심을 끌 수 있는 태그를 사용하여 **언매칭** 효과도 기대할 수 있다.

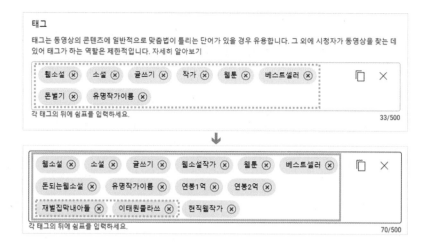

댓글을 유도하고, 댓글이 올라오면 친절하게 달아주자

댓글 또한 유튜브 알고리즘에 영향을 주기 때문에 마케팅 요소에 빼서는 안될 것이다. 일반적으로 댓글을 다는 이유는 해당 동영상에 대한 궁금증이나 채널 유대감 때문이다. 처음 시작하는 채널일 경우에는 구독자가 없기 때문에 동영상에서 혹은 댓글 게시판에서 채널 운영자가 직접 **댓글**을 ❶**유도**하는 글을 게시하여 상단에 ❷❸**고정**해 놓으면 동영상을 본 시청자는 부담 없이 댓글을 달 수 있게 된다.

참고로 구독자가 많아지면 댓글 내용도 천차만별이다. 때론 **악의적인 댓글도** 올라와 상처를 받는 경우도 생길 것이다. 이때는 자신의 유튜브 채널 스튜디오에서 댓글 항목을 통해 특정 댓글을 삭제 및 관리할 수 있다. 많은 사람들을 상대하다 보면 별별 사람들이 있다는 것을 인지하고 **지혜롭게 대처**하자.

SNS(소셜네트워크서비스)를 활용한 마케팅

스마트폰과 PC를 사용한다면 페이스북, 인스타그램, 카카오톡과 스토리 그리고 블러그나 브런치 같은 SNS를 사용해 보았을 것이다. 만약 이와 같은 SNS 계정이 있다면 유튜브에 올린 자신의 동영상을 링크해 준다. 홍보 효과는 유튜브 알고리즘에 비해 떨어지겠지만, 안 하는 것보다는 낫기 때문에 가능하면 하기 바란다. 누가 알랴, SNS에 링크된 동영상으로 시작하여 떡상하는 동영상이 될지.

필자는 1년 5개월 정도 이용하지 않았던 페이스북에 동영상을 링크해 볼 것이다. 유튜브에서 공유하고자 하는 동영상(웹소설) 플레이어 하단 있는 **공유** 버튼을 누른다. 공유 창이 열리면 **주소를 복사**한다. 참로고 페이스북이나 카카오톡 버튼을 눌러 직접 공유할 수도 있다.

이제 페이스북에 로그인한다. 게시판에 글을 올리기 위해 게시물 ❶**올리기**를 선택한다. 그다음 게시물 만들기 창에서 적당한 ❷**소개글**을 입력한 후 아랫줄(또는 윗줄)에 복사한 동영상 주소를 ❸**붙여넣기(Ctlr+V)**하고 ❹**저장**한다. 이와 같은 방법으로 다른 SNS에도 동영상을 링크해 보자.

링크된 주소로 얼마큼 많은 사람이 유입될지는 아무도 모른다. 하지만 링크된 동영상에 관심이 있다면 클릭하여 시청할 것이다. 만약 SNS를 운영 중이라면 자주 방문하여 **친분(교류)**을 쌓길 바란다. 필자처럼 오랫동안 교류가 없을 경우 새로운 게시물이 올라오더라도 쉽게 반응을 보이지 않기 때문이다. SNS는 상호작용이다. 다음은 페이스북과 같은 SNS의 운영 지침이니 잘 활용하기 바란다.

1. 충분히 소통할 것 소통은 타인에게 자신을 알 수 있게 해주는 가장 중요한 방법 이다.

2. 감성적으로 다가설 것 성급하게 접근하지 말고, 상대의 감성을 파악하여 유연 하게 다가서야 한다.

3. 공감하게 할 것 상대방의 게시물을 꼼꼼히 살펴본 후 진정성있는 댓글을 남긴 다. 이것이 상대의 마음을 사로잡는 가장 확실한 방법이다.

4. 감동하게 할 것 생각지도 못 했던 시선으로 상대방의 글을 바라봐 준다면 크게 감동하게 된다.

5. 품앗이할 것 기브 앤 테이크(give and take)는 소통의 기본이다. 자신의 이야 기가 먼저가 아닌 상대방의 이야기에 더 귀를 기울인다.

6. 끝없이 문을 두드릴 것 상대방이 댓글을 남기지 않더라도 계속 문을 두드려야 한다. 마음의 문을 여는 시간은 누구에게나 필요한 것이다.

내가 행동하지 않으면 다른 사람도 행동하지 않는다. 그러므로 지속적인 소통을 통해 신뢰를 쌓아야 할 것이다. 이것이 유튜브 채널의 성공 비법이기도 하다.

인스타그램 마케팅을 위한 5가지 규칙
1. 페이지의 첫 인상에 신경 쓸 것
2. 팔로워를 늘릴 것
3. 팔로워에게 관심을 끄는 피드를 올릴 것
4. 필요하다면 다른 사람의 인스타그램에 팔로잉할 것
5. 해시태그를 적절하게 사용할 것

유튜브 채널 성장에 도움이 안되는 죽은 동영상은 과감히 삭제하라!

업로드된 동영상 중 며칠이 지나도 반응이 없는 것도 있을 것이다. 이처럼 반응이 없는 동영상은 과감하게 삭제하는 것이 좋다. 물론 더 지켜봐야 할지도 모르고, 반드시 필요한 동영상이라고 생각하면 어쩔 수 없지만, 낮은 조회수의 동영상이 장기간 채널에 방치되어있을 경우 채널 전체의 신뢰도도 떨어지기 때문에 가능하면 삭제하는 것을 권장한다.

살펴보기 위해 똥손 클래스 채널에 들어왔다. 쇼츠 동영상까지 모두 4개의 동영상이 업로드되었다. 업로드된 날짜도 모두 5일 전으로 동일하기 때문에 비교 분석이 가능하다. 테스트 쇼츠는 조회수 41회, 드럼 매뉴얼은 5회, 웹소설은 469회, 스토리텔링은 6회이다. 이 중 **웹소설(4주후 3,500 조회수 나옴)**이 단연 눈에 띄는 것을 알 수 있다. 웹소설 분야에 대한 **대중들의 관심이 높다는 것**이다. 업로드된지 5일째이기 때문에 이제 조회수가 안 나오는 것은 정리하기로 한다.

낮은 조회수의 동영상은 제목과 설명 그리고 태그 등에 문제가 있을 수도 있다. 만약 그럴지도 모른다고 판단되면 일단 한두 번 정도는 수정을 한 후 다시 며칠 기다려 본 후 판단해도 늦지 않다. 일단 여기에서는 두각을 나타내고 있는 웹소설 동영상을 선택해 본다. 선택한 웹소설 동영상 창이 열리면 플레이어 하단의 **분석** 버튼을 누른다.

동영상 분석 창이 열리면 상세한 분석이 가능하다. 먼저 개요 탭의 조회수, 시청 시간, 구독자를 보면 487회로 어느새 20회 정도가 늘어났으며, 시청 시간은 총 15.5시간이다. 동영상의 길이가 8분이며, 조회수가 487회로 계산했을 때 1회 클릭당 평균 10초 정도 보는 것을 알 수 있다. **뭐, 10초라고?** 이 수치에 충격을 받아서는 안된다. 클릭 회수는 그저 **우연한 기적**이라고 보면 되기 때문이다.

조회수 그래프

하단의 조회수 그래프를 보면 5일간 점점 상승하고 있는 것을 알 수 있다. 상당히 기대되는 부분이다. 이 동영상은 앞으로 더 상승될 가능성이 있다는 의미이다. 현재 5명 이하의 구독자로 봤을 때 유튜브 알고리즘에서 이 동영상을 집중적으로 배포(노출)하고 있다는 것을 짐작할 수 있는 대목이다. 참로고 보다 세부적으로 확인하기 위해서는 **더 보기**를 활용하면 된다.

시청자가 이 동영상을 찾은 경로

아래쪽의 트래픽 소스를 **모두 보기**로 보면 다음과 같은 차트가 나타나는데, 현재 동영상(웹소설)의 조회수는 유튜브의 추천 동영상, 탐색기, 유튜브 검색 순으로 되어있고, 외부에서도 4회, 재생목록 페이지에서 3회가 발생되었음을 알 수 있다. 즉 앞서 페이스북에 링크된 것과 재생목록으로 효과를 보았다는 의미이다. 물론 조회수를 올리는데 유튜브 알고리즘이 가장 큰 역할을 했다는 것은 명심하자.

평균 시청 지속시간을 보면 2분 정도 시청한 것으로 나타났는데, 8분짜리 동영상 기준으로 나쁘지 않은 수치이다. 그리고 노출 수는 **추천 동영상** 방식(알고리즘)으로 가장 많이 노출되고 있다는 것을 알 수 있다. 앞으로 어떻게 마케팅을 해야 할 것인지 알 수 있는 지표이다.

트래픽 소스 ⊕	조회수 ↓	시청 시간(단위: 시간)	평균 시청 지속 시간	노출수	노출 클릭률
☐ 합계	497	15.7	1:54	4,433	6.7%
☐ 추천 동영상	175	0.9	0:17	2,244	1.6%
☐ 탐색 기능	144	5.9	2:27	974	12.9%
☐ YouTube 검색	126	7.4	3:31	945	13.0%
☐ 채널 페이지	21	0.3	0:54	247	4.9%
☐ YouTube 광고	12	0.6	3:03	--	--
☐ 기타 YouTube 기능	7	0.6	4:58	--	--
☐ 직접 입력 또는 알 수 없음	4	0.0	0:19	--	--
☐ 외부	4	0.0	0:21	--	--
☐ 재생목록 페이지	3	0.0	0:08	12	16.7%
☐ 재생목록	0	0.0	--	11	0%

시청 지속 시간의 주요 순간

평균 조회율은 14%이다. 현재 동영상 그래프를 보면 도입부가 가장 시청 시간이 높으며, 엔딩 부분에서 떨어지는 것을 알 수 있다. 이 그래프를 통해 해당 동영상의 장단점을 파악할 수 있으며, 앞으로 만들어질 동영상의 방향을 잡을 수 있게 한다. 참고로 더 보기를 통해 평균 시청 지속시간과 상대적 시청 지속시간을 알 수 있다.

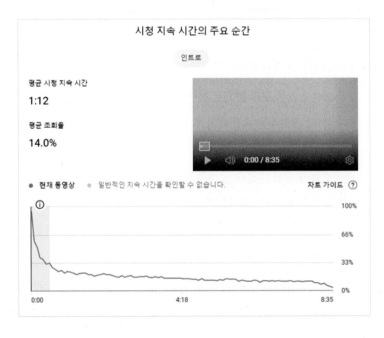

도달 범위 그래프

도달 범위 탭으로 이동하면 그래프를 통해 노출 수, 노출 클릭률, 조회수, 순 시청자 수를 알 수 있다. 노출 수의 6.7%가 클릭하고 있으며, 순 시청자 수는 200명 정도가 된다. 특히 **노출 클릭률(CTR)**은 높은 편이며, 나머지 역시 나쁘지 않다.

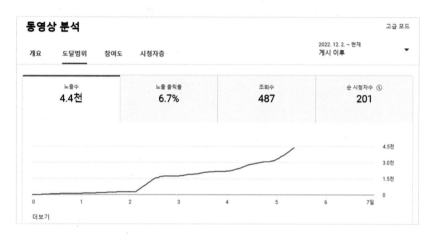

CTR은 **2~10%**이며, **5%이상을 유지**하는 것이 매우 중요하다. 참고로 평균 시청 지속시간과 **CTR의 콤비네이션**이 최고치에 도달했을 때에는 유튜브 알고리즘은 추천 노출 수가 기하급수적으로 늘어나는데, 이것을 소위 떡상이라고 한다. 슈퍼 추천을 위한 조건은 **평균 지속 시청 시간 45%, CTR 7%**이다.

이 동영상을 추천하는 콘텐츠

이 동영상을 추천하는 동영상(채널)은 어떤 것인지 살펴보기 위해 이 동영상을 추천하는 콘텐츠의 **더 보기**를 클릭한다. 트래픽 소스의 추천 동영상을 보면 상위에 내로남불 애플, 광고 사업... 동영상에서 전폭적으로 노출되는 것을 알 수 있다. 이 것은 해당 동영상(웹소설)을 본 시청자들이 **내로남불 애플...** 동영상에서 가장 많이 유입되었다는 증거이다. 이것으로 해당 동영상을 홍보하기 위해서는 내로남불... 관련 동영상과 채널이 최적이라는 것을 알 수 있다. 하지만 홍보하기 위한 동영상과 유사성이 떨어지기 때문에 아주 좋은 관계는 아니다. 가장 좋은 조건은 **자신의 동영상과 관련있는 동영상(채널)**이 추천하는 것이다. 그밖의 추천 동영상이 어떤 것인지 살펴보기 바라며, 지역, 도시, 시청자 연령, 성별 등을 통해 보다 세밀하게 분석하여 앞으로 만들어질 동영상의 컨셉트와 마케팅 방향을 구상하길 바란다.

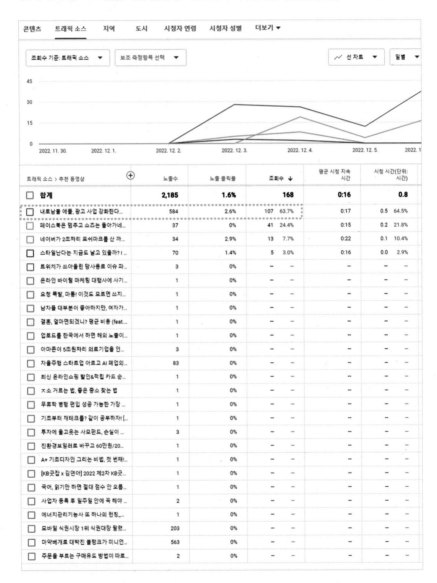

트래픽 소스 > 추천 동영상	노출수	노출 클릭률	조회수 ↓		평균 시청 지속 시간	시청 시간(단위: 시간)	
☐ 합계	2,185	1.6%	168		0:16	0.8	
☐ 내로남불 애플, 광고 사업 강화한다..	584	2.6%	107	63.7%	0:17	0.5	64.5%
☐ 페이스북은 멈추고 쇼츠는 돌아가네..	37	0%	41	24.4%	0:15	0.2	21.8%
☐ 네이버가 2조짜리 포쉬마크 산 까..	34	2.9%	13	7.7%	0:22	0.1	10.4%
☐ 스타일난다는 지금도 날고 있을까? l..	70	1.4%	5	3.0%	0:16	0.0	2.9%
☐ 트위치가 쏘아올린 망사용료 이슈 파..	3	0%	–		–	–	–
☐ 온라인 바이럴 마케팅 대행사에 사기..	1	0%	–		–	–	–
☐ 요청 폭발, 마룸! 이것도 모르면 쓰지..	1	0%	–		–	–	–
☐ 남자들 대부분이 좋아하지만, 여자가..	1	0%	–		–	–	–
☐ 결혼, 얼마면되겠니? 평균 비용 (feat..	1	0%	–		–	–	–
☐ 업로드를 한국에서 하면 해외 노출이..	1	0%	–		–	–	–
☐ 아마존이 5조원짜리 외료기업을 인..	3	0%	–		–	–	–
☐ 자율주행 스타트업 아르고 AI 폐업외..	83	0%	–		–	–	–
☐ 최신 온라인쇼핑 할인&적립 카드 순..	1	0%	–		–	–	–
☐ ㅈ소 거르는 법, 좋은 중소 찾는 법	1	0%	–		–	–	–
☐ 무휴학 병행 편입 성공 가능한 가장..	1	0%	–		–	–	–
☐ 기초부터 재테크를? 같이 공부하자! [..	1	0%	–		–	–	–
☐ 투자에 유고운은 사모펀드, 손실이 ..	3	0%	–		–	–	–
☐ 진환경보일러로 바꾸고 60만원/20..	1	0%	–		–	–	–
☐ A+ 기초디자인 그리는 비법, 첫 번째!..	1	0%	–		–	–	–
☐ [KB굿잡 x 김연아] 2022 제2차 KB굿..	1	0%	–		–	–	–
☐ 국어, 읽기만 하면 절대 점수 안 오름..	1	0%	–		–	–	–
☐ 사업자 등록 후 일주일 안에 꼭 해야 ..	2	0%	–		–	–	–
☐ 에너지관리기능사 또 하나의 런칭_..	1	0%	–		–	–	–
☐ 모바일 식권시장 1위 식권대장 핫펏..	203	0%	–		–	–	–
☐ 마약베개로 대박친 슬립크가 미니언..	563	0%	–		–	–	–
☐ 주문을 부르는 구매유도 방법이 따로..	2	0%	–		–	–	–

참여도

참여도에서는 시청 지속시간과 좋아요/싫어요, 최종 화면 클릭률 등을 확인할 수 있다.

시청자층

마지막으로 시청자층에서는 재방문 시청자, 구독자 시청 시간, 많이 본 지역, 인기 자막 언어 등을 확인할 수 있다. 여기에서 의아한 것은 해당 동영상은 한국어로 된 영상이지만 캄보디아와 필린핀이 많이 시청했다는 것이다. 물론 전체 시청 시간에 영향을 주진 않겠지만 해당 동영상(웹소설)의 **키워드**가 그만큼 **세계적**으로 **관심**을 끄는 **키워드(분야)**라는 것이다.

이것으로 업로드된 동영상을 통해 앞으로 어떻게 동영상을 제작할 것인지에 대한 방향을 잡을 수 있게 되었다. 지금부터는 분석한 내용을 토대로 자신의 유튜브 채널 성장(성공)을 위한 시동을 제대로 걸어볼 타이밍이다.

그밖에 중요한 알고리즘의 비밀들...

구독자가 0명일 때

신생 채널이라 아직 구독자가 없을 때, 유튜브 알고리즘은 첫 번째 업로드된 동영상을 최대로 노출시켜 준다. 즉 이 때를 노려야 한다.

구독자가 100명이 됐을 때

구독자가 100명이 되면 격려 차원으로 유튜브에서 메일이 오며, 평소보다 노출 수를 5~10배 늘려준다. 이후 구독자가 500명, 1,000명, 10,000명 단위로 유튜브에서 메일이 오는데, 이때 마다 더욱 분발할 수 있도록 동영상의 노출 수를 크게 늘려준다. 이때를 대비하여 떡상할 수 있는 특별한 동영상을 준비해 놓길 권장한다. 특히 1,000명일 때는 평소보다 10~50배 정도 노출을 해주기 때문에 만반의 준비를 해 놓아야 한다.

맞구독은 금물

맞구독자들이 서로의 동영상을 보고, 좋아요를 해도 알고리즘 노출에는 아무런 영향을 주지 않는다. 유튜브 알고리즘은 바보가 아니라는 것을 명심하자.

분석하고 분석하고 또 분석하자. 당신이 유튜버로 성공할 수 있는 방법은 완벽한 분석을 통해 만들어지는 당신의 완성도 높은 콘텐츠뿐이다.

유튜브 라방(라이브 방송)의 매력

유튜브에서 라이브 방송(라방)도 가능하다. 라이브 방송은 실시간으로 진행되는 방송으로 유튜브에서 라이브 방송을 한다는 것은 동영상 *피드와 채팅 등을 통해 시청자와 실시간으로 소통할 수 있다는 것과 현장의 모습을 생생하게 전달할 수 있다는 것이다. 유튜브 라이브 방송을 하기 위해서는 지난 14일간 실시간 스트리밍(라이브 방송) 제한(금품요구, 성적 행위, 과도한 노출 등으로 경고를 받은 경우)을 받은 적이 없어야 하며, 채널을 인증해야 한다. 또한 휴대폰에서는 구독자가 1,000명 이상 되어야 라이브 방송이 가능하지만 PC에서는 구독자 수와 상관없이 라이브 방송이 가능하다.

라이브 방송을 위한 메뉴 선택하기

라이브 방송은 유튜브 채널 화면 상단의 **만들기**에서 **실시간 스트리밍 시작** 메뉴를 선택하는 것으로 시작된다.

☑ 게시물 작성을 사용하면 자신의 채널 및 동영상을 홍보하거나 차후 제작될 동영상에 대한 설문을 할 수 있다. 채널 성장을 위해 잘 활용해 본다.

미리 액세스 권한 인증해 놓기

실시간 스트리밍 시작 메뉴를 선택하면 24시간 이후에 곧바로 라이브 스트리밍이 가능하다는 메시지가 나타난다. 즉 액세스 권한 인증 후에 라이브 방송이 가능하다는 것이다. 물론 인증하는 것은 간단하지만 기다리는 시간이 필요하기 때문에 미리 준비해 놓아야 한다.

피드(feed) 시청자가 볼 수 있는 콘텐츠(동영상, 이미지, 글 등) 게시물을 말한다. 웹 피드(web feed)라고도 한다.

23:43:17 후면 스트리밍 가능

2022년 12월 8일 12:43에 스트리밍 액세스 권한을 요청했습니다. 채널에서 액세스할 수 있게 되면 스트림을 예약하거나 즉시 실시간 스트리밍을 시작할 수 있습니다.

자세히 알아보기

라이브 방송을 위한 메뉴 선택하기

- **스트림** 라이브 방송(게임, 스포츠, 이벤트 연주회, 회의 쇼핑, 강의 등) 시작하기. 라방을 위한 설정이 끝난 상태에서 사용할 수 있다.
- **웹캠** 웹캠이 설치된 PC에서 라방을 위한 웹캠(마이크 필수)을 선택한 수 있다.
- **관리** 인코더 라방을 하기 위한 초기 설정을 할 수 있다. 설정이 끝나면 이후에는 스트림을 통해 라방을 즉시 시작할 수 있다.

24시간이 지나면 라이브 방송을 할 수 있는 상태가 되며, 지금 즉시 시작 또는 나중에 할 것인지 선택할 수 있다. 설정하는 방법을 살펴보기 위해 **지금**을 선택해 본다.

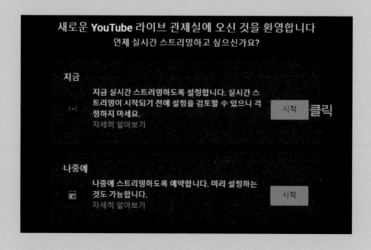

스트림 유형 선택 창이 열리면 PC에 장착된 **웹캠**을 통해 라이브 방송을 하기 위해 **이동** 버튼을 선택한다.

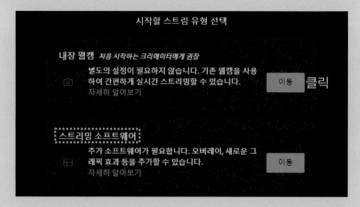

☑ 스트리밍 소프트웨어 방식은 OBS 스튜디오와 같은 별도의 스트리밍 소프트웨어로 라방을 할 때 사용된다. 유튜브 **스트림 키**를 라방 소프트웨어에 복사하여 사용하게 된다.

스트림 만들기 창에서는 유튜브 동영상을 업로드할 때 설정한 것처럼 세부정보, 공개 상태 등을 설정한 후 **완료**하면 라이브 방송을 시작할 수 있다.

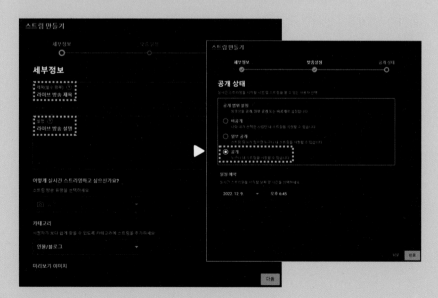

수익 창출을 위한 모든 것

유튜버의 매력 중에 하나는 바로 채널을 통해 수익을 창출할 수 있다는 것이다. 채널 운영만 잘 한다면 억대 연봉을 받을 수 있다. 물론 그 위치까지 올라가기 위해서는 지속적인 콘텐츠 제작, 관리, 마케팅 등이 필요하며, 목표 달성까지 몇 년 이상의 시간이 걸릴 수도 있다. 노력하여 수익을 창출할 수 있는 요건이 충족되는 때가 온다면 하늘을 나는 짜릿한 느낌일 것이다. 이런 기분 좋은 상상을 하면서 목표를 향해 달려가 보자.

구독자, 무조건 1,000명을 넘겨라!

▶ 구독자가 천 명이 되어야 수익 창출의 기회를 얻을 수 있다

유튜브에서 수익을 창출하기 위한 첫 번째 조건은 **구독자**가 1,000명이 넘어야 한다는 것이다. 자신의 동영상을 아무리 많은 시청자가 오랫동안 시청했다 하더라도 구독자가 1,000명이 안되면 **구글 애드센스** 승인 요건이 되지 않기 때문에 수익 창출의 기회를 얻을 수 없다. 그러므로 유튜브에서 수익을 창출하기 위해서는 먼저 1,000명의 구독자를 유치하기 위한 노력을 해야 한다.

구글 애드센스 자격 취득 조건

애드센스는 구글(유튜브)에서 동영상에 광고를 기재하여 광고 수익이 가능하도록 하는 제도이다. 조건은 다음과 같다.

하나 자신의 채널에 구독자가 1,000명 이상 되었을 때

둘 자신의 동영상을 다른 사람들이 연간 4,000시간 이상 시청하였을 때

왜 4천 시간이 필요한가?

유튜브 플랫폼(서점)에는 하루에도 **수천**만 개의 콘텐츠가 올라온다. 이 수많은 콘텐츠 중에서 좋은(대중성 높은) 콘텐츠를 식별할 수 있는 방법은 **시청자들의 시청 시간**이 유일하다. 이것이 바로 연간 4천 시간 이상의 시청 시간이란 제한을 둔 이유이다. 그러므로 콘텐츠 개수도 중요하지만 양질의 콘텐츠로 승부를 걸어야 한다.

≪ 구글 애드센스 신청하기 ≫

이 책의 독자들은 이제 막 유튜브를 시작하거나 준비 중이며, 천 명의 구독자는 남의 일처럼 느껴지겠지만, 앞으로 눈코 뜰 새 없이 바빠질 것에 대비하여 미리 수익 창출을 위한 애드센스 신청을 해 놓길 바란다.

수익 창출 알람 설정하기(애드센스 미자격자 필수)

애드센스 조건이 충족되면 자동으로 신청할 수 있도록 하기 위해 유튜브 스튜디오로 들어가 **수익 창출** 항목을 선택한다.

수익을 창출할 수 없다는 메시지가 뜬다면?

만약 **수익을 창출할 수 없습니다**라는 메시지가 뜬다면 구글(유튜브)에서 현재의 계정에 대한 정보를 인식하지 못하기 때문이다. 정보를 재설정하기 위해 **위치 업데이트**를 선택한다.

☑ 위의 이미지는 유튜브 정책에 따라 달라질 수 있으며, 위 메시지가 뜨지 않는다면 지금의 과정은 생략해도 된다.

설정 창의 채널 항목이 뜨면 **기본 정보** 탭에서 **거주 국가**를 선택한 후 채널의 관련 키워드를 몇 개 입력한다. 그리고 **저장**하면 된다.

애드센스 자격 조건이 되었을 때 알람을 받기 위해 **자격 요건을 충족하면 알림 받기** 버튼을 클릭한다. 그러면 자격 요건이 되었을 때 자신의 이메일(구글의 지메일)로 통보를 받게 된다.

☑️ 개인 정보에 관한 인증을 하지 않았다면 이 또한 해놓는 것을 권장한다.

애드센스 신청하기 1(자격 충족 시)

구독자 천 명, 연간 4천 시간 시청에 도달하였다면 **신청 자격요건을 충족하면 이메일을 보내드립니다.**에서 **지금 신청하기**로 바뀐다. 신청하기 위해 이 버튼을 클릭한다. **YouTube 파트너 프로그램 약관**이 나오면 모든 옵션을 **체크**한 후 **약관 동의**를 한다.

이제 채널 수익 창출에 대한 3단계 설정 창이 열리면 먼저 1단계의 **시작** 버튼을 선택한다.

1단계가 완료되면 2단계인 구글 애드센스에 가입을 해야 한다. 2단계의 **시작** 버튼을 클릭한다.

2단계 설정 창이 열리면 애드센스 계정에 대한 선택을 해야 하는데, 본 도서를 통해 학습을 하는 분들은 대부분 초보 유튜버이기 때문에 애드센스 계정이 없을 것이다. 그러므로 ❶**아니오. 기존 계정이 없습니다**를 선택한 후 ❷**계속**합니다.

계정 선택 창이 열리면 애드센스 신청을 위한 계정을 선택하면 되는데, 만약 **이미 계정 신청**을 했을 경우, 계정을 선택하게 되면 **문제**가 될 수 있으므로 주의한다.

☑️ 필자는 설명을 위해 애드센스 조건이 충족된 다른 계정으로 설명하였다.

만약 유튜브 계정을 만들 때 자신의 생년월일 정보가 기재되지 않았다면 다음과 같은 창이 뜨는데 **여기**를 선택한 후 자신의 생년월일 정보를 입력하여 **업데이트** 한다.

☑️ 이전에 생년월일 정보를 제대로 기재했다면 이 과정은 생략해도 된다.

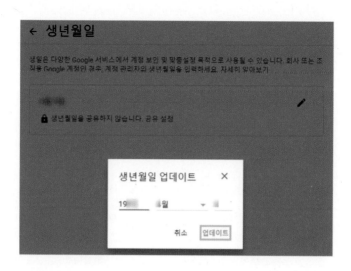

애드센스에 가입할 수 있는 상태가 되었다면 **지금 가입하기** 버튼을 클릭한다.

구글 애드센스 가입 창이 열리면 자신의 ❶**채널(웹사이트) 주소**와 ❷**이메일 주소**
를 입력한다. 그다음 이메일로 애드센스 정보를 받을 수 있도록 ❸**예, 맞춤 도움말**
및 실적 개선 제안을… 체크한 후 ❹**저장하고 계속하기** 버튼을 클릭한다.

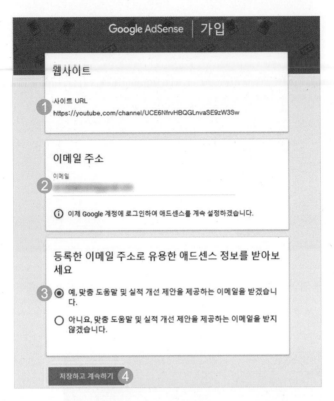

☑ 자신의 유튜브 채널 주소는 브라우저 상단의 주소를 통해 확인할 수 있다.

2단계 약관에 ❶**동의**한 후 ❷**계정 만들기** 버튼을 클릭한다.

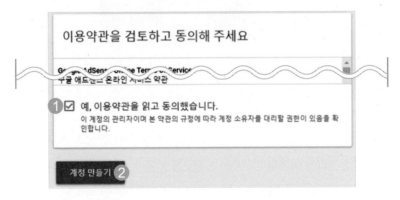

☑ 지금의 과정은 구글 정책에 따라 가입 순서가 달라질 수 있다.

애드센스 신청하기 2(계정 완료 후)

> **구글 애드센스 신청방법**
> 1. 구글 애드센스 웹사이트에 접속한다.
> 2. 시작하기 > 로그인할 구글 계정을 선택한다.
> 3. 광고를 노출시킬 내 사이트 또는 블로그 정보를 입력한다.
> 4. 광고비를 지급받을 정보를 입력한다.
> 5. 사이트에 광고를 어떻게 표시할 지 설정한다.
> 6. 사이트에 구글 애드센스 연결 승인을 요청한다.

구글 애드센스 계정이 완료된 상태이고, 현재 로그인 상태라면 수취인 세부정보 창이 열리며, 여기에서 정확한 개인 정보를 입력한 후 **제출**한다.

고객 정보

계좌 유형 ⓘ 🖊
개인
　　　　계정유형 : 개인(사업자라면 사업자 선택)

이름 및 주소 ⓘ
도/시 　이름 및 주소 : 거주지 선택(한글 주소 사용 가능)

시/군/구

주소

주소 입력란 1

주소 입력란 2

이름
　　이름 및 주소 : 한글명 사용 가능

우편번호 　우편번호 : 5자리 입력 　　　　　　　ⓘ

전화번호 (선택사항) 　전화번호 : 선택사항

입력 후 클릭 [제출]

☑ 수취인 정보는 애드센스가 승인된 후 최종 애드센스 등록을 위한 **핀 번호**를 우편으로 받아야 하기 때문에 정확하게 기입해야 한다.

2단계 과정의 마지막인 <u>호스트로 리디렉션</u>은 시간이 다소 소요된다.

2단계가 완료되었다면 정상적으로 애드센스 계정이 작동된다는 것이다. 3단계는 구글에서 심사를 하는 단계이기 때문에 완료될 때까지 그냥 기다리면 된다.

애드센스 핀(PIN) 번호 등록하기

애드센스 핀 번호는 채널을 운영하여 광고수익 누적금이 **10달러**가 넘으면 등록된 자신의 주소로 그림과 같은 구글 애드센스 우편물이 배송된다.

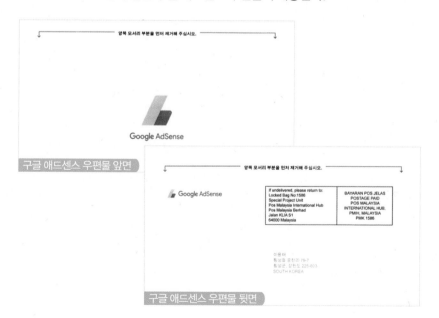

구글 애드센스 우편물 앞면

구글 애드센스 우편물 뒷면

우편물 안쪽의 애드센스 핀 번호를 등록하기 위해 **❶구글 애드센스**로 검색하여 애드센스 웹사이트로 들어가 보면 그림처럼 상단에는 자신의 예상 수입과 잔고가 보이고 아래쪽에는 **❷할 일**이라는 제목과 청구서 수신 주소 확인과 **핀(PIN)**을 발송하였다는 내용의 창이 보일 것이다. **❸확인** 버튼을 누른다.

☑ 애드센스 웹사이트 접속 시 자신의 구글 계정이나 유튜브가 로그인되어있어야 한다.

PIN 입력 창이 열리면 내 PIN 입력 필드에 우편물로 받은 **❶애드센스 핀 번호**를 입력한 후 **❷❸제출** 버튼을 클릭한다. 핀 번호에 문제가 없다면 **PIN이 올바르게 입력됨**이란 메시지와 함께 인증되었음을 확인할 수 있다.

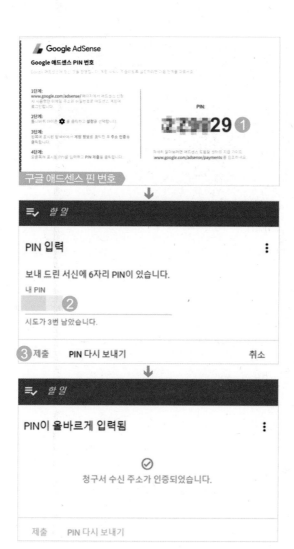

수익금 받을 계좌 등록하기

마지막으로 100달러가 넘었을 때 지급되는 수익금을 받을 계좌를 등록하는 일만
남았다. 지급받을 계좌를 등록하기 위해 **지급** 메뉴를 클릭한다.

결제 수단 추가 창이 열리면 계좌로 받기 위해 ❶**새 은행 송금 세부정보 추가**를 체크한 후 ❷**저장** 버튼을 선택한다.

새 은행 송금 세부정보 추가 창에서 **예금주 이름(영문), 은행 이름(영문), 계좌번호 (하이픈 – 없이)**를 입력하고 **기본 결제 수단으로 설정**을 체크한 후 **저장**한다.

수취인 ID(선택사항) 자신의 유튜브 아이디 입력(입력하지 않아도 됨)

예금주의 이름 영문으로 입력 함. 예(LEEYONGTAE) 띄어쓰기 안 해도 됨

은행 이름 영문으로 입력

SWIFT 은행 식별 코드(BIC) 선택한 은행의 스위프트 코드 입력

계좌 번호 위에서 선택한 은행의 계좌 번호 (–)하이픈 없이 입력

계좌 번호 재입력 위에서 입력한 계좌 번호 똑같이 입력(확인차)

① 정보입력

💬 SWIFT CODE란?

Society for Worldwide Interbank Financial Telecommunications의 약자로 해외에 있는 은행으로 송금을 할 때 세계의 은행을 구별하기 위한 식별 코드이다. BIC(bank identifier code_은행식별부호)라고도 하며, 앞에 4자리는 해당 은행 고유코드(bank code), 다음 2자리는 국가코드(country code – 한국은 KR, 일본은 JP, 미국은 US, 중국은 CN, 호주는 AU), 그다음 2자리는 도시코드(location code – seoul은 SE)를 나타낸다. 그리고 마지막에 Branch code 3자리가 붙는 경우도 있다.

국내은행 영문명과 SWIFT CODE

은행명	영문명	SWIFT CODE
국민은행	KOOK MIN BANK	CZNDKROL
경남은행	KYOUNGNAM BANK	KYNAKR22
광주은행	THE KWANGJU BANK, LTD.	KWABKRSE
농협	NONGHYUP BANK	NACFKRSEXXX
대구은행	DAEGU BANK	DAEBKR22
부산은행	BUSAN BANK	PUSBKR2P
수협	NATIONAL FEDERATION OF SIFHERIES COOPERATIVES	NFFCKRSE
신한은행	SHIN HAN BANK	SHBKKRSE
우리은행	WOORI BANK	HVBKKRSE
우체국	KOREA POST OFFICE	SHBKKRSEKPO
전북은행	JEONBUK BANK	JEONKRSE
제주은행	JEJU BANK	JJBKKR22
카카오뱅크	CITIBANK KOREA INC-KAKAO	CITIKRSXKAK
케이뱅크	CITIBANK KOREA INC	CITIKRSXKBA
한국은행	BANK OF KOREA	BOKRKRSE
한국씨티은행	CITIBANK KOREA	CITIKRSX
한국수출입은행	THE EXPORT IMPORT BANK OF KOREA	EXIKKRSE
IBK기업은행	INDUSTRIAL BANK OF KOREA	IBKOKRSE
KDB산업은행	KOREA DEVELOPMENT BANK	KODBKSE
KEB하나은행(구외환은행)	KEB HANA BANK	KOEXKRSE
SC제일은행	STANDARD CHARTERED BANK KOREA LIMITED	SCBLKRSE

☑ SC제일은행은 300달러 이하일 경우 다른 은행보다 수수료 혜택이 더 크다

지금까지 유튜브 채널 개설, 기획, 촬영, 편집, 업로드, 썸네일 제작, 마케팅 그리고 수익 창출을 위한 애드센스 핀(PIN) 번호 등록 및 수익금 받을 계좌 등록 등 유튜버가 되기 위한 모든 과정을 살펴보았다. 여기까지 포기하지 않고 잘 따라왔다면 성공적인 유튜버가 되기 위한 모든 준비는 끝난 것이다. 이제부터는 자신의 몫이다. 어떻게 하면 자신의 채널과 동영상이 많은 사람들에게 관심을 끌 수 있는지,

어떻게 하면 좋은 채널이라는 평가를 받을 수 있는지, 어떻게 하면 수익 창출을 하여 지속적으로 운영을 할 수 있는지... 등에 대한 미션을 잘 수행해 나가길 바란다.

유튜버로 성공하는 일은 결코 쉬운 일이 아니다. 적어도 몇 년 동안 엄청난 스트레스를 겪으며 살아야 할지도 모른다. 그러므로 이 모든 것을 극복하기 위한 철저한 준비가 되어있어야 한다.

이것들을 직접 경험하고, 경험을 통해 발전하는 유튜버가 되길 바라며, 훗날 성공이란 달콤한 맛을 느껴보길 기원한다.